ENDSTATION NORDSTADT

NICOLE BRAUN

VERZOCKT   Kassel 1992. Der spielsüchtige Anwalt Meinhard Petri hat sich total verzockt. Zu Hause rausgeflogen sucht er sich eine heruntergekommene Wohnung im zwielichtigen Teil der Kasseler Nordstadt. Hier regiert Kiezgröße Horst Scharpinsky alias »Sharp«. Der hat Petri eine Menge Geld geliehen und zwingt ihn als Gegenleistung, einer Selbstmordwelle auf den Grund zu gehen, die seltsamerweise nur Sharps Großschuldner dahinrafft. Die Lösung liegt scheinbar auf der Hand: Hier kann nur Scharpinskys Erzrivale Sahid Bahat seine Finger im Spiel haben. Deshalb geht Petri seinen Auftrag eine Spur zu lässig an, doch dann erhält er bedrohliche Botschaften. Der selbsternannte Racheengel »Azrael« bekennt sich zu den Morden. Er schlägt Petri einen Handel vor: sein Wissen über die dreckigen Geschäfte von Scharpinsky gegen das Leben von dessen Schuldnern. Der Serienmörder diktiert die Regeln, und Petri lässt sich auf ein lebensgefährliches Doppelspiel ein.

© Tyler Larkin

Nicole Braun, geboren 1973 in Kassel, ist fest verwurzelt in der Region Nordhessen. Welches Setting wäre für ihre neueste Thriller-Reihe also besser geeignet als Kassel zur Zeit der spannenden 1990er. Die studierte Betriebswirtin gab 2014 ihren Job auf und lebt seither vom Schreiben, Lesen und Singen. Außerdem unterrichtet sie Kreatives Schreiben. Gemeinsam mit ihrem Mann und zwei Hunden wohnt sie im Herzen des nordhessischen Berglands. Bei langen Spaziergängen in den Wäldern findet sie Inspiration für immer neue spannende und düstere Geschichten.

ENDSTATION NORDSTADT

NICOLE BRAUN

KASSEL-THRILLER

Personen und Handlung sind frei erfunden.
Ähnlichkeiten mit lebenden oder toten Personen
sind rein zufällig und nicht beabsichtigt.

Immer informiert

Spannung pur – mit unserem Newsletter informieren wir Sie
regelmäßig über Wissenswertes aus unserer Bücherwelt.

Gefällt mir!

Facebook: @Gmeiner.Verlag
Instagram: @gmeinerverlag
Twitter: @GmeinerVerlag

Besuchen Sie uns im Internet:
www.gmeiner-verlag.de

© 2021 – Gmeiner-Verlag GmbH
Im Ehnried 5, 88605 Meßkirch
Telefon 0 75 75 / 20 95 - 0
info@gmeiner-verlag.de
Alle Rechte vorbehalten
1. Auflage 2021

Lektorat: Katja Ernst
Herstellung: Julia Franze
Umschlaggestaltung: U.O.R.G. Lutz Eberle, Stuttgart
unter Verwendung eines Fotos von: © Tinvo / photocase.de
Druck: CPI books GmbH, Leck
Printed in Germany
ISBN 978-3-8392-0025-4

Für Horst

TEIL I

KASSEL 1992

1 AZRAEL

Der Kerl hatte sich in die sauteure BOSS-Hose gepisst. Wahrscheinlich hatte er es selbst noch nicht bemerkt, weil er damit beschäftigt war, auf dem wackeligen Stuhl die Balance zu halten. Ich fand den Anblick einigermaßen amüsant, doch um ihn genießen zu können, nervte das erbärmliche Flennen des Typs zu sehr.

Das Gejammer erfüllte die leere Fabrikhalle. Um mich von seiner Position aus sehen zu können, musste er die Augen verdrehen. Er konnte den Kopf nicht in meine Richtung beugen, dafür sorgte der Strick, den ich an der Deckenkonstruktion befestigt und ihm um den Hals geknotet hatte.

Während er versuchte, jede falsche Bewegung zu vermeiden, fing er doch tatsächlich an zu verhandeln. Dabei war ich überzeugt gewesen, ich hätte ihm den Ernst der Lage klargemacht. Er schien ihn trotzdem nicht begriffen zu haben, offensichtlich musste ich deutlicher werden. Ich stupste mit dem Fuß an den Stuhl, gerade so fest, dass er ein wenig ins Wanken geriet. Sofort war Ruhe. Na also.

Ich schaute ihm lange ins Gesicht und versuchte, den Kerl darin zu erkennen, der seine Visage in jede Kamera hielt und Sätze sagte wie: »Bei den Entlassungen handelt es sich um notwendige und sozial vertretbare Maßnahmen.« Oder: »Wir stehen für Werte wie Integrität und Loyalität.«

Ob er auch nur eine Lüge bereute, wie er da so stand, flennend und vollgepisst? Auch nur eine Sache ändern würde, falls ich ihn jetzt laufen ließe?

Ich hatte ihn lange genug verfolgt. Einmal in der Woche ging er seinem Hobby nach und belohnte sich für einen harten Arbeitstag. Bevor er abends seinen Töchtern einen Kuss zur guten Nacht gab und ins Ehebett kroch, hatte er sich an mindestens einer minderjährigen Prostituierten vergangen, die nicht viel älter war als seine Töchter. Und am Sonntag saß er mit glänzenden Augen Händchen haltend neben seiner Gattin im Gottesdienst. Ich wusste wohl um den Kummer, den ich Frau und Kindern bescherte, und das ließ mich alles andere als kalt. Sie würden es verstehen, wenn sie erst die Wahrheit über ihn kannten, und außerdem würde ihr Trost siebenstellig sein.

Den Ort hatte ich mit Bedacht ausgesucht. Ich war beinahe ein bisschen stolz auf meine Wahl. Die leere Fabrikhalle, die in direkter Nachbarschaft zur B 83 vor sich hingammelte, bot den idealen Rahmen. Die perfekte Kulisse für den Abgang desselben Mannes, der diese Halle von Arbeitern entvölkert, das Inventar verscherbelt und sich mit der Abwicklung eine goldene Nase verdient hatte. Die Dachkonstruktion war zwar rostig, würde ihn aber sogar dann halten, wenn er strampeln sollte. Die Hände hatte ich mit dicken Stoffstreifen zusammengebunden und diese mit Klebeband festgezurrt, nachdem ich die Kabelbinder entfernt hatte. Die Stoffstreifen sorgten dafür, dass keine nennenswerten Abdrücke zurückblieben, wenn ich die Fesseln entfernte. Später, wenn die Zappelei vorbei wäre.

Ich sah ihn mir ein letztes Mal ganz genau an. Er schien kaum noch Widerstandswillen zu haben. Er hatte seine gesamte Energie mit Jammern und Lamentieren verpulvert und war übersät mit hektisch roten Flecken vom Hyperventilieren. Kein Problem. Die würden bis zur Leichenschau verschwunden sein, und die vollgepisste Hose würde man dem Todeskampf zuschreiben.

Er begann mich zu langweilen. Sein Winseln versank in einer Mischung aus Selbstmitleid und Bettelei.

Genug!

2

Horst Scharpinsky ließ das Glasauge wie ein Taschenspieler durch die Finger rotieren und zwinkerte mit der leeren Augenhöhle. Das tat er gern, um Eindruck zu schinden, und in der Regel dann, wenn ihm ein armes Würstchen gegenübersaß, das sein Handlanger Sergej zu einer Unterredung unter drei Augen zitiert hatte.

Mich jedoch beeindruckte das, was Scharpinsky tat, kaum noch. Ich hatte das ein paarmal zu oft erlebt.

Er hing lässig in einem überdimensionalen Ledersessel, drehte das Glasauge mit der rechten Hand in der Luft und spielte mit der linken an einer scheinbar tonnenschweren Goldkette, die um seinen Hals baumelte. Hinter ihm hatte sich Sergej aufgebaut und die Arme vor der breiten Brust verschränkt.

Meine Augen wanderten zwischen Scharpinsky und Sergej hin und her. Die Demütigung, den Blick zu senken, wollte ich mir ersparen. Von Sergej am helllichten Tag am Kragen aus der Kanzlei und in den Keller von Scharpinskys Sexshop gezerrt zu werden, war beschämend genug gewesen.

Diejenigen, die eine Wahl hatten, schlichen mit gesenktem Haupt in das Büro von Scharpinsky oder machten einen Riesenbogen darum. Seit mein Schuldenberg bei ihm so hoch geworden war, dass ich ihn in zehn Leben nicht würde abtragen können, gehörte ich nicht mehr zu denen, die es sich aussuchen konnten. Ich hatte jede Chance auf Würde verspielt.

Irgendjemand musste dieser unangenehmen Situation ein Ende bereiten, und da Scharpinsky sie offensichtlich genoss, musste ich wohl derjenige sein.

»Was kann ich für Sie tun, Herr Scharpinsky?«, fragte ich.

»Sharp, bitte. Meine Freunde nennen mich Sharp. Sie sind doch mein Freund oder, Petri?«

Ich war todsicher, dass Horst Scharpinsky nicht einen einzigen Menschen kannte, der sich freiwillig als seinen »Freund« bezeichnete.

»Was also kann ich für Sie tun, Sharp?«

Das Glasauge stoppte für einen Moment zwischen Scharpinskys Fingern. »Meine Klienten sterben mir weg wie die Fliegen.«

Ohne es zu wollen, musste ich zu Sergej gucken. Der starrte in den Raum und pumpte demonstrativ die Brust durch Einatmen auf.

»Nein, nein«, wiegelte Scharpinsky ab. »Sergej hat damit nichts zu tun. Angeblich handelt es sich um Selbstmorde. So steht es in den Polizeiakten.«

Ich fragte mich, woher er wusste, was dort stand, dann fiel mir ein, dass ich nicht der Einzige war, der Scharpinsky mehr als nur einen Gefallen schuldete.

»Und was kann ich diesbezüglich für Sie tun?«

»Die Polizei hat in sämtlichen Fällen die Ermittlungen

eingestellt. Über eine halbe Million Mark ist mir auf diese Weise schon durch die Lappen gegangen.«

Die Toten hatten also offensichtlich Schulden bei Scharpinsky und sein Geld mit ins Grab genommen. Ich wartete die Fortsetzung seiner Geschichte ab.

»Da stinkt was. Wenn sich die Mitglieder der besseren Gesellschaft nacheinander umbringen, ist allein das seltsam genug, aber dass es ausschließlich meine Kunden trifft, kann kein Zufall sein.«

»Die *bessere Gesellschaft* hat bei Ihnen Schulden?«

Scharpinsky grinste schief und lehnte sich zurück. Das Glasauge rotierte wieder zwischen seinen Fingern. »An Ihrem Türschild steht doch auch ›Anwalt für Strafrecht‹, und trotzdem zählen Sie zu meinen Kunden.«

Das entsprach leider der Wahrheit. »Um wen handelt es sich denn?«

»Mann, lesen Sie keine Zeitung? Halbseitige Kondolenzanzeigen – das fällt doch auf.«

»Tut mir leid.«

»Haben Sie das mit dem Verleger nicht mitbekommen? Roman Levin? Hinterlässt seiner Gattin einen erfolgreichen Verlag plus eine Villa im Mulang und mir 300.000 Mark, die ich nie wiedersehen werde.«

»Können Sie nicht bei seiner Frau …?« Ich schaute zu Sergej, der unbeweglich an mir vorbeistarrte.

»Sie wissen so gut wie ich, dass ich das nicht kann. Meine Schuldner haften nicht mit Gegenwerten, sie verkaufen mir ihre Seele. Nicht wahr, Petri?«

Klar, dass er mich daran erinnern musste. »Wofür brauchte ein Mann wie dieser Levin Geld von Ihnen? Man sollte annehmen, er habe selber genug besessen.«

»Das sollte man von Ihnen auch annehmen, oder?«

Scharpinskys Logik war bestechend, und sie traf direkt in meine Eingeweide. Ich versuchte, es mir nicht anmerken zu lassen. »Wissen Sie, wofür Levin sich das Geld geliehen hat?«

»Ich bitte Sie. Verschwiegenheit ist unser oberstes Prinzip. Ich stelle keine Fragen. Ich verleihe Geld, und Sergej sorgt dafür, dass doppelt so viel zu mir zurückkehrt.«

In Gedanken verdoppelte ich die Summe, wegen der Sergej mich heute Nachmittag am Schlips aus der Kanzlei geschleift hatte. Mir wurde schlecht. »Sie haben erwähnt, dass es mehrere Fälle sind.«

»Ja. Die Reichen und Schönen von Kassel. Ein Wunder, dass die Sache noch nicht von der Presse breitgetreten wird.«

»Und alle hatten sich ähnlich viel Geld von Ihnen geliehen?«

»Jeder Einzelne weit über 100.000 Mark.«

»Und wie viele Schuldner sind Ihnen bereits …?«

Scharpinsky hatte weniger Probleme mit der Wortwahl als ich. »… abhandengekommen?« Er drehte sich zu Sergej um.

Der zuckte die Schultern.

Ich war mir sicher, dass Sergej maximal bis zehn zählen konnte; mehr Finger gab es in der Regel nicht zu brechen.

Scharpinsky drückte das Glasauge in die Höhle und zwinkerte einige Male, dann zog er einen Zettel vom Tisch und glitt mit dem Zeigefinger die Zeilen entlang. »Mit dem Verleger sind es drei«, sagte er schließlich.

»Erst drei?« Im selben Augenblick bereute ich meinen Einwurf.

»Erst? Wissen Sie, Anwalt, das waren nicht so kleine Fische wie Sie. Drei fette Karpfen im Teich sind tot. Über eine halbe Million hat sich in Luft aufgelöst – da muss was passieren.«

»Ich habe immer noch keine Ahnung, was ich damit zu tun habe.«

»Es gibt ein paar weitere potenzielle Kandidaten. Von denen soll mir keiner mehr flöten gehen.«

»Ich kann schlecht jemanden daran hindern, Selbstmord zu begehen.«

Scharpinsky lehnte sich über den Tisch nach vorn. »Witzig, der Herr Anwalt. Das weiß ich selbst. Aber es muss aufhören. Da hat es ein Hecht auf meine Karpfen abgesehen, und ich will ihn zur Strecke bringen. Und Sie werden mir die notwendigen Informationen besorgen.«

»Wie war das mit der Verschwiegenheit gegenüber Ihren Kunden?«

»Deswegen kann ich es ja nicht selbst machen.«

»Wie stellen Sie sich das vor? Ich kann mich schlecht in die Arbeit der Polizei einmischen, und außerdem habe ich genug zu tun.«

»Das kann wohl kaum mein Problem sein«, sagte Scharpinsky. »Das verstehen Sie doch?«

Sergej hatte die Arme runtergenommen, verschränkte die Finger und ließ die Gelenke knacken.

Ich verstand.

3

Ich nahm den offiziellen Ausgang aus dem Fleur durch den Sexshop im Erdgeschoss. Scharpinskys Puff lag im Keller und war über zwei Wege zu verlassen: Wenn die Luft rein war, ging man durch den Sexshop hinaus auf die Holländische Straße, wenn die Polizei vor der Tür stand, gelangte man über eine Treppe in den Hinterhof und konnte Richtung Bunsenstraße verduften.

Während unserer Unterredung hatte es geregnet, und die Lichter der Leuchtreklamen waberten auf dem nassen Asphalt. Der letzte Schnee im Rinnstein war geschmolzen und hatte Unrat freigelegt, für den sich niemand verantwortlich fühlte: Unmengen an Kippen, verblassende Fetzen der Silvesterböller, die die Häuserschluchten der Nordstadt zum Beben gebracht hatten, Kondomverpackungen und Kronkorken. In den obersten Stockwerken der gegenüberliegenden Häuser blinkten rote Herzen in den Fenstern. Darunter lungerten Kerle mit tief ins Gesicht gezogenen Kapuzen vor den Eingängen herum. Sie pressten sich, so weit es ging, unter die schützenden Vordächer und warteten auf Kundschaft, die Stoff brauchte oder Sex.

Ich verdrückte mich mit Sharps Liste in einen windgeschützten Winkel zwischen zwei Wohnblocks und studierte sie. Auf Anhieb erkannte ich zwei der Männer darauf. Richter Drömer war mir selbstverständlich ein Begriff, außerdem Franz Schuhmann – ein Insolvenzverwalter, der skrupellos zerschlug, was ihm in die Finger geriet. Diese beiden waren noch am Leben, genauso wie ein Mann namens Hans Vaas. Die Einträge der Herren

Ratstetter, Zanetti und Levin kennzeichnete ein kleines schwarzes Kreuz. Von Letzterem hatte ich in der Zeitung gelesen, dass er mit einer Überdosis Schlaftabletten in seinem Ferienhaus in der Badewanne ertrunken war.

Obwohl ich weit davon entfernt war, mich widerstandslos in Sharps Erpressung zu fügen, trieb mich doch die Neugier. Die Adresse von Schuhmanns Büro kannte ich von etlichen Schreiben, mit denen man Mandanten von mir mitgeteilt hatte, dass man ihre Lohnforderungen leider nicht mehr eintreiben könne. Ich steckte die Liste ein und zog den Mantel enger um mich. Dann ließ ich mich gemeinsam mit dem Unrat, den der Wind über die Bürgersteige vor sich her wehte, bis zu meiner Wohnung wenige Straßen von Scharpinskys Puff entfernt treiben. Dort parkte mein senfgelber Ford Taunus. Aufgrund chronischen Spritmangels hatte ich ihn in der letzten Zeit so selten wie möglich bewegt. Nach einigen Versuchen startete der Motor. Gemeinsam mit dem Feierabendverkehr verließ ich die Stadt Richtung Waldau.

Das Grau des regnerischen Tages und die Dämmerung verschwammen ineinander, die tristen Bauten des Industriegebiets waren zu Schatten geworden.

Zu Schuhmanns Büro hätte ich in eine Seitenstraße abbiegen müssen, aber ich wurde abgelenkt. In einiger Entfernung rotierte der blaue Schein von mindestens drei Einsatzfahrzeugen über die Fassade einer Fabrikhalle. Getrieben von einer Vorahnung lenkte ich den Ford in Richtung der Lichter.

Vor der Halle parkten wie erwartet zwei Polizeifahrzeuge, außerdem ein Krankenwagen und ein Leichenwagen. Ich stellte den Ford in einiger Entfernung am Rand des Geländes ab und näherte mich dem Halleneingang, aus dem gerade zwei Männer einen Sarg auf einem Rollwagen schoben.

Bevor ich einen Blick in das Innere der Halle erhaschen konnte, stellte sich mir ein Mann in den Weg.

»Können Sie mir verraten, was Sie hier suchen?« Kommissar Richard Sachs hatte extra tief eingeatmet und sich aufgepustet. Völlig unnötig, denn muskelbepackt, wie er war, könnte er sich ohne Probleme zwei Hänflingen meiner Sorte in den Weg stellen. Zu seinem Pech war ich mindestens einen Kopf größer als er und sah ohne Probleme über seinen kurz rasierten Schädel hinweg. Mein alter Freund Kommissar Matthias Frank hatte mir einmal anvertraut, dass Sachs gerade eben so die Mindestgröße für den Polizeidienst erreicht hatte. Dass Sachs karrieremäßig im Schatten des altgedienten Kommissars Frank vor sich hin dümpelte, machte es nicht besser. Sachs nutzte jede Gelegenheit, um sich in den Vordergrund zu spielen, und allzu oft gab er dabei im Gegensatz zu Matthias Frank eine unglückliche Figur ab.

Ich konnte es mir nicht verkneifen, aus dem aufgeplusterten Kerl die Luft rauszulassen. »Wo ist denn Kommissar Frank?«

Sachs knirschte mit den Zähnen. »Hat sich in den Innendienst versetzen lassen.«

»Niemals!«, entfuhr es mir. Das konnte nur ein Scherz von Sachs sein, wahrscheinlich steckte Frank mitten in einem anderen Einsatz. »Frank geht doch niemals in den Innendienst.«

»Das besprechen Sie dann wohl besser mit ihm selber, und jetzt würde ich Sie bitten, das Gelände zu verlassen.«

Ich linste über Sachs hinweg und erhaschte einen kurzen Blick in das Innere der Halle. Man hatte Scheinwerfer aufgestellt, die die Szene wie eine Filmkulisse wirken ließen. Exakt in der Mitte lag ein umgekippter Stuhl, darüber baumelte eine Schlinge aus grobem Seil. Ich hatte eine ungefähre Vorstellung davon, was hier geschehen war.

»Suizid?«, fragte ich dennoch.

»Ich wüsste nicht, was Sie das angeht.« Sachs' Aufmerksamkeit wurde von einem Wagen abgelenkt, der mit quietschenden Reifen auf das Gelände gerast kam. Eine Frau und ein Mann mit Kameras im Anschlag sprangen heraus und fotografierten wild drauflos. Schnell drehte ich mich weg, aber die Aufmerksamkeit der Journalisten wurde ohnehin von den Männern angezogen, die gerade den Sarg verluden. Offensichtlich war ich nun Sachs' geringeres Problem. Er stürzte auf die beiden zu und gab damit den Weg für mich frei. Während ich ein paar Schritte in die Halle tat, vernahm ich von draußen lautes Gezeter.

Im Innern gab es nicht mehr zu entdecken als das, was ich vorhin bereits erkannt hatte. Ein Stuhl, ein Seil. Das Ganze ergänzt durch Absperrband und Menschen in Schutzanzügen, die fotografierten und den Boden nach Beweismitteln absuchten. Die weitläufige Halle ähnelte tausend anderen leerstehenden Fabrikhallen – bröckelnder Beton, rostiger Stahl, zerborstene Oberlichter –, wenn nicht mittendrin diese Schlinge von der Decke gebaumelt hätte. Hier gab es nichts weiter zu sehen.

Draußen war Sachs immer noch in eine Diskussion mit den Presseleuten verwickelt. Die Frau deutete auf einen Mercedes, der neben dem Eingang zur Halle parkte und den ich hinter den Einsatzfahrzeugen zuvor gar nicht bemerkt hatte. »Können Sie uns bestätigen, dass es sich um Franz Schuhmann handelt?«

Mir genügte als Antwort das Kennzeichen »KS-FS«.

Sachs gestikulierte wild herum. »Das ist ein Tatort und Sie verziehen sich jetzt. Alles Weitere erfahren Sie später von der Presseabteilung.«

Die zwei Journalisten verrenkten sich die Hälse, um einen Blick in die Halle zu werfen, doch ein Beamter schob gerade das Tor zu.

Ich tippte mir an die Stirn, um Sachs beiläufig zu signalisieren, dass ich auf dem Sprung war, und schlich zu meinem Auto, bevor die Journalisten womöglich auf die Idee kamen, mich abzulichten. In diesem Zusammenhang in der Presse aufzutauchen, würde den letzten Rest Wohlwollens, den ich bei Scharpinsky genoss, vollends zerstören.

Sachs lief hinter mir her und holte mich ein, kurz bevor ich am Wagen ankam. »Was hatten Sie hier eigentlich zu suchen?«

»Ich bin ganz zufällig vorbeigefahren.«

Klar, dass er mir kein Wort glaubte. »Darüber reden wir noch.«

»Gibt es Hinweise darauf, dass es keine Selbsttötung war?«

Sachs' Miene durchzog ein feistes Grinsen. »Einen Unfall können wir ziemlich sicher ausschließen.« Dann zog er ab.

Zurück in der Nordstadt hinderte mich ein hartnäckiges Magenknurren daran, auf direktem Weg nach Hause zu gehen, da in meinem Kühlschrank mal wieder gähnende Leere herrschte. Mit der Hand rührte ich in der Manteltasche. Ein paar Markstücke klimperten um die gefaltete Liste herum, die Sharp mir überlassen hatte.

Ich könnte beim Türken ein Fladenbrot kaufen, es mit nach Hause nehmen und die Glotze dudeln lassen, während ich es allein in mich hineinstopfte. Oder ich könnte die restlichen Stunden des Tages bei Matt im Vesuvio absitzen, wie die meisten Abende im letzten Jahr, und anschreiben lassen. Ich entschied mich für Pizza und eine Unterhaltung mit Matt und seiner Frau Rosetta.

Kaum hatte ich die Tür zum Vesuvio geöffnet, fühlte ich mich augenblicklich zu Hause. Matt – Matteo Ferrugio – stand hinter dem Tresen und grölte einen italienischen Gassenhauer. Irgendwas von Tozzi oder Ramazzotti, für mich klangen die alle gleich. Das schwarze Haar klebte ihm in öligen Wellen an der Stirn und durch das verschwitzte weiße Hemd schien seine üppige Brustbehaarung durch.

Als er mich bemerkte, brüllte er durch den Raum: »Meinardo, meine Freund, entra! Setz dich und trink eine Rote mit mir. Heut isse ein Tag zum Feiern!«

Die Gäste hoben kurz die Köpfe, registrierten, dass ich zur Tür hineingekommen war, und senkten sie wieder über ihre Teller. Die lautstarken Ausbrüche von Matt hielten hier niemanden vom Essen ab.

Ich arbeitete mich bis zum Tresen vor. So dicht an der Küche biss der Knoblauchgeruch mehr, als dass er duftete.

»Was gibt es denn zu feiern?«, fragte ich.

Er zog einen Wisch hinter sich aus dem Regal und wedelte damit durch die Luft. »Verlängerung der Aufenthaltserlaubnis! Da futterst du seit Jahren die Nutten von Kassel fett und trotzdem musse du denen bei die Behorde jedes Jahr die Arsch kussen.«

»Herzlichen Glückwunsch«, sagte ich.

»Das hat mit die Gluck nichts zu tun«, raunte Matt über die Theke gelehnt. »Sondern mit ein paar braune Scheinchen. Oder glaubst du, das funktioniert in Kassel anders als in Sicilia?« Er zog mit dem Zeigefinger das Unterlid herunter.

»Trotzdem Glückwunsch.« In Wahrheit gratulierte ich mir selbst, denn wenn Matt sein Lokal dichtmachen müsste, würde ich den einzigen Ort verlieren, der als Ersatz für ein Zuhause taugte.

Ich sah mich um. Die meisten Gäste mummelten schweigend das Essen in sich hinein. Ein Pärchen saß sich gegenüber. Ob das Glänzen in ihren Augen an ihrer Stimmung, am Wein oder etwas ganz anderem lag, ließ sich nicht ausmachen; selbst wenn die beiden total zugedröhnt gewesen wären, hätte man ihnen schon Blut abnehmen müssen, um es mit Sicherheit sagen zu können. An einem anderen Tisch entdeckte ich drei aufgetakelte Mädchen stumm nebeneinander. Ihre Röcke waren für die Jahreszeit zu kurz, und ihre knabenhaften Körper verrieten, dass sie kaum 18 sein konnten. Ihre Blicke wieselten wie die von hungrigen Straßenhunden durch den Raum.

Luca Ferrugio – Matteos alter Herr – saß in einer Ecke und war eingeschlafen. Sein Körper war zu einem atmenden Buckel zusammengefallen, das Kinn hing ihm auf der Brust. Das Gebiss war halb aus dem geöffneten Mund gerutscht, aber den zwischen die Beine geklemmten Spazierstock hielten seine Hände fest umklammert.

Ich deutete auf den alten Kerl. »Auch gut für ihn. Das mit der Verlängerung, meine ich. Der käme ja gar nicht damit klar, wenn er woanders sein Nickerchen halten müsste.«

Matt grinste. »Gestern ich hab gedacht, er wär tot. Ich hab ihm eine Grappa unter die Nase gehalten und schwupps – er war wieder da. Hat die Grappa runtergeschuttet und auf die Cosa Nostra geflucht. In Italiano versteht sich.«

»Versteht sich.«

»Was darf's sein, meine Freund?«, fragte Matt.

Ein randvolles Glas Rotwein stand bereits vor mir auf dem Tresen. »Nur eine Kleinigkeit.«

Matt legte den Kopf schief. »Kanns anschreibe«, flüsterte er.

»Dann nehme ich eine Vierjahreszeiten ohne Peperoni.«

»Studierte Weichei«, meinte er lächelnd und brüllte anschließend die Bestellung in die Küche.

In der Durchreiche tauchte das runde Gesicht von Rosetta auf. Sie strahlte von einem Ohr zum anderen. »Wo is meine Lieblingsanwalt?«, rief sie.

Ich bückte mich über den Tresen und winkte ihr zu.

»Wann wirst du endlich eine richtige Kerl? Pizza ohne Peperoni isse wie Liebe ohne …« Sie klatschte die flache Hand auf die Faust.

Matt grinste und nickte wissend, und ich hatte Bilder vor Augen, auf die ich gerne verzichtet hätte.

»Los, Freund, wir setzen uns.« Matt war hinter dem Zapfhahn hervorgekommen und plötzlich um einiges kleiner geworden. Um den Größenunterschied zwischen sich und Rosetta auszugleichen, hatte er sich eine Stufe hinter dem Tresen installieren lassen. Ich hatte ihr Hochzeitsfoto gesehen: Man hatte Matt auf eine Kiste gestellt und die Schleppe von Rosetta darum drapiert, um sie zu kaschieren. Trotzdem guckte Matt selbstbewusst wie ein König in die Kamera. Sizilianische Männer waren vielleicht klein, aber stolz auf jeden Zentimeter.

Wir setzten uns an einen Tisch. Ich hatte den freien Blick in den Raum gewählt. Seit einiger Zeit ertrug ich es nicht mehr, Eingangstüren den Rücken zuzudrehen.

»Auf die deutsche Behorden!« Matt erhob das Glas. Wir stießen an.

Er musterte mich durchdringend. »Meinardo, du siehse unglucklich aus.«

Matt war der einzige Mensch, dem ich nichts vormachen musste. In Wahrheit kam mir in letzter Zeit immer öfter der Verdacht, dass ich eigentlich niemandem mehr etwas vormachen konnte, egal, wie viel Mühe ich mir gab. Wenn man erst mal am Bodensatz kratzte, half weder Anzug noch Krawatte.

»Sharp hat mich an den Eiern.«

Scharf sog Matt die Luft ein. »Merda, das isse schlimm.«

Ich nickte und nahm einen Schluck Wein. Nicht die Sorte, die ich gerne getrunken hätte, dafür umsonst und mit Liebe eingeschenkt.

»Ziemlich schlimm sogar«, sagte ich. Ich brauchte nichts zu erklären. Kiezgröße Scharpinsky war jedem ein Begriff, der sich zwischen Wiener und Wolfhager Straße aufhielt und den Kopf senkte, sobald ein Polizeiauto vorbeifuhr.

»Geld oder Drogen?«

»Himmel, Matt! Keine Drogen.«

Er guckte kurz erleichtert, doch schnell verdüsterte sich seine Miene wieder. »Wobei ... Geld isse nich unbedingt eine kleinere Problem.«

»Nicht im Mindesten. Er will, dass ich meine Schulden bei ihm abarbeite.«

»Klingt fair.«

»Ja, falls ich erfolgreich bin. Ansonsten kannst du mich mit Betonschuhen aus der Fulda fischen.«

»Nein, so was mache nur die Mafia«, Matt grinste. »Sharp wurde dich vielleicht ...« Das Grinsen verschwand.

»Genau. Ich hab überhaupt keine Chance. Was er da von mir verlangt, ist eine Nummer zu groß für einen kleinen Anwalt wie mich. Und außerdem hab ich ja noch meine

Klienten. Wenn ich kein Geld verdiene, kann ich mich auch ohne Sharps Hilfe aufhängen.«

»Da has du dich ganz ordentlich in der Scheiße geritten, meine Freund. Was solls du denn tun fur ihn?«

»Ihm ist eine Reihe gut situierter Schuldner durch Selbstmord abhandengekommen. Das Geld kann er abschreiben. Und ich soll rausfinden, warum, und verhindern, dass es so weitergeht.« Als mir klar wurde, dass es bereits weitergegangen war, wurde mir schummrig. Es war keine gute Idee gewesen, den Wein auf leeren Magen in mich reinzuschütten. Bevor ich Matt von Schuhmanns Selbstmord erzählen konnte, trat seine Frau Rosetta an den Tisch. Sie balancierte einen Teller und stellte ihn vor mir ab, dann nahm sie meinen Kopf, presste ihn zwischen ihre Brüste und rubbelte mir den Schopf. Ich befreite mich aus ihrer Umklammerung, sie kniff mir in die Wange. »Meine Lieblingsanwalt, du. Und jetzt iss, siehse schlecht aus.«

Matteo hatte die Szene grinsend verfolgt. Rosetta holte die Weinflasche vom Tresen, goss die Gläser voll und setzte sich neben ihren Mann. Nun verschwand Matteos Gesicht zwischen ihren Brüsten. Sie gurrte, während sie seine Locken kraulte.

Währenddessen widmete ich mich der Pizza. Die erste warme Mahlzeit seit Tagen. Rosetta hatte mich mit einer extra dicken Schicht Käse und Schinken bedacht. Ich hatte solchen Hunger, dass ich zu schnell aß. Der heiße Käse brannte mir augenblicklich eine Blase in den Gaumen, und ich spülte mit einem Schluck Wein nach.

Matteos Gesicht tauchte puterrot aus Rosettas Dekolleté auf. »Passe bloß auf. Mit Sharp isse nich zu spaße.«

»Ich weiß«, hauchte ich. Das Stück Pizza in meinem Mund war noch immer zu heiß, um es zu schlucken.

»Sharp?« Rosetta angelte nach einem kleinen Kruzifix, das an einer Kette zwischen ihren Brüsten baumelte, und küsste es. Dann verschwand der Gekreuzigte wieder in der üppigen Hautfalte. Ich konnte mir schlechtere Orte vorstellen, um an ein Kreuz genagelt rumzuhängen.

Matt legte ihr eine Hand auf die Schulter. »Lass uns mal kurz allein, ja?«

Sie warf mir einen mütterlich besorgten Blick zu und stand auf. »Aber alles aufesse«, sagte sie im Weggehen.

»Und was willse jetzt mache?«, wollte Matt wissen.

»Was kann ich schon tun? Mich als freundlicher Anwalt den Witwen der Selbstmordkandidaten vorstellen und herausfinden, was da los war.«

»Nich dass du am Ende Ärger mit die Anwaltskammer bekomms.«

»Ach, Matt. Wenn das meine einzige Sorge wäre.«

Er nickte wissend. »Wenn du brauchs Hilfe oder musse einfach nur reden – unsere Tur isse immer offen.«

Vom Nachbartisch klapperte es laut. Matteos altem Herrn war tatsächlich das Gebiss aus dem Mund gefallen. Verschlafen guckte er in die Runde, dann sah er mich und seine grauen Augen blitzten. »Meinardo«, nuschelte er. »Come schtai?«

»Va bene, Luca«, antwortete ich.

Matt krabbelte unter dem Tisch herum. Endlich hatte er das Gebiss gefunden. Vorwurfsvoll zeigte er es dem alten Mann. Der hatte das Fehlen noch gar nicht bemerkt.

Ich schaufelte schnell den Rest Pizza in mich rein, bevor mein Appetit vollends zum Teufel war.

Matt hatte das Gebiss unter dem Wasserstrahl am Zapfhahn gesäubert und gab es seinem Vater zurück. Der ließ es in den Mund gleiten und klapperte ein paarmal damit wie ein Storch.

»Nachtisch?«, fragte Matt.

»Heut nicht, danke.«

»Eine Grappa?«

»Da sag ich nicht nein.«

Matt goss drei Gläser voll, stellte zwei auf unseren Tisch und eines vor seinen alten Herrn. »Desinfiziert«, rief er lauter als notwendig, und der Alte verzog den Mund zu einer schaurigen Grimasse.

Matt sah mich ernst an. »Ich bin nich Sharp, aber ich hab auch einflussreiche Freunde. Bevor du stecks tief in die Scheiße, komms zu mir. Capisce?«

Ich war mir nicht sicher, wovor ich größeren Respekt hatte. Vor Sharp und Sergej oder der sizilianischen Mafia. Ich schüttete den Grappa herunter. Das Brennen lenkte mich einen Augenblick ab.

Schließlich sagte ich: »Verstanden.«

4 AZRAEL

Beim Frühstück schlug ich die Zeitung auf. »Insolvenzverwalter erhängt sich in abgewickeltem Betrieb. Hielt er die Gewissensbisse nicht länger aus?«

Beinahe hätte ich den Kaffee auf die Schlagzeilen geprustet. Jetzt hatte ausgerechnet ich diesem Abschaum posthum glatt ein Gewissen verschafft; nur die Ironie des Lebens konnte so eine schräge Geschichte schreiben.

Die Zeilen verrieten mir nichts Neues. Der Mann hinterließ eine Frau und zwei Töchter. Sie fielen weich in ein dickes Vermögen, angehäuft auf dem Buckel Hunderter armer Wichte, die in der Schlange auf dem Arbeitsamt den Tag rumbrachten. Vielleicht hatte ich der Welt ein wenig Gerechtigkeit zuteilwerden lassen – Anstand konnte ich ihr selbst auf diese Weise nicht beibringen, sonst hätte die Zeitung titeln müssen: »Ausbeuter entzieht sich feige der Verantwortung«. Ich seufzte. An Wunder glaubte ich schon lange nicht mehr. Ich stellte mir vor, welche honorigen Mitglieder der Kasseler Gesellschaft bei der feierlichen Beerdigung salbungsvolle Worte für Schuhmann finden würde. Mir stieß der Kaffee sauer auf. Insgeheim hoffte ich, dass die alle allmählich anfingen, sich Sorgen zu machen. Wenn es einen nach dem anderen dahinraffte, konnte es ja möglicherweise auch die Übrigen mit Dreck an den Schuhsohlen treffen. Ich wusste, dass das Getuschel in den Reihen bereits begonnen hatte. Dort kursierten die wildesten Spekulationen, während die Polizei im Dunkeln tappte. Gut so.

Im Anhang des Artikels fand ich den Hinweis, dass die Polizei von Suizid ausging, man aber entsprechende Ermittlungsergebnisse abwarten müsse. Ich musste lächeln. Die mysteriöse Selbstmordserie hatte Aufsehen erregt, dennoch erkannte bislang niemand die Verbindung. Die Abstände hielt ich bewusst variabel. Die ersten Todesfälle trennten viele Monate, obwohl es mir schwergefallen war, so viel Geduld aufzubringen. Auf den nächsten musste ich nicht so lange warten, dennoch war keine Eile geboten. Es gab nicht den geringsten Grund, um aus der Ruhe zu geraten.

Ich schmierte mir ein Brötchen mit Marmelade und ließ es mir schmecken, während ich den Artikel ein zweites Mal las. In Gedanken sah ich Schuhmanns Tod vor mir ablaufen wie einen Film. Ich beobachtete, wie der Kerl auf den Hocker stieg, sich die Schlinge um den Hals legte, den Schemel mit den Fußspitzen wegkippte und baumelte und zappelte. Und bei all dem spielte ich in meiner Fantasie keine Rolle, und das sollte genau so sein. Die Schlagzeilen und die Aufmerksamkeit sollten die erhalten, die so geil darauf waren, dass sie beinahe alles dafür taten. Nur in dieser Geschichte mussten sie für den Ruhm eben sterben.

Ich schaute mir noch einmal das Foto an, das beim Verladen des Sarges vor der Fabrikhalle entstanden war. Im Eingang zur Halle stand ein Mann im Halbprofil. Undeutlich verschwommen durch die grobe Pixelung des Zeitungsdrucks. Ich kniff die Augen zusammen, das Bild wurde ein wenig schärfer. Der Mann trug einen unmodernen Mantel, ausgetretene Schuhe, Haare und Bart wirkten ungepflegt. Die Kasseler Kriminaler, die ich kennengelernt hatte, legten mehr Wert auf ihr Äußeres. Wer auch immer er war, er kam in meiner Planung nicht vor, und das würde sich umgehend ändern.

5

Am Morgen plagte mich ein leichter Kater von Matts billigem Rotwein, begleitet von einem widerlichen Knoblauchgeschmack und einer ausgetrockneten Kehle. Ich kippte drei nach Chlor schmeckende Gläser Wasser herunter und putzte mir ausgiebig die Zähne. Das alles half nur mäßig, und ich verließ nach einem verzweifelten Griff in die bereits für die Wäsche aussortierte Kleidung die Wohnung.

Jemand hatte eine Werbung für »70 Jahre Zissel« hinter den Scheibenwischer des Ford Taunus geklemmt. Volksfest mit Umzug und Tamtam, genau meine Veranstaltung. Ich schnappte den Flyer und warf ihn in den Fußraum zu einer Sammlung an Knöllchen und Kassenzetteln. Der Ford gurgelte kurz, bevor der Motor sich erbarmte anzuspringen. Die Tankanzeige war einen Strich über Reserve. Bis Wilhelmshöhe sollte das locker reichen.

Das Grundstück am Mulang lag versteckt hinter einer soliden Backsteinmauer. Vor dem Tor beobachtete mich ein Kameraauge, während ich die Klingel betätigte. Den klapprigen Ford hatte ich eine Straße entfernt geparkt, denn die auffällige senfgelbe Kiste hatte mir schon so manchen Auftritt vermasselt, das konnte ich mir heute nicht erlauben.

Ich zog den Knoten des Schlipses gerade, atmete tief ein und blickte möglichst selbstsicher in die Kamera.

»Ja?«, fragte eine blecherne Stimme aus der Gegensprechanlage.

»Mein Name ist Meinhard Petri. Ich bin Anwalt und vertrete einen Geschäftspartner von Herrn Levin. Es gäbe ein paar Fragen zu klären.«

Am anderen Ende folgte Rauschen. Jemand schien zu überlegen. Lange zu überlegen. Als ich drauf und dran war, den Klingelknopf noch einmal zu drücken, ertönte ein Summen. Das Tor sprang automatisch auf und drehte sich wie von Geisterhand in den Angeln.

Kaum war ich wenige Schritte auf das Grundstück getreten, schwenkte das Tor hinter mir zu und fiel mit einem Scheppern ins Schloss.

Ich war angemessen beeindruckt. Der Garten und das Haus waren geradewegs einer Zeitschrift für modernes Wohnen entsprungen. Der Landschaftsgärtner hatte ganze Arbeit geleistet, jeder Grashalm sah aus wie nach Plan gesteckt und die Hecken waren mit einer Perfektion gestutzt, als hätte jemand eine Wasserwaage drangehalten. Während in sämtlichen Winkeln der Stadt Frühblüher anarchisch bunt aus dem Boden sprossen, wagte auf diesem Grundstück nichts, den Kopf aus der Erde zu stecken, was das perfekte Bild zerstört hätte. Auf Kassels Straßen stach einem an jeder Ecke der Geruch von diesen gelben Büschen, deren Name ich mir nicht merken konnte, in die Nase. Ich schnupperte. Hier roch es nach nichts.

Ich näherte mich dem Haus, das durch überdimensionale verspiegelte Fenster wie ein Geist auf mich hinabstarrte. »Geh weg«, schien es zu sagen. Zwischen den Villen am Mulang wirkte es wie ein Schuhkarton auf Stelzen, dessen Auftraggeber ein großer Fan des Bauhauses gewesen sein musste. Wie der für das Ding eine Baugenehmigung erhalten hatte, wussten wohl nur der Bauherr und jemand auf dem Amt, der sich das Beamtengehalt ein wenig aufgebessert hatte.

Ich drückte die Beklemmung weg und marschierte Richtung Eingang, begleitet von dem sicheren Gefühl, dass ich beobachtet wurde.

Der Eingang lag zwischen zwei Säulen. Ein Kubus aus Sichtbeton mit einer glatten Haustür aus Stahl, die sich mit einem Summen öffnete, kaum dass ich einen halben Meter von ihr entfernt war.

Ich trat ein und fand mich am unteren Ende einer Treppe wieder. Am oberen Absatz wartete eine Dame mittleren Alters in hellblauer Kittelschürze. Sie sah misstrauisch zu mir herunter und musterte mich auf die Art und Weise, auf die man auf keinen Fall gemustert werden möchte, wenn man geglaubt hatte, dem Anlass entsprechend korrekt gekleidet zu sein. Ihr Blick blieb an meiner Krawatte hängen. Vielleicht war Paisleymuster zum Jeanshemd doch die verkehrte Wahl gewesen, aber alle übrigen Krawatten hatten Flecken gehabt.

»Kommen Sie hoch, Herr Petri.« Sie rollte das »R«. Ein Akzent aus dem Osten.

Ich erklomm die Treppenstufen, bis ich neben der Frau stand. Jetzt wirkte sie winzig.

»Dort lang bitte. Frau Levin wird gleich bei Ihnen sein.« Erwartungsvoll hielt sie die Hände ausgestreckt, bis ich verstand, dass sie mir den Mantel abnehmen wollte. Ich legte ihn über ihre Unterarme und ging in die Richtung, in die sie gezeigt hatte.

Ich spürte ihre Anwesenheit im Rücken, bis ich das Wohnzimmer erreicht hatte. Als ich mich umdrehte, war sie verschwunden.

Zum zweiten Mal innerhalb weniger Minuten war ich beeindruckt. Zwischen dem weitläufig im Raum verstreuten Mobiliar hätte ohne Platznot eine Formation Walzer tanzen können. Von den hochglänzenden beigefarbenen Fliesen stieg eine angenehme Wärme auf. Klar, Fußbodenheizung. Eine Front aus bodentiefen, beinahe rahmenlosen Fenstern eröffnete die Aussicht auf das Kasseler Becken, nur abgelenkt durch einige Bäume auf dem darunterliegenden Grundstück. Durch die nackten Äste erahnte ich bekannte Kirchturmspitzen; sie ragten aus der Dunstglocke, die über der Stadt hing. Ich stellte mir vor, wie die Aussicht erst im Dunkeln sein musste, wenn sich die Wilhelmshöher Allee wie ein leuchtender Wurm durch die Stadt wand. Beinahe schade, dass der Ausblick bald eingeschränkt sein würde, sobald die Bäume austrieben.

Schritte näherten sich. Die Frau schob beim Schreiten die Schultern trotzig nach vorne, wobei die Schulterpolster unter ihrer Bluse vor- und zurückwippten. Ihre langen Beine steckten in schwarzem Samt, und während die meisten im Haus vermutlich etwas Bequemes bevorzugt hätten, trug sie Schuhe mit mörderischen Absätzen, in denen sie lief wie in Turnschuhen. Sie musste das stundenlang geübt haben, ihre hohen Hacken machten kaum ein Geräusch auf dem Fliesenboden. Für einen Körper wie ihren hätte manche Frau ein Vermögen hingeblättert, ich entdeckte jedoch an ihr nichts, was auf etwas anderes als die Gnade guter Gene schließen ließ. Mit einiger Erleichterung fand ich schließlich an ihren goldblonden Locken doch etwas, wo der Natur nachgeholfen worden war: An der Kopfhaut verriet sie ein glatter brünetter Ansatz.

Ich hatte eine Witwe in Sack und Asche erwartet, stattdessen stand mir eine Frau gegenüber, die weder gebeugt noch gebeutelt wirkte. Sie schien es zu genießen, dass ich sie anstarrte, verharrte demonstrativ und hielt den Rücken gerade. Es hätte mich nicht gewundert, wenn sie trotzig die Fäuste in die Hüften gestemmt hätte, stattdessen streckte sie mir die rechte Hand entgegen.

»Salvina hat gesagt, Sie seien ein Geschäftspartner meines Mannes gewesen.«

Ich war versucht zuzustimmen, die Steilvorlage war zu verführerisch. Doch ich war immer noch Anwalt, ganz gleich, wie tief ich bereits im Schlamm versunken war. »Da muss sie etwas falsch verstanden haben, wir waren keine Geschäftspartner. Mein Name ist Meinhard Petri. Ich bin

Anwalt für Strafrecht.« Ich fummelte eine zerknautschte Visitenkarte aus der Jacketttasche und hielt sie ihr hin.

Sie nahm sie, aber würdigte sie keines Blickes. »Ich habe einen Anwalt«, sagte sie trocken.

»Ich vertrete die Interessen eines Mannes, der mit Ihrem Gatten Geschäfte gemacht hat.« So formuliert klang die Sachlage verdammt harmlos, allerdings nur, wenn einem das Knacken brechender Finger nicht ständig im Ohr lag. Unbewusst rieb ich mir die Hände.

»Und was kann ich für Sie tun? Sie haben sicher Verständnis, dass ich bisher nicht alle Angelegenheiten von Roman ordnen konnte.«

Sie wirkte extrem gefasst, beinahe bemüht, so als trüge sie unter der Bluse ein Korsett, das ihr das Rückgrat stützte.

»Mein Mandant hatte geschäftlich mit den Männern zu tun, deren Selbstmorde in den vergangenen Jahren hier in Kassel in den Medien Wellen geschlagen haben, und er fragt sich, ob es einen Zusammenhang zwischen ihnen gibt.«

Sie seufzte, und beim Ausatmen wich die Spannkraft aus ihrem Rücken. Sie ließ sich in einen schwarzen Lederkubus mit Chromgestell fallen. Eines dieser Möbelstücke, bei denen ich mich immer gefragt hatte, ob die Würfelform bequem sein konnte. Einen Augenblick später wusste ich, dass sie es nicht war.

Sie hatte mir einen Platz gegenüber angeboten, und ich rutschte auf dem kalten, harten Leder herum auf der verzweifelten Suche nach einer lässigen Haltung.

»Das hat mich die Polizei auch schon gefragt, und ich kann Ihnen nur sagen, dass ich die Herren nicht persönlich kannte.«

»Die Polizei hat Sie befragt?«

»Sicher. Ist es nicht üblich, bei Selbstmord nachzuforschen, wenn kein Abschiedsbrief vorliegt?«

»Sie haben recht, das ist üblich. Und Sie haben die anderen Männer nie getroffen?«

»Vielleicht ist man sich mal auf einer Abendveranstaltung begegnet.«

»Haben Sie eine Ahnung, für welchen Zweck Ihr Mann sich 300.000 Mark geliehen hat?« Die Taktik, mit der Tür ins Haus zu fallen, hatte der Wahrheit schon häufig auf die Sprünge geholfen.

Sie sah mich an, als sei ich verrückt geworden. Ich meinte, sogar ein leises Lächeln zu erkennen.

»Roman hatte es nicht nötig, sich Geld zu leihen. Wir haben nie über Finanzielles gesprochen und auch nie über den Verlag, aber glauben Sie mir, Geld war ganz bestimmt das geringste Problem.«

»Wer führt die Geschäfte, jetzt, wo Ihr Mann …?« Ich biss mir auf die Unterlippe.

Ihre Augen verengten sich und sie schob das Kinn nach vorne. Verwirrt stellte ich fest, dass sie die Frage weniger betroffen machte als ärgerlich. »Sein Sohn aus erster Ehe ist schon vor Jahren in die Geschäftsführung eingestiegen. Roman wollte ihm ohnehin in Kürze den Verlag übergeben und sich zurückziehen. Er hat sein ganzes Leben davon geträumt, selber mal etwas zu schreiben. Daraus wird nun nichts mehr.«

Ich fragte mich, welcher Teil ihrer Antwort Grund für den Ärger in ihrer Stimme war. »Hat er sich gut mit seinem Sohn verstanden?«

»So gut, wie zwei Leitwölfe sich eben verstehen können. Es gab immer wieder mal Unstimmigkeiten, aber am Ende wurden sie sich irgendwie einig.«

Dieses Thema machte sie eifersüchtig, das spürte ich.
»Und Sie sind finanziell versorgt?«

Sie setzte sich sehr gerade hin. »Ich denke nicht, dass Sie das etwas angeht, oder?«

Ich hatte mich schon gefragt, wann sie dichtmachte. »Da haben Sie recht. Das geht mich nichts an.« Freundlich den Schwanz einzuziehen war der zweite Teil der Taktik. Tatsächlich wurde ihr Rücken wieder rund. Zeit für die ultimative Frage. »Hat Ihr Mann jemals Selbstmordabsichten geäußert?«

Sie zuckte zusammen, überlegte kurz, schien mich dann einer Antwort für würdig zu erachten. »Er hatte manchmal Phasen, in denen ihm alles über den Kopf zu wachsen schien. Wissen Sie, er war einer dieser Männer, denen der Erfolg in den Schoß fiel. Was er anpackte, gelang. Aber das war nur beruflich. Privat sah es anders aus.«

Sie blickte mich an, und je länger sie das tat, desto mehr Unbehagen stieg in mir hoch. Unvermittelt stand sie auf und sagte: »Kommen Sie mit. Ich will Ihnen etwas zeigen.«

6

Man hätte mich mit verbundenen Augen in Kassel aussetzen können und ich hätte trotzdem nach Hause gefunden. Nach dem Treffen mit Riva Levin war ich jedoch derart in Gedanken versunken, dass ich beinahe in eine Versammlung dieser rot-weiß geringelten Lollies gerauscht wäre, die das Verkehrsamt gefühlt an jeder Straßenecke hatte aufstellen lassen. Ich hegte den Verdacht, dass sie diese Dinger in großen Mengen günstig erstanden hatten, und nun nicht wussten, wohin damit. Überall lungerten kleine Grüppchen dieser Blechkameraden und behinderten das Abbiegen. Um ihnen auszuweichen, war ich auf die falsche Spur gewechselt und fuhr auf dem Weg in die Innenstadt einen riesigen Umweg. Es war, als ob mein Hirn Zeit schinden wollte, um nachzudenken.

Während ich den Ford durch die Straßen lenkte, musste ich an das denken, was Riva Levin mir gezeigt hatte.

Sie hatte mich in das Arbeitszimmer ihres Mannes Roman geführt. Zunächst verstand ich nicht, worauf sie hinauswollte. Der Raum wurde dominiert von vollgestopften deckenhohen Regalen, deren Bretter sich unter schweren Buchrücken bogen. Dann fielen mir eine alte Schreibmaschine und ein von zerknüllten Seiten überquellender Papierkorb auf. Auf Levins Schreibtisch stand eine Flasche mit dem Rest einer dunkelbraunen Flüssigkeit, daneben ein Glas mit einem eingetrockneten Rand. Auf ihren Wink hin näherte ich mich dem Tisch. Ein Montblanc-Füller auf einer Kladde fiel mir ins Auge, die Zeilen darin dicht beschrieben, ohne Punkt und Komma; manisches Gekritzel. Ich bemerkte eine durchgesessene Stelle auf dem Schreibtischstuhl und einen speckig glattgewetzten Fleck am Schreibtisch, wo Stunde um Stunde der rechte Unterarm über das Holz gewischt hatte. Ich schaute nicht auf den Arbeitsplatz eines erfolgreichen Verlagsmanagers, ich starrte direkt in den Abgrund eines Getriebenen, der verzweifelt versucht haben musste, einen Dämon auf Abstand zu halten.

»Roman war oft allein in dem Ferienhaus am Edersee«, hatte sie gesagt. »Als ich von seinem Tod erfuhr, habe ich keine Sekunde an einem Selbstmord gezweifelt. Sie haben den gleichen Ausdruck in den Augen wie er. Sie erscheinen mir wie jemand, der vor sich selbst davonläuft.«

Wie betäubt war ich fast aus dem Haus getaumelt, ich hatte sogar meinen Mantel vergessen. Salvina war bis zum Tor hinter mir hergerannt.

Ich hatte zurückgeschaut und Riva Levin entdeckt, die oben im Fenster stand. Gegen das verspiegelte Glas war sie nur schemenhaft zu erkennen gewesen, dennoch wusste ich genau, mit welchem Blick sie mich bedacht hatte. Tausendmal hatte ich ihn bei meiner Exfrau gesehen, bis er eines Tages unerträglich geworden war.

Ich war mit dem Vorsatz in den alten Ford gesprungen, den direkten Weg zu Sharp zu nehmen. Ich würde ihm erklären, dass ich der Falsche sei, um sein Problem zu lösen. Schließlich war ich Anwalt und kein Privatermittler. Und ich war vielleicht nicht unbedingt ein erfolgreicher Rechtsverdreher, als Philip-Marlowe-Verschnitt hingegen hatte ich bereits beim ersten Auftritt auf ganzer Linie versagt.

7

Innerhalb von 24 Stunden zweimal im Keller von Sharps Etablissement zu stehen, machte meine Situation nicht angenehmer.

Sharp ließ mich warten. Sergej stand mit verschränkten Armen vor der Bürotür und starrte mir stumm ins Gesicht.

Ich nahm Platz an der Bar, hinter der Sharps älteste Bardame Molly Gläser polierte. Wenn man den Gerüchten glauben durfte, lief der Laden wie geschnitten Brot. Vielleicht weil Sharps Mädchen nicht aussahen wie Junkies und er seine Jungs angewiesen hatte, die Straße und den Eingang von Dealern freizuhalten. Das Fleur war sauber, auf den Toiletten konnte man sich sogar auf die Brille setzen, und im Gegensatz zu anderen Bordellen lagen nirgendwo gebrauchte Kondome oder halbtote, abgemagerte Mädchen herum. Seit der Grenzöffnung war selbst im beschaulichen Kassel in der Prostitution eine neue Zeitrechnung angebrochen. Der Markt war mit Mädchen aus dem Osten überschwemmt worden, die größtenteils mit falschen Versprechungen eingesammelt und dann gewaltsam zur Prostitution gezwungen worden waren. Sharp hatte zwar seine Finger ebenfalls in diesem Geschäft drin, aber seinen eigenen Laden hielt er sauber.

Bei allem, was man über Sharp in der Szene wusste, konnte man ihm ein Mindestmaß an Ganovenehre nicht absprechen. Molly hatte sich bei ihm das Gnadenbrot verdient und musste seit ihrer Totaloperation nicht mehr anschaffen. Sie war die Seele des Fleur – schon deswegen hätte Sharp sie nie ausgemustert. Jeden Abend saßen dieselben Kerle am Tresen und heulten sich bei ihr aus. Sie stülpte den Jungs tröstend ihren Vorbau über das Gesicht, winkte derweil eines der Mädchen herbei, stellte flugs eine überteuerte Flasche billigen Schaumwein auf die Theke und zog sich diskret zurück. Molly machte auf diese Weise mehr Umsatz für Sharp als zu der Zeit, als sie selbst angeschafft hatte. Sie war in den letzten Jahren etwas aus der

Form geraten. Das knatterenge schwarze Oberteil mit Paillettenbesatz hielt tapfer die wogenden Massen in Schach. Das dunkle Kaschemmenlicht täuschte genauso über die Krater in ihrem Gesicht hinweg wie eine dicke Schicht Make-up und schreiend blauer Lidschatten. Mit den künstlichen Krallen an ihren Fingern konnte sie vermutlich die Kronkorken der Bierflaschen ohne Hilfsmittel abheben.

»Na, Petrus, du Scheinheiliger, was darf ich dir anbieten?«

»Molly, ich finde es scheußlich, wenn du mich Petrus nennst.« Ich hasste dieses Wortspiel, und es ärgerte mich, dass ich es hasste. Für meinen Geschmack hatte man mir an diesem Tag bereits tief genug in die Seele geschaut.

»Entschuldige, Schatz, wie kann ich das wiedergutmachen?«

»Gib mir nen Kaffee, einen starken.«

Sie schenkte mir aus einer Thermoskanne ein. Ich sah skeptisch in die braune Flüssigkeit. Sharp ließ Schlafmittel in den entkoffeinierten Kaffee mischen. Auf diese Weise kriegten seine Mädchen die Kundschaft schneller auf die Zimmer, und die Männer blieben bis tief in die Nacht, ohne die Mädchen unnötig lange beschäftigt zu halten, und am Ende präsentierte Molly den Freiern eine Getränkerechnung, die sich gewaschen hatte.

Aufmunternd nickte sie mir zu. »Ist meine Privatmischung. Kannste trinken. Guck!« Sie goss sich selber eine Tasse ein und nahm einen Schluck.

Ich schlürfte an dem Kaffee. Ganz ordentlich für Puffbrühe.

Endlich war es so weit. Sergej machte wortlos einen Schritt zur Seite und öffnete die Tür zu Sharps Büro.

Der saß an seinem Schreibtisch. Noch war das Auge aus Glas drin, während das andere böse funkelte. Mir kam der

Verdacht, dass es womöglich angeraten sei, die Flucht zu ergreifen, aber Sergej hatte sich bereits in meinem Rücken postiert und blockierte den Ausgang.

Sharp knallte eine Zeitung auf den Tisch. »Ich hoffe, Sie bringen mir bessere Neuigkeiten.«

Ich versuchte, die auf dem Kopf stehenden Schlagzeilen zu entziffern.

Sharp drehte die Zeitung um. »Schon wieder einer. Und das bitte schön verstehen Sie unter diskretem Vorgehen?« Er tippte auf das Foto über dem Artikel.

Im Vordergrund wurde der Sarg in den Leichenwagen verladen, im Hintergrund schaute Kommissar Sachs ziemlich genervt in die Kamera, und in seinem Rücken war ich gerade dabei, mich in die Halle zu stehlen. Mist, da waren die Journalisten doch schneller gewesen.

»Ich war auf dem Weg zu Schuhmanns Büro, als ich das Polizeiaufgebot an der Halle bemerkt habe. Purer Zufall, dass ich vor Ort war.«

»Purer Zufall? Werfen Sie mal einen Blick auf Ihre Liste. Kann es noch deutlicher werden, dass da jemand einen Plan verfolgt, der mich treffen soll?«

Er hatte vollkommen recht, das alles roch so eindeutig nach Komplott, dass es die beste Idee gewesen wäre, sich rauszuhalten und der Polizei die Arbeit zu überlassen.

Sharp sah nicht aus, als sei er für derartige Vorschläge empfänglich. »Und schon wieder 200.000 weg. Ohne Zinsen. Ich will wissen, was da los ist, haben wir uns verstanden?« Er kniff das linke Auge zusammen. Das Glasauge fluppte heraus, er fing es geschickt auf und rotierte es durch die Finger.

Der Plan, ihm die Mitarbeit aufzukündigen, ging schneller zum Teufel, als ich erwartet hätte. Wann hatte ich mich in dieses armselige Häufchen verwandelt? Mollys Kaffee rumorte in meinem Bauch. Ich brauchte dringend etwas im Magen. Ein tiefer Blick in Sharps leere Augenhöhle genügte und dieser Gedanke verflog. Statt seine Frage zu beantworten, glotzte ich ihn ratlos an.

»Gibt es was Neues?«, fragte er.

»Ich bin doch erst seit gestern dran. Ein bisschen Zeit brauche ich auch. Levin jedenfalls könnte tatsächlich einen Grund gehabt haben, Selbstmord zu begehen. Seine Frau hat mir glaubhaft versichert, dass sie keine Ahnung hat, wofür er sich hätte Geld leihen sollen. Nötig hatte er es auf jeden Fall nicht.«

Das rotierende Glasauge stoppte. »Nötig hatten die auf Ihrer Liste es alle nicht. Da stehen kaum solche Versager wie Sie drauf. Da stehen Leute drauf, die Geld brauchten, das keine Duftmarke hat.«

»Wissen Sie, wofür das Geld verwendet werden sollte?«

»Hätte ich Sie sonst darauf angesetzt? Auf keinen Fall handelt es sich um etwas, womit ich üblicherweise aushelfen kann.« Er meinte lukrative Geldanlagen in Lieferungen aus Mittelamerika, dem Ostblock oder Asien: Koks oder Frauen.

»Ich bin mir nicht sicher, ob ich Ihnen wirklich helfen kann.« Mir war klar, dass er diesen lauwarmen Versuch, mich zu drücken, abschmettern würde.

»Und ich bin mir nicht sicher, ob ich mich klar ausgedrückt habe. Wollen Sie den Ausgang Ihrer laufenden Fälle noch miterleben? Dann würde ich an Ihrer Stelle für Ergebnisse sorgen.«

Hinter mir knackte Sergej mit den Fingern.

»Und, meine Güte, können Sie sich nicht was Anständiges anziehen? Wenn Sie mit diesen Leuten reden wollen«, er tippte auf die Zeitungsmeldung, »sollten Sie nicht aussehen wie ein Penner.«

Stumm zuckte ich die Schultern. Was hätte ich auch antworten sollen? Dass meine gute Kleidung in der Reinigung war? Ich hätte ebenso nackt vor Sharp sitzen können und hätte mich kaum weniger entblößt gefühlt.

Das Glasauge fluppte zurück in seine Höhle und Sharp griff unter die Tischplatte.

Ich hielt den Atem an. Was von dort kam, war in der Regel unerfreulich.

Doch er zog ein Bündel mit Scheinen hervor und zählte fünf Hunderter auf den Tisch. »Sergej bleibt an Ihnen dran. Wenn Sie die Kohle verzocken, hat Kassel einen Drogentoten mehr. Wir verstehen uns?«

Ich wusste nicht, was ich beängstigender fand: Die Vorstellung, dass Sergej als Schatten hinter mir herlief, oder 500 Mark mit mir herumzutragen und sie nicht sofort in den Rachen eines Spielautomaten schieben zu dürfen.

8 AZRAEL

Natürlich hatte ich damit gerechnet, dass früher oder später eine weitere Figur das Spielfeld betreten würde, bloß dass es ausgerechnet dieser Anwalt war, verblüffte mich.

Er hatte es bestimmt nicht darauf angelegt, von den Journalisten abgelichtet zu werden. Und sicher war Scharpinsky darüber genauso wenig erfreut. Der Bewegungsradius des Anwalts war recht überschaubar, sodass ich ihm ohne Probleme auf den Fersen bleiben konnte. Dass ihn sein erster Gang an diesem Tag direkt zu Scharpinsky geführt hatte, ließ tief blicken. Ich war mir sicher, dass er nicht deshalb in Sharps Auftrag unterwegs war, weil der ihn für einen gewieften Anwalt hielt, sondern weil Sharp ihn in der Hand hatte.

Was der Anwalt ganz bestimmt in der Hand hielt, war die Liste, die die einzige Verbindung zwischen den Todesfällen herstellte. Damit war er leider ein Problem geworden.

Zeit, ihm dichter auf die Pelle zu rücken.

9

Ich ging die Straße entlang zu meinem Auto. Um diese Tageszeit zeigte die Nordstadt ungeschminkt ihr hässliches Antlitz. Keine Leuchtreklamen lenkten von dem Erbrochenem ab, das der Regen zu großen Lachen ausgewaschen hatte. Bis weit nach Mittag schien das Viertel seinen Rausch auszuschlafen und Kraft für die kommende Nacht zu sammeln.

Als ich in den Wagen stieg, fragte ich mich, ob es nicht leichter wäre, mir endlich einzugestehen, dass ich in der Nordstadt meine Heimat gefunden hatte. Der Gedanke stieß saurer auf als Mollys Kaffee.

Ich ließ den Motor an und fuhr den kurzen Weg in die Innenstadt bis zu meiner Kanzlei. Seit man für diesen hochglanzpolierten Einkaufspalast oberhalb vom Königsplatz den großen Parkplatz geopfert hatte, musste ich länger herumkurven als vorher. Endlich fand ich eine Lücke und parkte den Ford mit der Schnauze im eingeschränkten Halteverbot. Die Politessen kannten meine senfgelbe Kiste und übten Nachsicht, im Gegenzug bekamen sie den einen oder anderen rechtlichen Rat von mir kostenlos.

Ich nahm den kleinen Umweg über den Königsplatz. Hier sah es aus, als hätte man versucht, den Zustand Kassels nach dem Krieg zu rekonstruieren. Die Bauarbeiten für die Neugestaltung des Platzes liefen trotz des schlechten Wetters weiter. Man hatte wohl den Ehrgeiz, zur Documenta im Juni fertig zu sein. Ich kannte die Pläne und war mir sicher, dass ich mich in hundert Jahren nicht an diesen leeren, seelenlosen Ort gewöhnen würde, der der Königsplatz bald sein sollte. Es war gerade mal zwei Jahre her, dass die Kinder im Sommer mit nackten Füßen durch die Wasserbassins getrampelt waren. Conny hatte am Rand gesessen und das Eis gegessen, das die Kinder erst quengelnd eingefordert und dann nicht mehr gemocht hatten. Vielleicht tat die Stadt mir sogar einen Gefallen damit, diese Erinnerungen mit dem Bagger in Schutt und Asche zu legen.

An einem Kiosk, der behelfsmäßig in einem Container untergebracht worden war, deckte ich mich mit den Tageszeitungen ein, die in Schuhmanns ehemaligem Wirkungskreis lagen. Mal sehen, ob die Presse konkretere Informationen hatte als ich.

In der Unteren Königsstraße kaufte ich ein Hörnchen und eine Tüte Milch und bog mit vollen Armen in die

Hedwigstraße ein. Ich ärgerte mich, dass ich keine Tüte mitgenommen hatte. Nun musste ich meine Aktentasche vor dem Hauseingang abstellen, der gerne als Toilette missbraucht wurde.

Keine 50 Meter von der Einkaufsmeile entfernt flanierten kaum noch Passanten. Die Seitenzweige der Unteren Königsstraße waren ohnehin nicht besonders beliebt. Kaum der geeignete Platz für eine Kanzlei könnte man meinen, doch ich hatte absichtlich einen Ort gewählt, der vom geschäftigen Trubel ein wenig abseits, aber trotzdem zentral lag.

Die Kanzlei in der Wilhelmsstraße hatte ich aufgegeben, um dem Ärger mit den ansässigen Geschäftsleuten aus dem Erdgeschoss ein Ende zu setzen. Irgendwann hatte ich zunehmend Besuch von Menschen bekommen, die an der Mauer am Friedrichsplatz ihrem Tagwerk nachgingen – betteln und drücken. Zunächst hatten die Ladeninhaber im Erdgeschoss noch die Nase gerümpft. Es war ihnen lästig gewesen, dass sich meine Mandanten vor dem Eingang mit zittrigen Fingern eine Zigarette ansteckten oder mit Begleitern in hitzige Diskussionen gerieten. Nachdem einige mit dem Hinweis verscheucht worden waren, dass Herumlungern an diesem Ort nicht erwünscht sei, hatte ich mich für eine geeignetere Gegend entschieden – passender für mich und meine Mandanten.

In der Regel vertrat ich Kleinkriminelle, seltener Menschen, die schwere Delikte wie Mord oder Totschlag begangen hatten. In den letzten Jahren immer häufiger als Pflichtverteidiger. Wenn mich ein Klient von sich aus aufsuchte, dann deshalb, weil ihn Kollegen abgewiesen hatten. Die Situation war schon selten absurd: Ich sollte als Rettungsanker herhalten, dabei war ich selbst am Absaufen.

Ohne anzuhalten, passierte ich die Reihe Briefkästen im Flur. Für Mahnungen hatte ich im Augenblick keinen Nerv, darum würde ich mich später kümmern.

Ich erklomm die drei Etagen, indem ich jeweils eine Treppenstufe übersprang, schloss die Tür zu meiner Kanzlei auf und warf die Aktentasche im winzigen Eingangsbereich in die Ecke. Zwei Türen hatte man der Eingangsnische abgetrotzt, die linke führte zum Klo, ich ging rechts in mein Büro.

Es war nicht gerade einfach, ein freies Fleckchen für das mitgebrachte Frühstück zu finden. Schließlich schob ich mit dem Ellenbogen eine Stelle auf dem Schreibtisch frei und legte die Zeitungen ab.

Hinter zwei Schranktüren versteckte sich eine kleine Pantryküche, dort türmte sich dreckiges Geschirr. Ich spülte die Kaffeekanne aus und setzte mit den letzten Krümeln aus der Dose neuen Kaffee auf.

Zwischen den Aktenbergen stand die Tasse von gestern, von einem eingetrockneten Rest abgesehen noch einwandfrei. Ich stapelte die Ordner auf dem Schreibtisch aufeinander und breitete die HNA aus. Oberhalb des Artikels prangte übergroß das unsägliche Foto, darunter ein knapper Text. Franz Schuhmann war auf tragische und ungeklärte Weise aus dem Leben geschieden. Hinweise auf ein Verbrechen gab es laut derzeitigem Ermittlungsstand der Polizei keine, allerdings hatte man auch noch keinen Abschiedsbrief entdeckt. Dann folgte eine erstaunlich ausgiebige Würdigung des Verstorbenen, der als überaus erfolgreicher Geschäftsmann, ehrenamtlicher Wohltäter und angesehener Bürger der Stadt gelobt wurde. Ein Kommentar im Göttinger Boten zeichnete ein vollkommen gegensätzliches Bild: Der Text glich eher einer Aneinanderreihung der Untaten des Verstorbenen und hinterließ bei mir den Eindruck, dass es an ein Wunder grenzte, dass Schuhmann sich nicht eine grausamere Art zu sterben ausgesucht hatte, nur um angemessen Buße zu tun.

Die Wahrheit lag mit großer Wahrscheinlichkeit irgendwo in der Mitte. Seltsam fand ich jedoch, dass niemand eine Verbindung zu den jüngsten Selbstmorden gezogen hatte. Vielleicht, weil dieser Tote sich am Ort seines vermeintlichen Erfolgs erhängt hatte, während die anderen intimere Arrangements für ihre Abgänge gewählt hatten.

Mit einer Tasse Kaffee in der Hand ging ich zum Schreibtisch. Bevor ich mich setzte, griff ich zum Mantel, den ich über den Schreibtischstuhl geworfen hatte. Ich fummelte die Liste aus der Tasche, die Sharp mir übergeben hatte, dabei fielen vier Hunderter auf den Boden. Ich sah sie an. Ich hätte sie aufheben und in die Manteltasche stopfen oder irgendwo zwischen den Aktenbergen verstecken können, wo ich sie sicher nicht so schnell wiederfinden würde. Doch ich ließ sie einfach liegen und pfefferte den Mantel in die Ecke.

Danach breitete ich Sharps Liste aus und überflog die Namen, während ich das Hörnchen gedankenverloren in den Kaffee stippte und an dem aufgeweichten Teig nuckelte.

Ausgerechnet mir hatte Sharp Betriebsgeheimnisse anvertraut, und das sollte etwas heißen. Es schien ein für ihn recht ungewöhnliches Problem zu sein, dass er zu so einer Maßnahme griff, denn üblicherweise wurden Ärgernisse dieser Art innerhalb der Familie geregelt. Ich ging die Namen durch. Soweit ich es auf den ersten Blick beurteilen konnte, allesamt keine Berühmtheiten, aber immerhin überwiegend Kasseler Größen in ihrem jeweiligen Metier. Drei, nein seit gestern waren es ja vier, also vier von den sechs Personen waren nicht mehr am Leben. Michael

Zanetti, irgendein hohes Tier bei der Gewerkschaft, Galerist Sandro Ratstetter, Verleger Roman Levin und jetzt der Insolvenzverwalter Franz Schuhmann. Zwischen den ersten drei Selbstmorden klaffte je eine Lücke von beinahe einem Jahr, die beiden letzten trennten nur wenige Wochen. Außerdem unterschied sich jeweils die Art der Selbsttötung. Entweder lag hier ein makabrer Zufall vor oder jemand gab sich allergrößte Mühe, Gesetzmäßigkeiten zu vermeiden. Der einzige Hinweis darauf, dass möglicherweise ein Serientäter eine Liste abarbeitete, lag direkt vor mir. Und außer mir und Sharp kannte offensichtlich niemand diesen Zusammenhang. Aber wozu die derart aufwendig inszenierten Tötungen? Nur um Sharp zu schaden? Oder griff da einer das Geld ab, das Sharp verliehen hatte?

Es klingelte. Um diese Zeit vermutlich der Postbote mit einem Einschreiben. Sicher wieder ein Vollstreckungsbescheid oder eine Vorladung. Da es einen Mandanten betreffen konnte, hatte ich keine Wahl. Ich zögerte. In dieser Gegend war es ratsam, die Gegensprechanlage zu benutzen, doch die war wie üblich defekt. Also drückte ich den Türöffner und lauschte in das Treppenhaus. Ich hatte mittlerweile ein gutes Gehör für die Geräusche entwickelt, die sich die Stufen hinaufbewegten. Sergejs 100-Kilo-Schritt in Militärstiefeln hätte ich bereits in der ersten Etage erkannt. Gleichzeitig wäre es genauso sinnlos gewesen, ihm die Tür vor der Nase zuzuschlagen, wie aus dem Fenster zu springen.

Das erwartete Poltern von Sergej blieb aus, und ich lauschte auf den gehetzt sportlichen Gang des Postboten, zwei Treppenstufen auf einmal nehmend, auf den Etagenabsätzen keine Sekunde Pause, um zu verschnaufen.

Zu meinem Erstaunen näherte sich ein gleichmäßiges Stakkato, verursacht durch spitze Absätze einer federleichten Trägerin. Ich roch sie, bevor ich sie sah. Durch das muffige Treppenhaus waberte der Duft eines Blumenteppichs, auf dem sie sich elegant die Stufen nach oben bewegte. Blondes Haar wippte über die Brüstung, dann tauchten strahlend geschminkte Augen auf, danach ein blutroter Mund.

Riva Levin trug einen figurbetonten, halblangen roten Mantel mit dunklem Nerz am Kragen. Der Stoff wirkte fein, wahrscheinlich Kaschmir, und die Härchen des Felles zitterten in der Zugluft und wirbelten ihr Parfüm direkt in meine Nase. Allein von dem, was der Mantel gekostet haben mochte, hätte ich einen Monat fürstlich leben können.

Oder eine Nacht besinnungslos zocken.

Ich konzentrierte mich auf die Frau, die nun keinen halben Meter von mir entfernt stand und die Beine in eine Position gebracht hatte, die ihre Silhouette vorteilhaft zur Geltung brachte.

Während ich noch überlegte, wie ich es umgehen konnte, sie in das chaotische Büro reinbitten zu müssen, kam sie mir zuvor.

»Darf ich?« Sie zeigte auf die Tür, deren Klinke ich in meinem Rücken festhielt.

»Selbstverständlich«, sagte ich weniger selbstsicher als beabsichtigt, trat einen Schritt zur Seite und ließ sie an mir vorbei in den winzigen Flur.

»Tut mir leid, die Garderobe ist kaputt.«

Sie warf einen Blick auf den Haken, der an einer losen Schraube von der Wand baumelte, und nickte.

»Kommen Sie ins Büro, dort können Sie ablegen.« Während ich voranging, war ich froh, dass durch all die Unordnung wenigstens der Duft von frischem Kaffee wehte.

Sie sah sich um. Ihre Augen blieben an den 100-Mark-Scheinen auf dem Fußboden hängen und sie lächelte. »Das Geld liegt nicht immer nur auf der Straße, sondern manchmal wohl auch auf dem Boden einer Anwaltskanzlei.«

Schnell hob ich die Scheine auf und ließ sie achtlos auf den Schreibtisch fallen. »Ich brauchte Platz für die Zeitungen«, sagte ich, erleichtert darüber, dass die aufgeschlagenen Gazetten die Unordnung darunter verbargen.

Sie trat einen Schritt nach vorne und überflog die Schlagzeilen, während sie ihren Mantel aufknöpfte, ihn auszog und ihn sich über den Unterarm hängte. Anschließend deutete sie auf die Fotografie der Fabrikhalle mit dem Leichenwagen davor. »Ich war mir erst unsicher, ob Sie das sind. Erzählen Sie mir nicht, dass Sie zufällig dort waren.«

Was sollte ich darauf antworten? Ich zuckte lediglich die Schultern.

»Hat das etwas mit dem Tod meines Mannes zu tun?«

»Wie kommen Sie darauf?«

»Man könnte einen Zusammenhang sehen.«

»Wenn Sie den Weg hierher auf sich genommen haben, um über den Tod von Franz Schuhmann zu plaudern, muss ich Sie enttäuschen. Darüber weiß ich nicht mehr, als in diesem Artikel steht.«

»Darf ich mich setzen?« Sie zeigte auf den Stuhl, der halb unter der herabhängenden HNA verborgen war.

»Selbstverständlich«, entgegnete ich, indem ich die Zeitung zusammenraffte, darauf bedacht, dass der Großteil des Schreibtisches abgedeckt blieb. »Kaffee?«

»Gerne. Schwarz.« Sie nahm Platz und legte den Mantel über die Oberschenkel.

In der Kochnische wählte ich eine Tasse, deren Belag mir

am einfachsten zu entfernen schien, spülte sie notdürftig und trocknete sie mit dem brettharten, fleckigen Handtuch ab, das schon seit Wochen in der Spüle hing. Es gab Momente im Leben, da wünschte ich mir das breite Kreuz von Sergej. Ich konnte ihren Blick in meinem Rücken förmlich spüren und bemühte mich, nicht fahrig zu wirken.

Nachdem ich ihr eingeschenkt hatte, hielt ich ihr die Tasse hin. Sie nahm sie leicht wie ein Vögelchen zwischen ihre perfekt manikürten Finger, roch am Inhalt, nippte vorsichtig und schien zufrieden.

Ich atmete tief ein und füllte Kaffee in meinen Becher nach, der noch auf dem Schreibtisch stand.

Währenddessen wartete sie ab, bis ich ihr gegenüber saß. »Sie hatten mich gefragt, ob ich die Männer kannte, die in den letzten Monaten Selbstmord begangen haben.«

»Das hatte ich gefragt, richtig.«

»Und ich hatte Ihnen geantwortet, dass Sie mir persönlich nicht bekannt waren.«

»Ich erinnere mich.«

Sie deutete auf die aufgeschlagenen Zeitungen. »Herrn Schuhmann habe ich recht gut gekannt. Das heißt, eigentlich nicht ihn, sondern ich kenne seine Ehefrau Erin. Wir sind uns hin und wieder im Schönheitssalon begegnet.«

»Und Sie sind extra hierhergekommen, um mir das mitzuteilen?«

»Nicht nur.« Erneut trank sie einen kleinen Schluck und schien zu überlegen. »Ich war neugierig. Ich wollte wissen, wie ein Anwalt residiert, der sich im Auftrag von Geldeintreibern verdingt.«

»Konnten Sie Ihre Neugier befriedigen?« Ich versuchte, nicht ärgerlich zu klingen.

»Durchaus. Sagen Sie, wie heißt eigentlich Ihr Auftraggeber? Ich glaube, das hatten Sie vergessen zu erwähnen.« Sie legte den Kopf schief.

»Sagt Ihnen der Name Horst Scharpinsky etwas?« Ich wollte nicht um den heißen Brei herumreden, zumal ich das Gefühl hatte, dass sie es ohnehin wusste. Scharpinsky war in Kassel bekannt wie ein bunter Hund, und außer ihm kam nur noch einer infrage, der hinter einer solch hohen Summe geliehenen Geldes her sein konnte.

Sie nickte. »Scharpinsky oder Bahat. Einer von beiden musste es ja sein. Das sind doch die Herren, die Kassel mit ihrem Schwarzgeld überschütten, oder?«

»Wie kommt es, dass eine Frau wie Sie sich in solchen Kreisen auskennt?«

Aus ihrem Blick sprach eine Mischung aus Skepsis und Amüsement. »Das erfährt man alles aus der lokalen Presse. Ich wiederum frage mich, warum ein Anwalt für Strafrecht sich mit diesen Menschen abgibt.«

Jetzt musste ich lachen. »Sie haben ja gar keine Ahnung, mit was für Menschen sich ein Anwalt für Strafrecht abgeben muss.«

»Ja, sicher.« Sie lächelte verständnisvoll. »Aber Scharpinsky ist nicht Ihr Mandant, wenn ich das richtig verstanden habe, sondern Ihr Auftraggeber.«

Ich hatte keine Lust, mich zu rechtfertigen, und startete ein Ablenkungsmanöver. »Ihr Mann hatte ja offensichtlich auch Kontakt zu Scharpinsky.«

»Das stimmt leider. Und ich würde zu gerne wissen, warum. Vor allem, warum er das hinter meinem Rücken getan hat.«

»Und die Antwort auf diese Frage erwarten Sie von mir?«

»Das wäre schön.«

»Da lauert ein Interessenskonflikt, wie Sie sich sicher denken können.«

Ohne ein weiteres Wort öffnete sie ihre Handtasche, zog ein Bündel Geldscheine heraus, stand auf und legte es auf die Zeitung.

Ein Herr auf braunem Untergrund schaute ernst vom Schein zu mir herauf, als ahne er, was eine Eins mit drei Nullen in meinem Hirn für einen Wirbel veranstaltete. Ich wagte gar nicht zurückzusehen. Mir wurde schwindelig.

»Könnte das Ihren Interessenskonflikt mildern?«

»Sie wissen, dass mich das in riesige Schwierigkeiten bringt.«

»Wenn ich die Sachlage richtig einschätze, stecken Sie bereits bis zum Hals drin.« Sie setzte sich wieder auf den Stuhl, schlug die Beine übereinander und guckte unschuldig. »Ich habe keine Ahnung, was geschehen ist. Warum mein Mann glaubte, mit diesen Leuten Geschäfte machen zu müssen, und warum er jetzt tot ist. Ich will es einfach verstehen. Und der Einzige, der mir dabei helfen kann, sind Sie. Sie sollen nichts Ungesetzliches tun. Ich möchte nur denselben Wissensstand wie Ihr Auftraggeber, mehr nicht.«

»Es ist ungesetzlich, als Anwalt zwei Parteien in derselben Sache zu vertreten.«

»Sie geben mir, was Sie können, ohne in Teufels Küche zu kommen. Wäre das in Ordnung?«

Ich spürte, dass ich nickte, während mein Blick über die Scheine glitt. Der Teufel hatte gerade einen Stuhl für mich an den Küchentisch gestellt.

10

Das bärtige Gesicht des Mannes vom 1.000-Mark-Schein hatte mich in der Nacht im Traum verfolgt. Nachdem Riva Levin gegangen war, hatte ich sämtliche Scheine vom Tisch genommen und sie in eine Schublade gestopft. Erst ihr Bündel Tausender und obendrauf die Hunderter von Sharp. Ich hatte noch mal einen Blick darauf geworfen und gespürt, wie mir eine Gänsehaut über den Körper gejagt war. Eine Mischung aus Angst und Erregung. Rasch hatte ich die Lade zugeschoben. Dort ins Dunkel, dort gehörten die Scheine hin. Bevor ich doch noch irgendwelche Dummheiten damit anstellte, war ich lieber nach Hause gefahren und hatte alle weiteren Nachforschungen auf den nächsten Tag verschoben.

Der Gedanke, bereits so kurz nach Schuhmanns Ableben seiner Witwe einen Besuch abzustatten, kam mir komisch vor. Das hatte Zeit. Es gab ja noch zwei weitere Kandidaten, oder vielmehr ihre Witwen, um die ich mich kümmern musste. Auf Sharps Liste fand ich Sandro Ratstetter, einen Galeristen, und Michael Zanetti, hohes Tier bei der Gewerkschaft und Pendler mit Wohnsitz in Bayern. Eine illustre Gesellschaft hatte sich dort versammelt. Von den beiden Lebenden kannte ich Richter Peter Drömer. Der Name Hans Vaas sagte mir nichts. Ich überlegte kurz, ob man die Herren darüber informieren sollte, dass sie auf einer Todesliste standen, aber vermutlich wussten sie das bereits. Dass sie alle Schuldner bei Sharp waren, erzählte ja nur die eine Hälfte der Geschichte, die andere lag zumindest vor mir im Verborgenen. Ich ahnte, dass die,

die noch am Leben waren, nicht preisgeben würden, welches Geheimnis sie verband. Ich musste also herausfinden, ob die Toten auskunftsfreudiger waren. Zuerst besuchte ich die ehemalige Galerie von Sandro Ratstetter.

Die Galerie lag am Weinberg zwischen den wenigen Jugendstilgebäuden, die vom Krieg verschont geblieben waren. Eine piekfeine Adresse. Blitzblankgeputzte Schaufenster boten Einblick in großzügige, weißgetünchte Räume mit spärlicher Ausstattung.
Ich drosselte das Schritttempo, bevor ich den Eingang erreichte, atmete tief durch und öffnete die Glastür.
Der Empfangsraum war an Reinheit schwer von einem OP zu überbieten. Der meterhohe Vorraum mit makellos weißen Wänden war spärlich möbliert: Rechts eine Art überdimensionaler Tresen – eine dicke Holzplatte auf Steinstelen – und gegenüberliegend eine gleichermaßen gestaltete Sitzbank ohne Polster. In den großformatigen glattpolierten Fußbodenfliesen spiegelte ich mich wie ein grauer Geist. Darüber hinaus war der Raum leer. Über breite, offene Treppenstufen gelangte man wohl in die Ausstellungsräume, aber von hier aus konnte man die Größe der Galerie allenfalls erahnen. Es roch nach frischer Farbe und – das bildete ich mir zumindest ein – einem leichten Hauch von Haarspray. Ich überlegte noch, ob meine Stimme wohl ein Echo erzeugen würde, wenn ich nach jemanden riefe, als ich ein leises Räuspern links neben mir vernahm.
Ich drehte mich um und bemerkte einen kleinen, dürren Mann hinter dem Tresenungetüm. Obwohl mein Blick bereits ein paarmal über diese Stelle geglitten war, hatte ich ihn zuvor übersehen. Kein Wunder. Das Gesicht des

Männleins war so knitterfrei und weiß wie die Wand hinter ihm, und der Rest von ihm wurde beinahe vollständig von dem Tresen verdeckt. Er verließ die Deckung. Seine Füße hoben sich nicht beim Gehen, sie wischten über die Fliesen wie über eine Eisfläche. Für einen Moment hatte ich Sorge, dass er ungebremst in mich hineinrauschen würde, aber er blieb mit einer eigenartig eleganten Stoppbewegung stehen.

Jetzt roch ich es ganz deutlich. Haarspray. Unmengen davon musste er verwandt haben, um eine Frisur zu kreieren, die so elegant in Wellen lag, dass sich kein Härchen traute, die Perfektion zu stören. Seine Kleidung sah nicht weniger eigentümlich aus als meine – ein Pullunder mit Burlington-Muster über einem hellblauen Button-down-Hemd, eine braune Feincordhose und dunkle Mokassins – der Unterschied lag darin, dass die Sachen an ihm wirkten, als verdienten sie die Bezeichnung »ausgefallen«, während meine Kleidung einfach nur schäbig war.

Er bedachte mich von schräg unten mit einem Wackeln des Kopfes, als schnuppere er an mir. »Was kann ich für Sie tun?«, fragte er nasal, ohne den Mund wirklich bewegt zu haben.

Schwul wie zehn Mann, kam es mir in den Sinn, und ich schämte mich sofort dieses vorschnellen Urteils. Leider hatte man als Rechtsanwalt irgendwann hinter jede Fassade und in jeden menschlichen Abgrund geschaut und gelernt, dass die allermeisten Klischees eben doch zutrafen. Männer wie ihn hatte ich schon einige vertreten. Er war keiner von den jungen hippen Homosexuellen, die sich einen Teufel um die Vorurteile der Gesellschaft scherten. Sicher hatte er sich Jahrzehnte hinter einer biederen Fassade verstecken müssen, vielleicht gab es sogar eine Ehefrau und Kinder aus einer früheren Beziehung. So jemand vergnügte sich nicht in einschlägigen Darkrooms, sondern war durch die ihm auferlegte Heimlichtuerei dazu genötigt, sich klammheimlich einen Stricher aufzugabeln, um ihn in einem Hotelzimmer mit Schampus und Austern zu füttern und sich anschließend einen blasen zu lassen. Wie oft standen um Worte ringende Mandanten in meiner Kanzlei, wenn sie aus Versehen an einen minderjährigen Stricher geraten und dabei erwischt worden waren. Ich kannte ihre allgegenwärtige Verzweiflung, zwischen sozialer Anerkennung und sexuellem Verlangen hin- und hergerissen zu sein, und so manch einer bezahlte diese Zerreißprobe mit dem Leben. Das Auftauchen von HIV hätte einen offeneren Umgang der Gesellschaft verlangt, aber das Gegenteil war geschehen: Die Krankheit hatte die heimlich schwul lebenden Männer nur immer tiefer in die Ausweglosigkeit getrieben.

Es überrascht mich selbst, was eine simple Frage und der nasale Tonfall, in dem sie gestellt worden war, für Gedankengänge in mir angestoßen hatten. Vor lauter Grübeln hatte ich vergessen, zu antworten.

Er sah mich an, regungslos, bis auf ein erneutes Schnuppern, das seine Nasenflügel zittern ließ. Ich meinte, Missbilligung in seinen Augen zu lesen.

»Nun?«, näselte er, sichtlich genervt darüber, dass er mich daran erinnern musste, dass seine Frage noch im Raum stand.

»Mein Name ist Meinhard Petri.« Auf der Suche nach einer Visitenkarte fummelte ich in der Manteltasche herum, bekam etwas zwischen die Finger und zog es mit Schwung hervor; meine Hand wedelte mit einem Hundertmarkschein vor seinem Gesicht herum. Ich stopfte den Schein fahrig zurück in die Tasche. »Entschuldigen Sie, ich habe wohl keine Visitenkarte dabei. Ich bin Anwalt und suche Sie im Auftrag eines Klienten auf. Es geht um Herrn Ratstetter.«

Das Hochnäsige fiel aus der Mimik des Mannes. Die Nasenflügel zuckten nun deutlich sichtbar, und ich hätte schwören können, dass seine Augen glasig wurden.

»Was ist mit ihm?«, fragte er und machte einen halben Schritt zurück.

»Er hatte sich bei meinem Mandanten eine nicht unerhebliche Summe geliehen.«

Der Mann war blass geworden. Unvermittelt liefen ihm Tränen über die Wangen. Er rutschte auf seinen Mokassins hinter den Tresen und zog einen Karton Taschentücher hervor, aus dem er einige davon zupfte, um sich das nasse Gesicht abzutupfen.

»Oh bitte!« Übertrieben theatralisch wedelte er das Tuch durch die Luft. »Wie viel soll ich denn noch ertragen?« Seine Stimme glich jetzt der eines kleinen Mädchens.

Ich war einigermaßen ratlos angesichts dieses unerwarteten Ausbruchs. Unbeholfen trat ich auf ihn zu, er wich zurück.

»Ich habe kein Geld mehr und bin blank bis auf die Knochen. Dabei mache ich schon, was ich kann. Sandro war ein Naturtalent, was die Galerie angeht. Ich bin einfach nicht so ... so weltgewandt wie er.«

Beschwichtigend senkte ich die Handflächen. »Verstehen Sie mich bitte nicht falsch: Ich will kein Geld bei Ihnen eintreiben.«

Das folgende Ausatmen begleitete ein erleichtertes Seufzen.

»Darf ich Ihren Namen erfahren und in welchem Verhältnis Sie zu Herrn Ratstetter standen?« Ich hatte eine Vermutung, aber ich wollte es von ihm hören.

»Mein Name ist Dieter Gehrmann. Herr Ratstetter war mein Partner. Also nicht nur geschäftlich. Er hat mir die Galerie vermacht. Und alle seine Verpflichtungen. Ich bin am Ende meiner Kräfte angelangt. Hätte ich geahnt, auf was ich mich einlasse, hätte ich abgelehnt, auch wenn noch so viel Herzblut darin steckt.«

»Sie hatten keine Ahnung, dass er Schulden hatte?«

Er schüttelte den Kopf und schnäuzte sich die Nase.

»Also wissen Sie nicht, wofür er das Geld gebraucht hat, das er sich geliehen hat?«

»Nein, absolut nicht. Alles, was mit Papierkram zu tun hatte, habe ich ihm überlassen. Und jetzt weiß ich nicht ein noch aus.«

»Ich versichere Ihnen, dass ich kein Geld von Ihnen zurückverlangen werde, doch es ist mir überaus wichtig herauszufinden, wofür das Geld meines Mandanten verwendet wurde.«

»Wieso?«

Ich überlegte einen Augenblick. Dem Mann musste ich nichts vorspielen, er war mindestens genauso am Boden wie ich. »Herr Scharpinsky hat einer Reihe von Personen Geld geliehen. Neben Herrn Ratstetter sind noch weitere davon verstorben. Sie verstehen sicher, dass er versucht, einen Zusammenhang zu erkennen.«

»Scharpinsky? Mein Gott.«

Es überraschte mich immer wieder, in welchen Kreisen Sharp ein Begriff war, aber natürlich war jeder, der sich auch nur sporadisch in Kassels dunklen Ecken herumdrückte, schon einmal durch sein Revier gelaufen.

»Gäbe es eine Möglichkeit, Herrn Ratstetters Unterlagen zu sichten? Vielleicht finde ich etwas von Bedeutung. Ich versichere Ihnen, Ihr Name wird bei keiner Gelegenheit fallen.«

Er machte ein bitteres Geräusch. »Sharp hat doch halb Kassel an den Eiern. Der weiß mehr über mich als meine Mutter.«

Ehrlich gesagt verschlug mir dieser plötzliche Tonartwechsel einigermaßen die Sprache. Sogar das Näseln war verschwunden. Der Gedanke lag nahe, dass Gehrmann und sein Partner sich mit einer Gruppe eingelassen hatten, die in wechselnden Privathäusern »Schnee-Partys« ausrichtete. Was das Koks anging, war ich ziemlich sicher, dass Sharp seine Finger im Spiel hatte. Er belieferte sämtliche Gesellschaftsschichten mit illegalen Substanzen nach deren Gusto, und in dieser Liga gab man sich nicht mit Heroin ab. Mit einem Mal fand ich mich selbst gar nicht mehr so schäbig.

Gehrmann hatte mir beim Denken zugesehen. Er ahnte wohl, dass seine letzte Bemerkung einige meiner Vorurteile an die Oberfläche gespült hatte, und schien keinen Grund zu erkennen, länger die Fassade aufrechtzuerhalten. »Es wird sich heute ohnehin niemand mehr hierher verirren. Kommen Sie, ich zeige Ihnen die Wohnung.«

Das ging für meinen Geschmack beinahe zu leicht.

Nachdem Gehrmann die Eingangstür der Galerie zugeschlossen hatte, führte er mich durch die Ausstellungsräume zu einem Hinterausgang, der in ein gediegenes Jugendstiltreppenhaus mündete.

Zwei Geschosse höher öffnete er die Tür zu einer Wohnung, die genau der Hollywoodschablone von Wohnräumen eines schwulen Pärchens entsprach. Glänzendes Edelholzparkett, hohe Decken mit Stuck, helle Wände mit großformatigen Gemälden, wohlplatzierte teure Teppiche, gekonnt inszenierte Designermöbel im Wechselspiel mit kostbaren Antiquitäten und mittendrin: eine weiße Perserkatze, die leise schnurrend über das Parkett schlich.

Gehrmann führte mich durch diese Klischeelandschaft in ein Zimmer, das aussah, als sei es aus einer anderen Wohnung in diese verpflanzt worden. Die Regale quollen über von Aktenordnern und etliche stapelten sich auf dem Boden. Der Schreibtisch war ähnlich vollgehäuft wie der in meiner Kanzlei.

Während ich vortrat und das Chaos auf mich wirken ließ, blieb Gehrmann im Türrahmen stehen.

»Tut mir leid«, sagte er. »Ich hatte Ihnen gesagt, dass ich überfordert bin. Sandro hat immer alles schön in Ordnung gehalten. Die Polizei hat diese Unordnung hinterlassen, nun bin ich froh, wenn ich die Papiere für den Steuerberater noch zusammenbekomme.«

»Die Polizei hat seine Unterlagen durchsucht?«

»Ein kleiner muskelbepackter Kommissar war hier. Der Typ hat ein Feingefühl wie eine Dampfwalze.«

»War er allein?« Wieder kein Wort über Kommissar Frank. Allmählich machte mich dessen Abwesenheit in diesem Fall neugierig. Dass er sich tatsächlich in den Innendienst hatte versetzen lassen, konnte ich mir beim besten Willen nicht vorstellen.

»Ja, er war allein. Er hoffte, es könne irgendwo ein Abschiedsbrief rumliegen. Fehlanzeige. Leider hat er bei der Gelegenheit das unsägliche Testament gefunden, das mich in diese Lage gebracht hat.«

Sachs hatte also bereits alles durchforstet. Meine Hoffnung schwand, hier auf relevante Informationen zu stoßen. »Wurde etwas mitgenommen?«

Gehrmann schüttelte den Kopf und die Hoffnung

kehrte zurück. Offenbar gab es nicht den geringsten Anhaltspunkt, dass es sich beim Tod des Galeristen nicht um Suizid handelte. Vermutlich würde es nach den neuesten Entwicklungen nicht allzu lange dauern, bis Sachs wieder bei Gehrmann vor der Tür stünde. Sharp hatte mich gerade zum richtigen Zeitpunkt auf die Sache angesetzt, um der Kripo einen entscheidenden Schritt voraus zu sein.

Das Chaos, das Sachs hinterlassen hatte, machte mich dennoch ratlos. »Haben Sie eine Ahnung, wo Herr Ratstetter Unterlagen mit den Geldgeschäften aufbewahrte?«

»Alle Ordner, die er vor seinem Tod angelegt hat, sind ordentlich beschriftet. Versuchen Sie Ihr Glück.«

Plötzlich hatte ich das Gefühl, mir diese Frage erlauben zu dürfen. »Passten die Umstände seines Suizids zu ihm?«

Gehrmann sah aus, als wäre er umgefallen, wenn er nicht vom Türrahmen, an dem er lehnte, daran gehindert worden wäre. »Er … er hat sich öfter ein Hotelzimmer genommen. Die Kripo hat eine Flasche Schampus gefunden, offenbar hatte er Sex mit jemandem, der nicht mehr aufzufinden war. Anschließend hat er sich mit einer Überdosis Koks getötet.«

»Und wenn die Überdosis ein Unfall war? Ich meine, hat er jemals derartige Absichten geäußert?«

»Sandro war ein Künstler. Das heißt, nein, er hätte gern einer sein wollen. Hat das Studium der bildenden Kunst abgebrochen und ist in die Kunsthistorie gewechselt. Man hatte ihm ohne Gnade zu verstehen gegeben, dass er kein Talent besitzt. Das hat er nie verwunden. Der Umgang mit den Künstlern in der Galerie war eher ein schwacher Trost. Er war immer so tapfer. Hat sich nie etwas anmerken lassen. Es ist schon möglich, dass es ihn hinterrücks wieder eingeholt hat. Kann passieren, wenn man einen ganz großen Traum an den Nagel hängen muss, nicht wahr?«

Er warf mir einen Blick zu, als ob dieser rhetorische Nachsatz mir galt. Als ob ich wissen müsste, wovon er sprach. Ich wusste es. Allmählich wurde es mir ungeheuer, dass ich mich jedes Mal, wenn ich einen von Sharps Liste aufsuchte, durchschaut fühlte.

»Ich lasse Sie besser allein. Ich ertrage es nicht, dass jemand in Sandros Papieren wühlt, aber tun Sie sich keinen Zwang an. Sie werden kaum unordentlich machen können, was schon im Chaos versunken ist. Vielleicht werden Sie fündig.« Er seufzte tief, fischte die Perserkatze, die sich durch seine Beine in den Raum gestohlen hatte, vom Boden und drückte sie sich an die Brust. »Ich bin in der Küche. Wenn Sie fertig sind, finden Sie mich dort.«

Ich wartete, bis er aus der Tür verschwunden war, dann verschaffte ich mir einen Überblick. Auf dem Schreibtisch lagen ausschließlich Papiere neueren Datums. Ich stellte mir vor, wie die Platte am Todestag von Sandro Ratstetter blank und ordentlich gewesen war, das Drumherum passte einfach nicht zu der Unordnung. Im Köcher waren die Stifte nach Farben sortiert, daneben standen ein Locher und ein Tacker wie mit dem Lineal ausgerichtet. Die Kurzwahltasten des Telefons waren sorgfältig beschriftet: Galerie, Mama, Dr. Frenzel und Gil's. An der Wand hingen in gleichmäßigen Abständen Fotografien von wilden Feierlichkeiten. Sandro Ratstetter war vielleicht ordentlich, wenn nicht sogar pedantisch, ein Kind von Traurigkeit war er offensichtlich nicht gewesen.

Den Schreibtisch konnte ich vergessen. Wenn hier etwas zu finden gewesen wäre, hätte Sachs es mitgenommen. Also widmete ich mich den Regalen und überflog die Rückenschilder der Aktenordner. Versicherungen, Krankenkasse, Urlaub. An der Beschriftung »Alte Steuerbelege« blieb ich hängen. Wenn ich es darauf anlegte, dass ein Partner, der für Buchhaltung nichts übrighatte, eine Sache nicht zu Gesicht bekäme, würde ich sie in genau diesem Ordner verstecken. Ich zog ihn heraus. Nach einigem Blättern wurde ich fündig. Zwischen dem, was darin zu erwarten gewesen war, war ein weißes Blatt eingeheftet, auf dem handschriftlich »150.000 Mark« vermerkt war, daneben eine Telefonnummer und der Name »Ralf«. Ich nahm das Blatt aus dem Ordner. Woher ich die Gewissheit hatte, selbst dann nicht mehr zu finden, wenn ich das ganze Zimmer auf den Kopf stellte, konnte ich nicht sagen, aber ich war sicher, dass ich wegen genau dieser Notiz hergekommen war.

Ich begab mich auf die Suche nach der Küche.

Dieter Gehrmann guckte erstaunt. »Das ging schnell.«

»Ihr Partner hatte einen ausgeprägten Sinn für Ordnung.«

»Ja, das hatte er. Manchmal glaubte ich, eine Beziehung mit zwei unterschiedlichen Menschen zu führen.« Er ging an mir vorbei auf den Flur. »Ich will Ihnen etwas zeigen.«

Mit gekrümmtem Zeigefinger machte er deutlich, dass ich ihm folgen solle.

11

Ein paar Schritte an der frischen Luft waren genau das, was ich jetzt brauchte, außerdem hatte ich noch eine halbe Stunde Zeit, bis Matts Lokal öffnete. Zwar knurrte mein Magen, aber ich würde es so lange noch aushalten.

Nachdem ich den Ford vor meiner Wohnung geparkt hatte, ging ich die wenigen Straßenzüge bis zur Pizzeria zu Fuß. Der Wind pfiff um die Häuserecken und blies den Muff aus den Straßen. Ich hatte den Kragen hochgeschlagen und die Hände in den Manteltaschen vergraben. In der einen fühlte ich den doppelt geknickten Zettel mit einer mir unbekannten Telefonnummer, in der anderen Sharps 100-Mark-Schein. Unwillkürlich begannen meine Finger, den Schein zu liebkosen. Ich beschleunigte meine Schritte und hielt den Blick auf den Asphalt gerichtet. Bloß nicht schwach werden. Durchhalten, bis Matt aufsperrte.

Sein Lokal war eines der wenigen, in denen keine Spielautomaten hingen. Nicht mehr. Matt hatte die Automaten abmontieren lassen, als die Wände einen neuen Anstrich gebraucht hatten. Danach waren die blinkenden, pfeifenden Kisten nicht wieder aufgetaucht. Dabei entging Matt ein gutes Geschäft. In den anderen Spelunken saßen die Spieler oft bis zur Sperrstunde und tranken ein Bier nach dem anderen. Matt hatte behauptet, dass er das Gedudel nicht mochte, insgeheim wusste ich, dass er es wegen mir getan hatte.

Mir spukte die Szene durch den Kopf, die sich in der Wohnung von Dieter Gehrmann ereignet hatte. Er hatte mich in ein Zimmer geführt, in dem es nach Ölfarbe und

Terpentin roch. An den Wänden stapelten sich Leinwände in allen Größen, auf einer Staffelei stand ein halbfertiges Gemälde. Ich war sicherlich kein Kunstkenner, doch was ich sah, gefiel mir. Da hatte jemand – vermutlich Sandro Ratstetter – Gefühl für Farbe bewiesen. Diese war zu abstrakten Verschnürungen auf die Leinwand gebannt worden, unterbrochen von schwarzen Strichen, die sich wie Schnitte durch die farbenfrohen Hintergründe zogen.

»Diese Bilder«, sagte Gehrmann, »hätten es niemals in seine eigene Galerie geschafft. Er arbeitete an manchen Tagen wie ein Besessener, aber selbst seinem eigenen kritischen Auge wurde er nicht gerecht. Ich glaube, es gibt genug unsensible Idioten, die überhaupt keine Ahnung haben, was sie mit der Seele eines Menschen anstellen, wenn sie solch ein Urteil fällen wie sein Kunstprofessor seinerzeit.«

»Wie lange ist das her?«, wollte ich wissen.

»Ein halbes Leben. Sandro war 42, als er starb. Er hat es immerhin 20 Jahre lang ausgehalten, mit seiner eigenen Unzulänglichkeit täglich einen Kampf zu führen.«

Gehrmann wirkte in diesem Augenblick älter, als er vermutlich war. Ich schätzte ihn auf Ende 50, Ratstetter war also um einiges jünger gewesen. Die ewige Suche nach dem guten Vater, dachte ich. Selbst das hatte die Wunden nicht heilen lassen. Ich schaute auf das halbfertige Gemälde und war es plötzlich leid, mir den Kopf darüber zu zerbrechen, warum sich jemand seinem Dämon geschlagen gab. Also hatte ich mich eilig verabschiedet und Gehrmann zuvor noch versprochen, ihn auf dem Laufenden zu halten.

Die Dämonen. Selbst ein Gang durch den beginnenden Nieselregen konnte sie nicht abschütteln. Nun musste ich nur noch zehn Minuten durch die Straßen wandern. 600 ewige Sekunden, wenn ein Hunderter in der Tasche

und an jeder Ecke eine Spielhölle locken. Ich biss die Zähne zusammen. »Na los, Meinhard«, sagte ich zu mir selbst, »hast deine Neugier schon im Zaum gehalten und nicht sofort die Nummer angerufen, die auf dem Zettel steht. Da schaffst du auch die zehn läppischen Minuten.«
Ich schaffte es nicht.

12 AZRAEL

Ich hatte Latexhandschuhe übergezogen und eine Auswahl Glückwunschkarten vor mir auf dem Küchentisch ausgebreitet. Während der entkorkte Bordeaux atmete, grübelte ich, welches Motiv wohl geeignet war, um die Partie mit dem Anwalt zu eröffnen, und ließ die Ereignisse der letzten Stunden an mir vorüberziehen.

Ich hatte mich über ihn erkundigt. Vor über einem Jahr war er von einer netten Neubausiedlung in die Nordstadt gezogen. Das sprach Bände. Ich hatte mir angesehen, was er zurückgelassen hatte: Auf dem Klingelschild seines ehemaligen Hauses stand noch der Name »Petri«. Eine hochgewachsene blonde Frau hatte einen Volvo aus der Einfahrt gefahren, in den sie vorher zwei kleine Kinder gesetzt hatte, die dem Anwalt ähnlich sahen. Ich war gespannt, ob die drei in meinem Plan noch eine Rolle spielen würden.

Seine Kanzlei hatte der Anwalt ebenfalls verlegen müssen. Von einer angesehenen Adresse in der Wilhelmsstraße zog man nicht unterhalb des Königsplatzes, wenn man gehobene Mandantschaft beriet. Es musste einiges in seinem Leben schiefgelaufen sein, und jetzt wollte ich unbedingt wissen, was.

Ich hatte einen Parkplatz mit Blick auf seine Wohnungstür ergattert und wartete im Wagen auf seine Heimkehr. Wenn ich richtig lag, hatte er Scharpinskys Auftrag angenommen und die Hinterbliebenen der lieben Verstorbenen aufgesucht. Ob es ihn wohl überrascht hatte, im Fall von Ratstetter keine Witwe anzutreffen, sondern Gehrmann? Die beiden Männer erfüllten jedes Klischee eines homosexuellen Paares, und doch war es nicht allein Ratstetters promiskuitives Sexualleben, das ihm einen Platz auf meiner Liste gesichert hatte. Es war die schäbige Art, wie er seine Mutter abserviert hatte. Die Frau hatte große Stücke auf ihn gehalten, weiß der Teufel warum. Sie hatte ihm die Galerie finanziert und ihn bei Flauten immer wieder den Arsch gerettet. Und statt die betagte Dame zum Dank in einem angemessenen Alterswohnsitz unterzubringen, hatte Ratstetter sie in eines der miserabelsten Pflegeheime abgeschoben und sie seither kein einziges Mal besucht. Als sie ihm nicht mal einen Pfennig des Geldes, das er von Sharp erhalten hatte, wert gewesen war, war sein Todesurteil besiegelt gewesen.

Endlich hatte der Anwalt seine Rostlaube in eine Parkbucht in meiner Sichtweite gelenkt. Statt in seine Wohnung zu gehen, war er durch die Straßen gestreift und ich war ihm gefolgt. Er hatte fahrig gewirkt, häufig das Tempo gewechselt, sich immer wieder in die Manteltasche gegriffen, als wollte er sich vergewissern, dass ihr Inhalt noch da war. Als er kurz gestoppt hatte und dann in einer Spielhölle verschwunden war, hatte ich genug gesehen.

Ich goss mir von dem Bordeaux ein und ließ den Finger über die Karten wandern. Der kluge Spruch der Peanuts schien mir genau der richtige zu sein, um erste Verwirrung zu stiften und den Anwalt aus der Reserve zu locken. Nach dem, was ich über ihn zu wissen glaubte, schien mir das keine allzu große Herausforderung zu werden. Aber etwas sagte mir, dass ich mich in Bezug auf ihn auch irren konnte.

13

Als ich nach gut einer Stunde endlich das Vesuvio betrat, war der Hunger verschwunden und der Hunderter passé. Ich konnte von Glück sagen, dass die übrigen Scheine in der Schublade in der Kanzlei lagen.

Matt war nirgendwo zu entdecken. Aus der Küche drang lauter Streit. Nicht ungewöhnlich unter Sizilianern, doch dieser klang eher deutsch als italienisch – meiner Meinung nach ein gravierender Unterschied. Als ich Matt einmal darauf angesprochen hatte, dass er mittlerweile immer häufiger sehr deutsche Züge an den Tag legte, war er wütend geworden. Sehr deutsch wütend.

Ich wartete an der Theke. Nach fünf Minuten tauchte Matt mit hochrotem Gesicht auf. Er knurrte irgendwas von »Dumme Weibsbild« und warf sich das Handtuch über die Schulter, das er eben noch mit den Händen geknetet hatte, als sei diese Geste eine Demonstration dessen, was er am liebsten mit dem Hals seiner Gattin angestellt hätte.

»Was ist denn los?«, wollte ich wissen.

»Rosa sagt, die alte Herr musse ins Krankenhaus. Hat gehustet die ganze Nacht. Ich finde, wir mussen ihm so was nich mehr antun. Soll er doch husten. Rosa sagt, ich sei ein undankbarer Bastard. Dio mio, Papa steht mit die eine Bein im Grab, ach, was sage ich, mit die beide Beine. Was soll ich diese Greis jetzt noch in eine Krankenhaus schleifen?« Er hatte die Stimme erhoben und einige Gäste guckten schon.

Durch die Durchreiche tönte Rosettas Stimme: »Undankbarer Bastard, basta!«

Die Stimmung hier gefiel mir nicht. Nicht nach diesem Tag. Ich bat Matt, mir die übliche »Vierjahreszeiten ohne Peperoni« zum Mitnehmen zu machen.

Er brüllte die Bestellung in die Küche und setzte nach: »Ein bisschen pronto, wenn's geht. Deine Anwalt hat Hunger.«

Der arme Matt würde die kommende Nacht bestimmt auf dem Sofa verbringen müssen, das konnte selbst ich nicht mehr verhindern. Um den beiden noch länger beim Streiten zuzusehen, fehlte mir die Geduld, und zum Schlichten die Nerven.

Matt stellte mir ein Glas Rotwein hin. Als ich es hob, bemerkte ich, dass meine Hand zitterte. Das Zittern hatte vor ein paar Monaten angefangen. Es tauchte immer dann auf, wenn das Geld am Spieltisch zur Neige ging, und hielt in der Regel einige Stunden lang an, nachdem ich die Spielhölle verlassen hatte.

Natürlich fiel es Matt auf. »Wann du hast das letzte Mal was gegessen?«

»Ich kann gut auf mich aufpassen, danke, Matt.«

»Ach ja? Du siehs aus wie auf Turkey. Guck dich doch mal an. Wenn du gehst so für Sharp kundschaften, musse dich nich wundern, dass die Leute dir nichts erzählen.«

Matts sizilianisches Gemüt pegelte immer noch im roten Bereich. In dieser Situation mit ihm zu argumentieren, würde unweigerlich in Streit enden, und das war das Letzte, was ich gebrauchen konnte. Also schluckte ich eine Antwort herunter und spülte mit einem großen Schluck Rotwein nach.

»Willst du nich doch hier essen?« Offensichtlich tat es ihm leid, dass er mir die Wahrheit so ins Gesicht geknallt hatte.

Ich lehnte ab. »Muss noch ein bisschen arbeiten. Wegen Sharp ist alles andere liegengeblieben.«

Rosettas Gesicht tauchte über einem flachen Pappkarton in der Durchreiche auf. »Mit viele Liebe gemacht, meine Anwalt.« Sie warf Matt einen giftigen Blick zu und zog sich wieder zurück.

»Was bekommst du?«, fragte ich, obwohl ich wusste, dass ich keinen Pfennig in der Tasche hatte.

»Geh nach Hause, iss die Pizza und trink das.« Er stellte eine Flasche Rotwein auf den Tresen. »Und dann, denk mal druber nach, wer von uns beide wohl eine Grund hätte, die Kopf in die eigene Arsch zu stecken.«

Ich liebte es, wenn Matt auf seine Weise die Dinge auf den Punkt brachte.

Wenig später wanderte ich den Weg zurück durch die grauen Straßen. Mit leeren Taschen und einer Pizza, die kalt zu werden drohte, war die Gefahr gering, einen Umweg über einen Laden mit einer lachenden Sonne auf der blickdicht verklebten Schaufensterfront zu machen.

Tatsächlich schaffte ich es bis zu meiner Wohnung ohne weitere Zwischenfälle. Sogar die Prostituierten, die aus ihren Löchern krochen, sobald sie Schritte auf Asphalt hörten, drehten auf halber Strecke ab, als sie den Pizzakarton in meiner Hand entdeckten. Die waren wie Vampire in der Dämmerung. Bunt angemalt, in neonfarbene Pellen verpackt, die Augen leer und tot. Manches Mal hegte ich den Verdacht, sie würden zu Staub zerfallen, sollten sie von Sonnenstrahlen getroffen werden.

Ich zog den Weg vor, der so bald wie möglich von den belebten Straßen abbog.

Vor meiner Haustür hatte jemand eine Mülltonne angezündet. Es qualmte und stank bestialisch. Als ich die Haustür öffnete, sah ich, dass der Rauch in das Treppenhaus gezogen war. Er verfolgte mich bis in meine Wohnung im dritten Stock. Das Küchenfenster zur Straße aufzureißen würde den Gestank von verbranntem Plastik noch verstärken, das Wohnzimmerfenster in den Hof klemmte, also gewöhnte ich mich besser an den Geruch. Ich holte mir ein Glas und einen Korkenzieher aus der Küche und ging, die Pizza in der einen und die Weinflasche in der anderen Hand, in das Wohnzimmer. Im Zentrum des Raumes stand das, was zum Mittelpunkt meines Lebens geworden war – ein Fernseher.

Ich stellte das Essen auf einem Umzugskarton ab, der als Couchtisch diente, schaltete die Glotze ein und ließ mich in den Sessel fallen.

Die Vierjahreszeiten war wie immer vorzüglich, der Wein war sauer. Dennoch füllte das eine die Leere in meinem Magen, das andere das Vakuum in meinem Kopf, und das Geplapper aus der Kiste ließ mich vergessen, dass ich nicht nur allein, sondern einsam war. Es gab keinen Ort, an den ich gehen konnte, wenn im Fernsehen das Testbild lief und Matt geschlossen hatte. Keinen Ort, an dem ich nicht binnen kürzester Zeit die letzten Pfennige verzockt hätte.

Nachdem ich aufgegessen hatte und zwei Gläser Wein in meinem Bauch herumschwappten, kramte ich den Zettel mit der Telefonnummer hervor. 150.000 Mark. Vielleicht war es der Zweck dieser Investition gewesen, Ratstetters Problem mit dem mangelnden Selbstbewusstsein zu lösen, doch so weit war es nicht gekommen. Stattdessen hatte sich sein Problem in einem tödlichen Rausch in Luft aufgelöst, genauso wie das von Levin im Badewasser. Ich schloss die Augen und stellte es mir vor. Das warme Wasser, die Müdigkeit, der Sog in ein Dunkel, das Wispern einer Stimme, die nur im eigenen Kopf existiert und dir verspricht, dass du dich nie wieder wie ein Stück Mist fühlen musst. Mir stießen die Pizza und der saure Wein auf. War es wirklich so einfach? Ein paar Pillen schlucken, sich in eine Badewanne legen und warten, dass alles ein Ende nahm? Warum quälte ich mich dann so? Die Tausender von Riva Levin aus der Schublade holen, nach Wilhelmshöhe fahren, ein Hotelzimmer im Schlosshotel nehmen, einen letzten schönen Abend im Kasino verbringen und zum Abschluss gabs ein heißes Bad. Das klang nach der Lösung all meiner Probleme und obendrein nach einem eleganten Abgang.

Mir fiel ein, was Gehrmann über Ratstetter gesagt hatte und Riva Levin über ihren Mann. Ein Dämon hatte ihnen im Genick gesessen und sich festgekrallt. Der Wein hinterließ ein bitteres Brennen in meiner Speiseröhre. Wenn die, die privilegiert waren, es schon nicht konnten, wie sollte ich es dann je schaffen? Vielleicht lag hier die Erklärung. Ich war dazu verdammt, zu überleben.

Noch mehr, als ich mich selbst ankotzte, kotzte mich das großspurige Geschwafel von Helmut Kohl in der Glotze an. »Halt doch einfach das Maul«, sagte ich zu ihm und drehte ihm den Ton ab.

Das Telefon war strategisch günstig direkt neben dem Sessel geparkt. Ich erinnerte mich nicht daran, dass es je geklingelt hatte, wenn ich zu Hause gewesen war. Und der Anrufbeantworter hatte bisher ausschließlich Nachrichten meines Vermieters aufgezeichnet, der die überfällige Miete anmahnte.

Manchmal, wenn ich vor dem Fernseher eingeschlafen war, wachte ich davon auf, dass es läutete. Schnell stellte ich jedes Mal fest, dass ich das Klingeln geträumt hatte. Trotzdem nahm ich den Hörer ab, in der Hoffnung, dass am anderen Ende ihre Stimme wäre. »Komm heim«, könnte sie sagen. Oder: »Die Kinder vermissen dich.« Aber in der Muschel tutete es immer nur, als wollte das Telefon mich verspotten.

Heute blinkte der Anrufbeantworter tatsächlich. Mit einem mulmigen Gefühl drückte ich auf »Play«. Lange Zeit war es still. Schließlich hörte ich eine dumpfe Stimme undeutlich murmeln: »Schade. Entschuldigen Sie, dass ich Ihnen heute noch den Grund meines Anrufs verschweige. Die Angelegenheit kann ich nur mit Ihnen persönlich besprechen. Ich rufe wieder an.« Kein Name, kein Gruß, aufgelegt. Bestimmt einer von diesen Staubsaugervertretern. Ich hoffte, dass er sein Versprechen nicht einlöste, diese Typen konnten echt lästig werden.

Ich nahm den Telefonhörer ans Ohr und wählte die Nummer, die ich auf Ratstetters Notiz gefunden hatte. Da ich mir nicht zurechtgelegt hatte, was ich sagen würde, ließ ich die Dinge auf mich zukommen.

Eine Ansage vom Band ertönte. »Sie sind verbunden mit Knab Finanzservice. Leider rufen Sie außerhalb unserer Geschäftszeiten an. Morgen sind wir wieder ab 9 Uhr für Sie da. Dringende Nachrichten …« Da ich nichts auf das Band sprechen wollte, würgte ich die freundliche Frauenstimme am anderen Ende mitten im Satz ab.

Danach goss ich mir ein weiteres Glas ein, stellte den Ton am Fernseher wieder an, fand »Magnum« im ersten Programm und wartete darauf, dass der Schlaf mich holte.

14

So ziemlich der widerlichste Ort, den man am Morgen aufsuchen konnte, war eine öffentliche Telefonzelle. Hier in der Nordstadt hatte man immer das Gefühl, man betrete ungebeten den Wohnraum eines Obdachlosen. Ich hielt die Luft an, während ich nach den »Gelben Seiten« griff. Einige Blätter waren rausgerissen worden, aber immerhin war das Telefonbuch noch nicht, wie das Verzeichnis der privaten Nummern, bereits komplett zu Klopapier verarbeitet worden. Ich suchte Knabs Finanzservice, riss die Seite heraus und steckte sie ein.

Nachdem ich mir den Tag recht antriebslos in der Kanzlei um die Ohren geschlagen hatte und keinen Draht fand, eine von den liegengebliebenen Arbeiten anzufangen oder gar aufzuräumen, entschied ich mich, den Gedanken, die mir im Kopf herumgeisterten, nachzugeben und Knab aufzusuchen.

Es handelte sich um eine gute Adresse im Villenviertel von Kirchditmold. Alles andere hätte mich auch gewundert. Ich fuhr an dem Haus vorbei und parkte eine Seitenstraße weiter. Ob ich diese Angewohnheit je wieder loswerden würde, wenn der Ford Taunus eines Tages Geschichte wäre? Mir fielen die Tausender ein, die Riva Levin mir zugesteckt hatte. Das wäre die Anzahlung für einen Ersatz, für den ich mich nicht in Grund und Boden schämen müsste. Ich verwarf den Gedanken. Wer sich Geld von Sharp für Kleidung geben ließ, besaß genau das Auto, das er verdiente.

Hinter einem von Efeu überwucherten Zaun versteckte sich eine Gründerzeitvilla. Ein Schild am schmiedeeisernen Tor verriet mir, dass ich richtig war.

Ich drückte das Tor auf und betrat den Vorgarten. Weder Kamera noch Klingel fingen mich ab; auf dieser Seite der Wolfhager Straße hielt man sich für distinguiert genug, um solche profanen Schutzmaßnahmen nicht zu brauchen. Ich hatte gehört, dass hier unzählige Mitglieder der Freimaurerloge residierten, und mit denen legte sich sogar Sharp nur an, wenn sie ihm unvermeidlich in die Quere kamen.

Der Garten erwartete die ersten Pflegemaßnahmen des Frühjahrs und strahlte einen auffällig morbiden Charme aus. Es roch nach dem Moos und den Flechten, die die Beeteinfassungen und Wege bedeckten. Verblühte Stauden deuteten mit kahlen Stecken Richtung Himmel, der sich in gedecktem Schmutziggrau präsentierte und einen Nieselregen so fein verstäubte, dass er den Boden gar nicht zu berühren schien.

Noch ein paar Stufen bis zu einem beeindruckend verzierten Holzportal, dann drückte ich einen Knopf und im Innern der Villa schlug eine Glocke an.

Ich hörte zielstrebige Schritte auf Parkett. Wenig später stand mir eine Frau gegenüber, die allein durch ihre Körperhaltung zum Ausdruck brachte, was sie über mich dachte, dabei hatte sie sich gerade mal eine Sekunde Zeit genommen, mich zu mustern. »Ja bitte?«

»Mein Name ist Meinhard Petri. Ich bin Anwalt und hätte gerne Herrn Knab gesprochen.« Aus dem Fauxpas von gestern hatte ich gelernt und mir drei Visitenkarten eingesteckt, die ich in der Küchenschublade gefunden hatte. Eine davon hielt ich ihr hin.

Mit spitzen Fingern nahm sie sie entgegen, ohne einen Blick darauf zu werfen. »Haben Sie einen Termin?«

»Nein, tut mir leid. Die Angelegenheit ist dringend.«

»Hm, hm. Warten Sie einen Moment.« Die Tür schloss sich direkt vor meiner Nase.

Ein ungewohnter Groll machte sich in meiner Magengegend breit. Ich hatte geglaubt, dass mir eine derartige Behandlung nichts mehr ausmachte, aber draußen stehen gelassen zu werden, kratzte selbst an meiner unterentwickelten Ehre.

Nach einer Weile näherten sich die Schritte erneut. »Herr Knab empfängt Sie. Kommen Sie bitte rein.«

In einer geisterhaften Perfektion wandelte sie vor mir her. Ich stellte mir vor, dass sie vermutlich gar keine Verwirbelung der Raumluft erzeugte, so wie ein Vampir kein Spiegelbild hatte. Sie führte mich durch einen pompösen Eingangsbereich bis in ein Arbeitszimmer, das einem Richter gut zu Gesicht gestanden hätte.

»Bitte«, sagte sie und deutete auf einen Sessel aus grünem Leder mit Messingnieten. Er sollte wohl gediegen englisch wirken, genauso wie der auf antik getrimmte Globus in Holzgestell. Vermutlich trug hier jemand dick auf, um von etwas abzulenken. Dann erst bemerkte ich zwei Personen hinter einem klobigen Schreibtisch.

»Entschuldigen Sie bitte, dass ich mich nicht erhebe, aber Bert zu überreden, jemandem zum Hausbesuch zu schicken, kriege ich nicht noch mal hin, deswegen verstehen Sie sicher, dass wir den Termin zu Ende bringen.« Ein Mann – ungefähr in meinem Alter, die Haare mit viel Gel angelegt, Hemd und Krawatte aus edlem Stoff – ließ sich die Fingernägel von einem anderen polieren, der die Feile in einem Tempo über die Nägel zog, als würde er pro Schwung bezahlt. Er ging dabei so konzentriert zu Werke, dass er mich nicht einmal bemerkt zu haben schien. »Herr Petri, das hatte ich doch richtig verstanden? Nehmen Sie bitte Platz. Doris bringt Ihnen gern einen Kaffee.«

Doris hatte im Türrahmen gewartet und drehte sich mit einem angefressenen Gesichtsausdruck auf dem Absatz um.

»Also, was kann ich für Sie tun?«

Bevor ich meine vorbereitete Eröffnung loswerden würde, schärfte ich meine Wahrnehmung. Was geschehen würde, nachdem ich den nächsten Satz gesagt hatte, konnte von großer Bedeutung sein. »Sie wissen es sicherlich aus der Zeitung. Sie haben Geldanlagen an all diejenigen vermittelt, die in Kassel pressewirksam in den letzten Monaten Selbstmord verübt haben.« Das war nichts als eine gewagte Vermutung, denn außer von Ratstetter wusste ich von keinem Fall mit einer Verbindung zu Knab.

Die Worte taten ihre Wirkung. Während der Fingernagelpolierer noch konzentrierter weitermachte, saß Knab plötzlich aufrecht wie in einer Kirchenbank. »Das ist Unsinn.«

»Was genau an meiner Aussage bezeichnen Sie als Unsinn?«

»Ich habe von den Fällen gelesen. Ich hatte keinen geschäftlichen Kontakt zu diesen Männern.«

»Ach, kommen Sie, Herr Knab, verkaufen Sie mich nicht für dumm. Ich kenne die Beträge, die jeder von ihnen investiert hat, und ich wette, wenn man bei Ihnen nachforscht, wird man Anlagen über genau diese Summe finden.« Ich fischte natürlich nach wie vor im Trüben, doch ich war mir sicher, dass ein Hecht in meinem Teich saß, da lohnte sich das Warten. Tatsächlich meinte ich, ein Glänzen auf Knabs Stirn zu erkennen.

»Jörg, es tut mir leid, wir müssen für heute unterbrechen. Wir machen ein andermal weiter.«

»Ralfi, wie sieht das denn aus, mit halbfertigen Nägeln?« Der Polierer hatte diesen verräterischen Singsang in der Stimme, und jetzt, wo die Feile stillhielt, offenbarte sich eine affektierte Handhaltung.

»Bitte sei so gut, Jörg.«

»Na gut, aber rechne nicht damit, vor nächsten Monat einen Termin zu bekommen.« Eine Diva hätte die Entrüstung nicht besser spielen können. Er packte seine Utensilien zusammen, starrte mich mit vorgerecktem Kinn böse an und dampfte ab.

In diesem Moment tauchte Doris mit Kaffee auf und stellte ein kleines Silbertablett vor mich hin. Sie warf Knab einen verwirrten Blick zu. Der zuckte die Schultern.

Als wir wieder allein waren, wartete Knab, bis ich meinen Kaffee angesetzt hatte, dann fragte er: »Woher haben Sie diese Informationen?«

»Aus einer sicheren Quelle.«
»Sie bluffen.«
»An Ihrer Stelle würde ich es nicht darauf ankommen lassen.« Ich hätte auf den Beweis verzichten können, dass Nächte am Pokertisch zu irgendwas gut gewesen waren. Ich sah Knab direkt ins Gesicht und verzog keine Miene. Wenn er die Karten auf dem Tisch haben wollte, musste er erst seinen Einsatz bringen.

»Nähmen wir an, es wäre wie Sie sagen: Geldanlagen zu vermitteln ist ja nichts Ungesetzliches.«

»In der Regel nicht. Aber in diesem Fall stammen die finanziellen Mittel aus einer Quelle, die weder von der Steuer noch von den Angehörigen der Toten nachvollziehbar ist. Das riecht nach Geldwäsche. Und außerdem kann keiner der Hinterbliebenen den Gewinn bei Ihnen einfordern. Wenn ich richtig liege, sitzen Sie auf einem Vermögen, das – zumindest auf dem Papier – niemandem gehört.«

»Moment mal. Sie wollen mir doch nicht unterstellen, dass ich mich am Tod dieser Männer bereichert hätte?«

»Wenn die Informationen an die Polizei gehen, wird man Ihnen noch ganz andere Sachen unterstellen. Und das könnte Ihrem guten Ruf enormen Schaden zufügen.«

»Das ist Erpressung, was Sie da gerade versuchen.«

»Keineswegs. Ich wäre schon zufrieden, wenn Sie mir bestätigen würden, dass Sie Investitionen für die Herrschaften getätigt haben und dass die übrigen Herren auf meiner Liste ebenfalls zu Ihren Kunden gehören.«

»Und wenn ich das nicht tue? Wollen Sie dann mit Ihrer Liste zur Polizei gehen? Ich glaube kaum, dass Ihr Auftraggeber darüber sehr glücklich wäre.«

Ich musste lächeln. Knab wusste genau, woher meine Informationen stammten. »Nein, nicht mit der Liste, sondern mit der Notiz, die mich zu Ihnen geführt hat. Einer Ihrer Kunden hat mir eine Brotkrume hinterlassen.«

Knab saß derart stocksteif hinter seinem Schreibtisch, dass mir nur vom Hingucken der Rücken wehtat.

»Ich denke darüber nach. Und jetzt gehen Sie bitte, ich habe zu tun.«

Sein Tonfall war mit jedem Wort eisiger geworden und ich fröstelte. Trotzdem behielt ich das Lächeln auf den Lippen, stand auf und verbeugte mich höflich. »Dann guten Tag, Herr Knab. Sie haben ja meine Karte und wissen, wo Sie mich finden.«

Mit dem guten Gefühl, dass ein Hecht an meinem Haken zappelte, verließ ich unter Doris' strengem Blick das Haus.

15

Am Samstagmorgen war ich zeitig auf den Beinen. Eine innere Unruhe hatte mich aus dem Bett getrieben, obwohl mein Körper noch ein paar Stunden Schlaf gebraucht hätte.

Für einen Besuch bei Sharp war es zu früh am Tag, er saß nie vor 10 Uhr an seinem Schreibtisch im Fleur. Außerdem lief ich nach wie vor in der Kleidung herum, die ich bei unserem letzten Treffen getragen hatte. Ich musste dringend in den Waschsalon, drückte mich aber jedes Mal so lange wie irgendwie möglich davor. Die Aufenthalte in dem Salon am Katzensprung deprimierten mich nachhaltig und endeten in der Regel mit dem Besuch in einer Spielhölle und dem hoffnungslosen Versuch, das schale, pulvrige Gefühl loszuwerden, das der Waschsalon hinterlassen hatte. Auf den Holzbänken saßen dort im gleißenden Neonlicht Menschen stumpf herum, starrten in die Bullaugen der Maschinen oder einfach nur zu Boden, warteten auf frische Wäsche oder bessere Zeiten. Sie hatten den Waschsalon aufgesucht, weil sie nicht allein sein wollten oder ein trockenes Plätzchen brauchten, und über all dem hing der Geruch von abgestandenem Seifenwasser und verbrannter Mangelwäsche – es zog mich einfach herunter. Natürlich könnte ich die Wartezeit auch außerhalb des Salons verbringen, aber in dieser Gegend Kleidung unbeaufsichtigt zu lassen, wäre so ziemlich das Dümmste, was man tun könnte.

Ich nahm mir vor, die verbliebenen vier Hunderter von Sharp sinnvoll zu investieren. Drei Scheine in neue Kleidung und einen, um einen Teil meiner Klamotten in die Reinigung zu bringen.

Am Entenanger war tatsächlich ein Parkplatz frei. Die Einkaufsmeile putzte sich gerade heraus. Verschlafene Einzelhändler stellten ihre Waren vor die Tür, aus einigen Geschäften drang Staubsaugerbrummen. In meiner Manteltasche klimperten die letzten Markstücke. Das reichte wenigstens für ein Butterhörnchen und ein Viertelpfund Kaffee zum Frühstück.

Das Hörnchen war noch warm, ich knabberte die obere Spitze ab und schlenderte in Richtung Kanzlei.

Froh, dass ich am Vortag Milch gekauft hatte, setzte ich Kaffee auf und hockte mich mit dem Hörnchen und einer dampfenden Tasse hinter den Schreibtisch. Am kommenden Montag hatte ich einen Termin bei Gericht und musste dringend die Unterlagen sortieren – bei dem Chaos auf dem Tisch eine echte Herausforderung. Nach einiger Wühlerei hatte ich alles Wichtige beieinander. Ich fragte mich, wozu ich mir die Mühe überhaupt machte, denn es würde ohnehin eine Routineangelegenheit werden. Der Kerl war so schuldig, dass es krachte, daran könnte selbst der beste Strafverteidiger der Welt nichts ändern. Der Haftprüfungstermin war flott über die Bühne gegangen, und der Kerl saß bis zur Verhandlung in Wehlheiden ein. Ich würde nur deshalb neben ihm auf der Anklagebank Platz nehmen, damit dem Recht Genüge getan wurde. Was mir ein wenig Sorge bereitete, war, dass es sich um einen der Handlanger von Sahid Bahat handelte. Bahat – oder Bad, wie er sich selbst gern nannte – war ein Pakistani, der aus dem Nichts aufgetaucht war, um sich im Handstreich das an Sharps Revier angrenzende Viertel unterhalb des Hauptbahnhofs unter den Nagel zu reißen. Die Demarkationslinie verlief exakt entlang der Wolfhager Straße, und jeder Übertritt in das Revier des anderen hatte in aller Regel böse Folgen, die am nächsten Tag in der Presse auftauchten. Mein aktueller Klient war eine davon. Er hatte sich in Sharps Revier verirrt und war dort in eine Messerstecherei geraten. Dass er in Notwehr gehandelt hatte, nahm ich ihm sogar ab, dennoch war sein Gegner noch an Ort und Stelle verblutet. Da verstand selbst der nachlässigste Staatsanwalt keinen Spaß, und Notwehr ließ man unter den Bewohnern des Kiezes schon lange nicht mehr gelten, weil ohnehin bekannt war, dass sie bis an die Zähne bewaffnet herumliefen.

Sharp und Bad konnten sich an Skrupellosigkeit und Brutalität locker das Wasser reichen. Lediglich in puncto

Loyalität unterschieden sie sich gewaltig; Sharp hätte seine Jungs niemals einem Pflichtverteidiger überlassen. Er kümmerte sich gut um sie, bevor sie einrückten, und noch besser, nachdem sie wieder aus dem Knast entlassen worden waren. Nun diente ich in diesem Fall also dem Gegner. Mich erschreckte die Einsicht, dass ich mich bereits zu Sharps Seite dazuzählte, als ob ich ihm zur Zuarbeit verpflichtet wäre. Ich zog die Schublade auf. Dort lagen die Scheinchen. War es so? Hatte ich mich kaufen lassen? Würde ich den Rest meines Lebens Sharps Hintern küssen? Der Kaffee arbeitete sich als Flächenbrand meine Speiseröhre hinauf. Das fühlte sich alles falsch an. Das Geld von Sharp, das neben dem von Riva Levin lag – hätte es noch sichtbarer sein können, dass ich mich ins Abseits manövriert hatte?

Ohne länger darüber zu grübeln, packte ich sämtliche Scheine. Ich war fest entschlossen, Riva Levin ihre Tausender zurückzugeben und ihr zu sagen, dass ich leider nichts für sie tun könne.

Ich stopfte die Unterlagen, die ich am Montag brauchen würde, in die Aktentasche, warf den Mantel über und steckte die Scheine ein. Sie hingen schwer wie Beton an meiner Seite, während sich die Tasche mit ihrem blutigen, brutalen Inhalt federleicht anfühlte. Irgendetwas an meiner Wahrnehmung war so endgültig entgleist, dass ich schon nicht mehr daran glaubte, je wieder ein normales Leben führen zu können. Das Mindeste, was ich tun konnte, war, für einigermaßen klare Verhältnisse zu sorgen und Riva Levins Auftrag abzulehnen.

Ich schlenderte die Königsstraße entlang, ging in den nächstbesten Klamottenladen und erstand – wie ich es mir vorgenommen hatte – von Sharps Geld mehrere weiße

Hemden, einen günstigen dunkelblauen Anzug und eine Krawatte mit breiten Querstreifen, von der mir die Verkäuferin versicherte, dass man das gerade so trug. Dann hielt sie mir einen beigefarbenen Trenchcoat vor die Nase mit den Worten: »Perfekt für den Übergang.«

Während ich mich fragte, welchen Übergang sie meinte, probierte ich das Teil an und fand, dass ich damit aussah wie Columbo in attraktiv. Kurzentschlossen nahm ich den Trenchcoat mit, obwohl nun nichts mehr für Schuhe oder die Reinigung übrig war, es sei denn, ich hätte einen von Riva Levins Scheinen angebrochen, und das wollte ich auf jeden Fall vermeiden. Der Vorsatz stand: Ich würde sie noch heute aufsuchen.

Bevor die Geschäfte schlossen, blieb mir genug Zeit, um auf dem Heimweg ein paar dürftige Lebensmittel einzukaufen. Die restlichen zehn Mark reichten gerade noch für Brot, je ein Glas Bockwürstchen, Gurken und Senf, eine günstige Flasche Rotwein und Klopapier. Keine Ahnung, wie ich damit den Sonntag überstehen sollte, aber es würde irgendwie gehen. Der Geldautomat spuckte eh nichts mehr aus, und da Samstag war, hatte ich erst am Montag wieder die Möglichkeit, meinen Bankmenschen anzubetteln. Das bedeutete also ein Wochenende vor dem Fernseher mit Bockwürstchen und Brot.

Jemand hatte den Mülleimer vor meinem Hauseingang mit Bier gelöscht. Jetzt stank es nicht mehr nach verbranntem Kunststoff, sondern als habe vor der Haustür eine Brauerei eröffnet.

Widerwillig leerte ich den Briefkasten, dessen Inhalt den üblichen Ärger versprach, und trug meine Einkäufe nach oben. Die Lebensmittel waren schnell verstaut, dann zog ich den neuen Anzug an. Er fühlte sich seltsam vertraut an. Wie eine Haut, die ich einst abgestreift hatte, obwohl sie mir besser passte als die des abgewetzten Versagers. Als ich schon drauf und dran war, ihn wieder auszuziehen, flüsterte mir eine leise Stimme zu, dass es in Ordnung sei, nicht in Lumpen herumzulaufen, nur weil man die Hoheit über das eigene Leben abgegeben hatte. Heute wollte ich der Stimme glauben und behielt den Anzug an.

Beim Überfliegen der Post erwartete mich die übliche Mischung aus Rechnungen und Werbung. Ein Briefumschlag trug keine Marke, war also direkt bei mir eingeworfen worden. Ich fragte mich, wer meine Adresse kannte, und riss den Umschlag auf. Mir fiel eine Karte in die Hand. Auf der Vorderseite Charlie Brown und Snoopy mit der Unterschrift: »Life's too short not to live it up a little«. Ich klappte sie auf.

Machen Sie mir das Leben nicht schwerer, als es ist – ich löse immerhin auch Ihr Problem.

Eine ungelenk kippende Handschrift hatte diese Zeilen hinterlassen. Wer immer das gewesen war, musste einen seltsamen Humor haben. *Ich löse auch Ihr Problem ...* Welches von meinen gefühlt tausend Problemen konnte der Absender lösen? Vielleicht war die Karte im falschen Briefkasten gelandet? Ich sah mir den Umschlag an. Keine Adresse, kein Absender. Also durchaus möglich, dass die Karte nicht für mich gedacht war, immerhin war die Hälfte der Briefkästen im Parterre nicht beschriftet. Ich legte die Karte zur Seite und beschloss, später darüber zu grübeln, was sie wohl bedeuten konnte. Dann warf ich den neuen Trenchcoat über und machte mich auf den Weg zum Haus von Riva Levin.

Meinen Ford parkte ich wie gewohnt ein paar Ecken entfernt und ging die letzten Meter zu Fuß. Etwas schien zu fehlen, und ich überlegte, was es war. Samstags wuselte es in Wohngegenden mit Einfamilienhäusern üblicherweise in deren Gärten. Die Rasenmäher brummten, die Hecken wurden gestutzt, der gute Familienvater tat, was ein guter Familienvater am Samstag eben tat, und zur Belohnung durfte er sich am Abend mit einer Flasche Bier in die Garage zurückziehen und an dem Motorrad rumschrauben, das er nicht mehr fuhr, seit die Kinder geboren waren, weil es zu gefährlich war, wenn der Ernährer mit wenig Fahrpraxis durch den Reinhardswald raste. Ich seufzte. Ich hätte sonst was dafür gegeben, wieder einen Rasenmäher durch den Vorgarten schieben zu dürfen, doch dieser Teil der Geschichte war für mich zur Fiktion geworden.

Der Mulang war alles andere als eine nette Einfamilienhaussiedlung. Hinter den Zäunen dröhnten keine Rasenmäher und es klapperten keine Heckenscheren. Nirgendwo kreischten übermütige Kinder in den Gärten oder malten Hinkelkästchen auf die Straße. Stattdessen herrschte eine seltsame Stille über dem entfernt dumpfen Brummen der Stadt. Vor einigen Einfahrten parkten die Kleinlaster von Gärtnereien, bis obenhin beladen mit Sträuchern und Bäumen für den perfekt inszenierten Vorgarten. Hier machte sich niemand die Mühe, die tonnenschweren Kübel mit dem aus dem Italienurlaub mitgebrachten Olivenbäumchen über Winter in den Keller zu wuchten. Was erfror, wurde im nächsten Frühling kurzerhand neu gekauft.

Ich hatte mein Ziel erreicht und klingelte. Der Summer öffnete das Gartentor, ohne dass ich etwas in die Gegensprechanlage sagen musste. Durch den Garten ging ich bis zur Haustür. Oben auf dem Treppenabsatz stand wider Erwarten nicht Salvina, sondern Riva Levin.

»Kommen Sie bitte hoch.« Sie sagte das, als hätte sie mich erwartet, und sie sah mich auch genauso an.

Während ich noch ein paar Stufen unterhalb von ihr war, hielt ich ihr schon die Hand hin. Als ob ich einen Sicherheitsabstand zwischen sie und mich bringen wollte, dachte ich, und wahrscheinlich war es so.

Sie ergriff meine Hand und schüttelte sie weich. »Ich nehme Ihnen den Mantel ab, ja?«

Ich drehte ihr den Rücken zu und schälte mich aus dem Trenchcoat. Als sie ihn sich über den Arm legte, schmunzelte sie. In ihrer rechten Hand hielt sie das Preisschild, das noch am Kragen baumelte. »Neu?«, fragte sie.

Mir blieb nur übrig zu lächeln. Der Abstand, den ich gebraucht hatte, schmolz.

»Folgen Sie mir.« Sie ging vor mir her, den Trenchcoat über dem Arm, bis in das Wohnzimmer und zeigte auf einen der unbequemen Sessel. Dann verschwand sie hinter einer Tür und es klimperte, als ob jemand in einer Schublade kramte. Wenig später kehrte sie mit dem Mantel zurück und zeigte mir den Kragen, an dem nun das Preisschild fehlte. »Ich war so frei«, sagte sie. »Darf ich Ihnen etwas zu trinken anbieten?«

»Ein Wasser vielleicht«, antwortete ich, obwohl ich überhaupt keine Lust auf Wasser hatte. Sie zog die Stirn kraus und verschwand erneut. Wieder klimperte es, nun klang es nach Gläsern. Als sie zurückkam, balancierte sie ein Tablett mit einem Glas mit Wasser und einem voll Cola. »Sie möchten nicht lieber eine Cola? Ich habe aber nur light.«

Alles andere hätte mich bei ihrer gertenschlanken Figur auch gewundert. »Nein danke. Ich finde, das Zeug schmeckt grässlich. Außerdem traue ich diesem Ersatzzucker nicht.«

»Trauen Sie überhaupt irgendjemand?«

Da hatte sie mich schon wieder an die Wand genagelt. Die Frau begann, mir Angst zu machen. In dem Augenblick fiel mir ein, dass die Scheine, die ich ihr zurückgeben wollte, in der Jackentasche des alten Mantels steckten, den ich zu Hause gelassen hatte. Ich brauchte niemanden, der mich in Schwierigkeiten brachte, das konnte ich selbst am allerbesten. Jetzt saß ich hier, mit dem Vorsatz ihren Auftrag abzusagen, und hatte das Geld nicht dabei, um den Entschluss in die Tat umzusetzen. Ich überlegte, wie ich elegant die Kurve kriegen konnte, als mir ihre Frage einfiel. Möglicherweise erwartete sie nicht wirklich eine Antwort, immerhin hatte es mehr nach einer Feststellung geklungen. Trotzdem fühlte ich mich genötigt, mich zu verteidigen. »Ich bin einfach sehr vorsichtig.«

»Gut. Dann haben wir ja etwas gemeinsam.« Sie setzte sich mir gegenüber und wartete.

Ich war am Zug und hatte im wahrsten Sinne des Wortes keinen Plan mehr in der Tasche. Mir blieb nichts anderes übrig, als Zeit zu schinden. »Ich habe über Ihr Angebot nachgedacht, und ich muss zugeben, dass ich mich damit nicht wohlfühle.«

»Was genau bereitet Ihnen denn Bauchschmerzen? Ich hatte Ihnen gesagt, Sie allein entscheiden, wie weit Sie gehen.« In ihren Augen blitzte es verräterisch, und in dem Moment wurde mir klar, dass sie davon ausging, dass es nicht so sein würde.

»Frau Levin, ich bin Anwalt. Ich habe mich verpflichtet einen Kodex zu befolgen. Ich habe es geschworen.«

»Riva, bitte. Nennen Sie mich Riva. Ich darf doch Meinhard sagen, oder?«

In der Sekunde, in der ich zustimmte, wusste ich bereits, dass es keine gute Idee war. »Selbstverständlich. Also noch mal: Ich breche meinen Eid, wenn ich Ihnen Informationen eines Auftraggebers zukommen lasse.«

»Dir.«

»Wenn ich dir Informationen eines Auftraggebers zukommen lasse.« Es klang so falsch in meinen Ohren, dass ich am liebsten das »Du« wieder zurückgezogen hätte, aber dafür war es zu spät.

»Geht es um Geld?«

»Nein, es geht nicht um Geld«, sagte ich viel ärgerlicher als gewollt, und es klang genauso wie: *Natürlich geht es um Geld.* Ich biss mir auf die Zunge. Es war eine verdammt blöde Idee gewesen, hierherzukommen, und ich überlegte, ob ich besser gehen sollte. Mein Hals war ganz trocken, und ich stürzte das Wasser hinunter.

»Um was geht es dann? Um die Ehre? Ich bin lange genug mit einem Geschäftsmann verheiratet gewesen, um zu lernen, dass es so was nicht wirklich gibt, obwohl immer großspurig davon getönt wird.«

»Nein, es geht nicht um die Ehre. Es geht darum, dass ich aus der Anwaltskammer fliege, wenn das bekannt wird. Und es geht darum, dass du im umgekehrten Fall darauf vertrauen dürftest, dass ich nichts über dich ausplaudere.«

Das »Du« fühlte sich immer noch seltsam an.

»Kannst du nicht verstehen, dass ich wissen möchte, warum mein Mann tot ist?«

»Ich hatte den Eindruck, du hast dir da eine Theorie zurechtgelegt, die ausreicht.«

»Ich habe es versucht. Und ja, Roman hätte Gründe

gehabt, sich das Leben zu nehmen. Und auch wieder nicht. Ich will den Zweifel ausräumen. Das ist doch verständlich.«

»Dann lass mich einfach meine Arbeit machen. Es wird ein Ergebnis geben, das alles erklären wird oder zumindest die Zusammenhänge beleuchtet.«

»Ich lasse dich ja deine Arbeit machen. Ich betrachte meinen Auftrag lediglich als Unterstützung.«

»Und im Gegenzug habe ich zu liefern. Das ist ein klassisches Geschäft.«

Sie war aufgestanden und zwei Schritte nähergekommen. Sie blickte nun von oben auf mich herab und ich rechnete damit, dass sie mich hinauswerfen würde. Stattdessen sah sie mir durchdringend in die Augen, wie die Katze der Maus. »Es geht nicht nur um Roman und die Umstände seines Todes. Sein Sohn wird mich ausnehmen wie eine Weihnachtsgans, wenn sich herausstellen sollte, dass unerklärt Summen des Vermögens fehlen, und das scheint ja wohl der Fall zu sein. Er wird behaupten, das sei Geld, dass sein Vater mit in die Ehe gebracht hatte, und ich kann niemandem das Gegenteil beweisen.«

Mein Vorsatz, ihr den Auftrag aufzukündigen, zerbröselte unter ihrem Blick. Ich hatte nur noch eine letzte Chance: Indem ich aufstand, begab ich mich mit ihr auf Augenhöhe. Tatsächlich war sie lediglich wenige Zentimeter kleiner als ich, ohne die mörderischen Absätze vielleicht einen halben Kopf. Sie wich nicht zurück, sodass wir nun dichter voreinander standen, als es angemessen war. Ich konnte nicht nach hinten ausweichen, wollte mir aber auch nicht die Blöße geben, mich zur Seite wegzudrücken, und sie machte keine Anstalten zurückzuweichen. Also hielt ich die etwas seltsame Situation aus und sagte: »Und wenn ich dir verspreche, dass du am Ende alles erfahren wirst, was für dich von Bedeutung ist?«

»Und wenn ich dir versichere, dass es dann zu spät sein wird?«

Sie hatte mich. Ihre gesenkte Stimme, ihr unverschämter Duft und ihre Augen. Ich spürte, dass ich nickte. Wenn ich nicht sofort von hier wegkäme, würde ich ihr noch sonst was versprechen. Notgedrungen wählte ich die Flucht und wand mich zur Seite aus der misslichen Lage.

»Ich denke darüber nach«, sagte ich, nachdem ich schon zwei Schritte Richtung Ausgang gegangen war.

Sie folgte mir bis zum Treppenabsatz, der zur Haustür führte. Sie hatte meinen Trenchcoat mitgebracht und hielt ihn mir mit breiten Armen hin, sodass ich hineinschlüpfen konnte. Ich drehte ihr den Rücken zu und ließ mir den Mantel überwerfen. Dabei war ich nicht darauf vorbereitet, dass sie den Stoff festhielt, und so stand ich, als ich mich umdrehte, wieder so dicht vor ihr, dass ich ihr Haarspray riechen konnte.

Sie hielt den Mantel fest und fasste sogar noch einmal nach. »Du weißt, dass du keine Wahl hast«, hauchte sie mir ins Gesicht. Plötzlich ließ sie los, sodass ich taumelte. Ich sammelte mich kurz am Treppenabsatz, dann verließ ich das Haus, ohne mich umzudrehen.

Auf dem Weg zum Auto hallten ihre Worte in mir nach: »Du weißt, dass du keine Wahl hast«. Als ich auf der Suche nach den Schlüsseln in die Manteltasche griff, wusste ich, was sie gemeint hatte. Meine Hand erfühlte ein dickes Bündel Scheine.

Keine Ahnung, ob es wirklich ein Zufall war oder ob ich gezielt auf der Wilhelmshöher Allee abgebogen war und deswegen wenige Minuten, nachdem ich Riva Levin verlassen hatte, auf dem Parkplatz vor der Spielbank hielt.

Genauso wenig erinnere ich mich daran, ob ich wenigstens eine Sekunde haderte. Ich weiß nur noch, dass ich mir drei Martini einverleibte und anschließend am Schalter die Scheine, ohne sie zu zählen, in die Mulde schob und die Jetons entgegennahm. Ich trank einen weiteren Martini und schlenderte zum Roulettetisch, als läge er zufällig auf meinem Weg durch das Kasino. Kaum fiel mein Blick auf das sich drehende Rad, schaltete mein Verstand aus. Drei weitere Umdrehungen später waren die Jetons verzockt. Die Geräuschkulisse wurde dumpf, als ob die Welt zu mir auf Abstand ging. Ich stand auf und sah die anderen Menschen sich wie in Zeitlupe durch den Raum bewegen, ihre Körper wie Geister, Gesichter, die mich anwiderten in ihrer Leere. Mir war klar: Hätte ich jetzt in einen Spiegel geschaut, hätte mir eine ebensolche Maske entgegengestarrt. Der Raum begann sich zu drehen und ich musste den Blick auf den Fußboden richten, damit ich nicht ins Wanken geriet. Dann kam das Zittern. Mein Körper vibrierte, als hätte man mich nackt am Südpol ausgesetzt, die Szene verschwamm vor meinen Augen wie im Nebel. Unscharf tauchte eine Gestalt daraus auf und fragte: »Ist alles in Ordnung? Brauchen Sie Hilfe?«

Ich schaute erst auf einen buschigen Vollbart und dann in freundliche Augen, die mich an jemanden erinnerten, dabei war mir der Kerl vollends unbekannt.

»Verloren?«, fragte der Mann.

Ich nickte.

Er schlug mir aufmunternd auf die Schulter, drehte sich um und ging.

Das Zittern hatte sich eingenistet, außerdem benebelten die Martinis meinen Verstand. Keine gute Verfassung, um in die Stadt zurückzufahren. Ein paar Schritte an der frischen Luft würden helfen, bevor ich wieder ins Auto stieg.

Ich verließ das Kasino, wechselte die Straßenseite und suchte den nächstbesten Zugang zum Bergpark, wo ich mich unter die spärliche Anzahl an Spaziergängern mischte. Einige Unermüdliche hatten das Frühjahr zeitig eingeläutet, indem sie keuchend über die Wege joggten oder auf Lichtungen komische Übungen vollführten. Bereits nach zehn Minuten Fußmarsch war ich außer Atem.

Ich ließ mich die Wege entlangtreiben wie ein Boot ohne Steuermann. Der Wind blähte meinen Trenchcoat und ich dachte, wie seltsam es sei, auf dem Trockenen und bei vollem Bewusstsein abzusaufen. Das Wasser stand mir nicht mehr Oberkante Unterlippe, darüber war ich längst hinaus, und weit und breit keine Seenotrettung, die mich aus dem Schlamassel ziehen würde. Würde ich mich überhaupt retten lassen? Der Zweifel war beinahe Gewissheit. So viele hatten es schon versucht. Da waren Freunde gewesen. Und Conny. Irgendwann war jeder Funken Respekt zum Teufel gegangen. Jahrelang hatte ich sie angelogen, und sie hatten sich ebenso lang bereitwillig von mir anlügen lassen. Es war kaum auszuhalten gewesen, wie widerwillig Conny der Wahrheit ins Auge geblickt hatte, erst, als es gar nicht mehr anders ging. Ich benahm mich am Ende wie ein Fremdgeher. Ich streute Hinweise. Ich wurde nachlässig in meinen Ausreden und gab mir nicht mal Mühe, die Lücken im Haushaltskonto zu füllen. Und trotzdem dauerte es noch ein geschlagenes Jahr, bis ich endlich aufflog. Das Mitleid in den Gesichtern war unerträglich. Sie warfen mir ihr Bedauern entgegen, dabei galt es gar nicht mir.

Eigentlich bedauerten sie sich selbst, weil sie sich in mir derart getäuscht hatten. Ihre Blicke sagten: »Das hätte ich nie von dir gedacht«, während ihre Lippen formulierten: »Ich bin immer für dich da.« Und ich antwortete ebenso falsch: »Ich weiß deine Freundschaft zu schätzen.« Wertschätzung empfand ich nur noch im Rausch. Und lediglich in Momenten wie diesem gerade eben, zitternd und schwitzend im Kasino, konnte ich mir eingestehen, dass sich seither nichts verändert hatte. Wohin soll man gehen, wenn jeder Satz, den man von sich gibt, eine Lüge ist und jede Antwort ebenfalls? Dann ist man am besten dort, wo ich nun war; ließ sich für Unwahrheiten bezahlen und wählte sich Freunde, die nicht mitleidig guckten, weil sie nichts erwarteten.

Ich redete mir ein, dass ich wegen der Kälte und dem zu dünnen Trenchcoat zitterte, drehte auf dem Absatz um und machte mich auf den Rückweg. Ein Abstecher zu Matt war genau das, was ich jetzt brauchte.

16 AZRAEL

Mittlerweile fand ich Gefallen daran, mich dem Anwalt an die Fersen zu heften, wann immer es meine Zeit zuließ. Er hatte meine Karte aus dem Briefkasten geholt und war kurz in seiner Wohnung verschwunden. Überrascht bemerkte ich den neuen Mantel und den Anzug, den er trug, als er das Haus wieder verließ. Der Mann hatte eigentlich Geschmack, wahrscheinlich konnte er ihn sich nur nicht leisten. Ich ahnte, warum.

Er parkte nicht vor der Villa im Mulang, sondern eine Seitenstraße entfernt, als ob er sich für den schäbigen Ford schämte. Sichtlich aufgewühlt kehrte er später zu seiner Rostlaube zurück. Ich folgte ihm bis ins Spielkasino. Dort offenbarte sich die Wahrheit: Er war ein Getriebener wie ich. Gierig danach, ein Spiel zu spielen. Und genauso wie es mir erst nach Jahren klargeworden war, sah ich ihm an, dass er noch nicht so weit war, zu verstehen, dass das Spiel mit ihm spielte. Immerhin war er klug genug, um zu wissen, dass ihm keine Wahl blieb, sonst hätte er Sharps Auftrag ablehnen müssen.

Ein seltsames Gefühl, sich dem Gegner verbunden zu fühlen. Ich horchte in mich hinein und stieß nicht auf den geringsten Funken von Rivalität, wenn ich an ihn dachte. Vielmehr stellte der Anwalt nur eine weitere Herausforderung dar, eine von vielen. Vielleicht lag es daran, dass ich zu schätzen wusste, dass er einen Eid abgelegt hatte, der ihn mit einem Ehrbegriff verband, dem ich mich auch verpflichtet fühlte. Ich dachte an seine Mandanten und an sein Bündnis mit Sharp. Das Gefühl von Sympathie für den Anwalt rührte ganz sicher daher, dass ich auf eine absurde Weise glaubte, einen Bruder im Geiste in ihm erkannt zu haben. Sicher war ich mir nicht, aber ich fand, er sei es wert, herauszufinden, ob ich mich in ihm täuschte. Bei diesem Spiel lag es in seiner Hand, ob wir es gemeinsam als Gewinner oder er es allein als Verlierer beenden würde.

17

»Ui, schick, meine Lieblingsanwalt!« Rosetta musterte mich von oben bis unten.

Ich riss mich zusammen, um das Zittern zu kontrollieren.

Sie schnupperte, ich sah ihre Nasenflügel beben. »Du bisse betrunken.«

Einen winzigen Augenblick lang wunderte ich mich, dass sie das durch den Knoblauchgestank und den Qualm im Raum überhaupt riechen konnte, dann beruhigte es mich, weil das der Grund war, aus dem ich hergekommen war: Hier musste ich niemandem etwas vormachen, und es nahm auch keiner ein Blatt vor den Mund.

»Ich hatte ein paar Martini.«

»Dio mio, und wie immer auf leere Magen. Setz dich da hin, ich mache dir was zu esse. Matteo isse gleich da.«

Ich warf den Trenchcoat über eine Stuhllehne und ging zur Tür mit dem Hinweisschild für die Toiletten. Den Mantel unbeaufsichtigt zu lassen war kein Problem. Zum einen, weil Rosetta jedem den Kopf abreißen würde, der sich daran zu schaffen machte, und zum anderen, weil nichts mehr drin war, was sich zu klauen lohnte. Ich stieg eine schmale Treppe in den Keller. Die Beleuchtung war spärlich, einige Glühbirnen hatten den Geist aufgegeben. Als ich eben in Richtung der Toilette abbiegen wollte, hörte ich von der gegenüberliegenden Seite des Kellers Stimmengewirr. Dort lagen die Kühl- und Lagerräume und ein Hinterausgang führte in den Innenhof. Matteo nahm sicher gerade eine Lieferung in Empfang.

Bevor ich die Tür zur Herrentoilette aufdrückte, hielt ich unwillkürlich die Luft an. Da drin stank es, als wäre erst vor kurzem ein Iltis ausgezogen, aber wenigstens musste man nicht mit anderen unangenehmen Überraschungen rechnen; Matt schmiss jeden hochkant raus, der in seinem Klo mit Drogen hantierte. Ich stellte mich vor das Pissoir und versuchte, flach zu atmen. Der Gestank strömte aus dem Abfluss in der Mitte des Raumes und verteilte sich von dort in allen Ecken. Irgendwie kam ich mir in dem neuen Anzug verkleidet vor, hier in dieser stinkenden Höhle. Am Ende landete man doch immer dort, wo die Seele sich zu Hause fühlte, da half auch keine Politur. Ich wusch mir die Hände und trat zurück in den Flur, als ich aus der anderen Richtung des Kellers erst ein Schnaufen hörte, dann ein leises Jammern. Neugierig folgte ich dem Geräusch bis in den Innenhof.

Matt lag gekrümmt am Boden und hielt sich die Hand auf den Magen.

Eilig stürzte ich auf ihn zu und kniete mich neben ihn. Scheiß auf den Anzug, Matt sah zum Fürchten aus. Er war kreidebleich und sein verzerrtes Gesicht glänzte vor Schweiß. Schnell flog mein Blick über seinen restlichen Körper und ich war einigermaßen froh, dass nirgendwo eine Wunde klaffte oder Blut floss.

»Verdammt, Matt, was ist denn passiert? Bist du verletzt?«

»Porca miseria«, stöhnte Matt. »Das waren die Leute von Bad.«

»Was haben die denn hier verloren? Das ist überhaupt nicht ihr Revier.«

»Das is dene doch egal. Los, hilf mir hoch.«

Ich fasste ihn unter dem Arm und zog ihn nach oben. Matt ächzte ein bisschen, dann schien er sich daran zu erinnern, dass er Sizilianer war, und versuchte Haltung zu bewahren. Er hielt sich tapfer, stand aber ganz krumm.

»Was wollten die von dir?«

»Was wohl? Geld. Schutzgeld.«

»Und was sagt Sharp dazu, wenn Bads Leute in seinem Revier wildern.«

»Du erinners dich, wie es die letzte Mal ausgegangen is?«

Ich dachte an den Mann, den ich am Montag vor Gericht vertreten würde. Sharps Leute hatten sich ihm in den Weg gestellt, und er hatte einen von ihnen eiskalt abgestochen.

»Die Jungs von Bad sind eine andere Kaliber. Die fackeln nich lang. Sharps Männer habe wenigstens noch so was wie Ganovenehre, aber dieser Inder ...«

»Pakistani«, fiel ich Matt ins Wort.

»Is doch egal. Die Jungs, die fur ihn arbeite, kenne keine Ehre. Die sind einfach nur sinnlos brutal.« Wie um seine Worte zu unterstreichen, stöhnte er laut auf.

Immer noch auf meinen Arm gestützt schaffte er es in den Keller, wo er sich auf die Treppenstufen setzte. Er sah mich dankbar an. »Geh schon mal hoch, ich komm nach. Ich will nich, dass Rosetta davon erfahre. Die mache sich sonst unnotig Sorgen.«

»Unnötig? Findest du nicht, dass ein wenig Sorge durchaus angebracht wäre?«

»Wofur zahle ich denn Schutzgeld an Sharp? Musse der auch was tun fur seine Geld.« Matt zog eine Schachtel Zigaretten aus der Hemdtasche und zündete sich eine an.

»Wenn du Sharp davon erzählst, gibt es Krieg hier auf dem Kiez.«

Nachdenklich pustete Matt kleine Rauchkringel in die Luft. »Wenn ich Sharp nich davon erzähle, bin ich bei die nächste Gelegenheit mausetot.«

»Und das ist ja bekanntlich kein Grund für Rosetta, um sich Sorgen zu machen.« Ich kniff ein Auge zusammen, klopfte Matt auf die Schulter und machte mich auf den Weg nach oben.

»Matteos alte Herr wär flotter aus die Keller hier als diese Schnecke von eine sizilianische Ehemann«, empfing Rosetta mich meckernd. »Der trödelt doch nur rum, um sich vor die unangenehme Aufgaben zu drucken. Hier«, sie hielt mir ein Netz Knoblauchzehen vor die Nase, »die musse alle gehackt werde.«

Es kostete mich Überwindung, ihr nicht zu verraten, dass Matt lieber eine Tonne Knoblauch pellen würde, als mit Bauchschmerzen auf der Kellertreppe zu sitzen.

Ich ließ den Blick schweifen. Von Matts altem Herrn war weit und breit nichts zu sehen. »Wie geht's dem alten Mafioso? Ist er noch im Krankenhaus?«

Rosetta schmunzelte. »Nein. Isse obe in die Wohnung. Guckt Fernsehen. Versteht kein Wort, aber schäkert mit die Nachrichtensprecherinnen. Ich bring ihm nachher Lasagne hoch. Magst du auch? Oder lieber die ubliche Pizza.«

»Ich probier sehr gerne deine Lasagne, Rosa.«

Sie schubberte mir durch die Haare. »Ich mag es, wenn du mich Rosa nennst, meine Lieblingsanwalt. Die alte Stinkestiefel sage das immer nur, wenn er was von mir will.«

»Ach, Rosa, Matteo weiß genau, was er an dir hat. Ihm steht nur manchmal sein sizilianischer Stolz im Weg.«

Sie zuckte die Schultern. »Und du?«, fragte sie. »Hast dich so rausgeputzt. Isse eine neue Frau in deine Leben?«

Da ich nicht wusste, was ich antworten sollte, lächelte ich stattdessen.

»Na ja, auf jede Fall solltest du besser auf deine gute Kleidung achte«, sagte Rosetta und deutete auf meine Hose, die durch das Knien auf dem Boden des Innenhofs dreckig geworden war.

Danach verschwand sie in der Küche, und ich sah mich um. Dasselbe Bild wie immer. Die Gäste gehörten zum Inventar des Kiezes. Ins Vesuvio verirrte sich kaum jemand, dem nicht der Stallgeruch des Viertels anhaftete. Die vergilbten Wände waren mit Fotos von Matteos sizilianischer Heimat dekoriert. Im Wesentlichen war es eingerichtet wie jedes andere Lokal auch, abgesehen von den fehlenden Spielautomaten. Eine Mischung aus italienischer Touristenfolklore und bayrisch angehauchten Möbeln – eben das, was deutsche Brauereien unter Gemütlichkeit verstanden. Im Hintergrund dudelte der italienische Einheitsbrei, den jeder Deutsche mitsingen konnte.

Kurz nachdem ich mich gesetzt hatte, standen ein Glas Wein und eine brodelnde Masse in einer kleinen Auflaufform vor mir.

»Isse heiß«, warnte Rosetta mich unnötigerweise.

Mit der Gabel pikste ich ein paar Luftlöcher in den geschmolzenen Käse und wusste, dass ich mir trotzdem den Gaumen verbrennen würde, egal wie lange ich pustend vor der Lasagne abwartete. Ich trank einen Schluck von dem Wein und stellte zufrieden fest, dass Rosetta heute einen guten Tag hatte. Während ich wartete und blies, gesellte sich Matt zu mir.

Er guckte noch immer verkniffen, war aber nicht mehr ganz so blass um die Nase. Er nahm mein Glas, nippte daran und verzog das Gesicht. »Ich glaube, ein paar von die Zähne sind locker. Und ich hab mir auf der Zunge gebissen.«

»Ich dachte, die hätten nur deine Körpermitte traktiert.«

»Haben sie auch. Bin auf der Knie gegangen und hab die Boden gekusst.« Er rieb sich das Kinn.

Ich fühlte mich genötigt, ihm ein Angebot zu machen. »Ich rede mit Sharp. Halt du dich da raus. Wenn Bad Wind davon bekommt, dass du dich bei Sharp ausheulst, stehen die morgen wieder auf der Matte.«

»Du? Hast du nich genug Ärger?«

»Offensichtlich nicht mehr als du.«

In diesem Moment trat Rosetta mit der Weinflasche an den Tisch und gab Matt einen Klaps auf die Schulter. Ich sah ihm an, dass er sich zusammenriss, um nicht aufzuschreien. Der tapfere kleine Sizilianer rang sich sogar ein Lächeln ab.

»Wo du warst so lange?« Rosetta hatte den Egal-was-du-sagst,-das-gibt-Ärger-Blick aufgelegt.

»Der Getränkelieferant hatte die Hälfte von der Lieferung vergessen, aber alles auf die Rechnung. Das mussen wir erst mal klären.«

»Du hast geraucht.«

»Rosa Cara, ich hab seit Jahre keine Kippe mehr angefasst.«

Obwohl Rosetta wusste, dass Matt die Koseform wählte, um sie zu besänftigen, funktionierte es erstaunlicherweise auch dieses Mal. Sie drückte ihn mit der Hüfte zur Seite und setzte sich neben ihn. Während sie mein Glas vollgoss, deutete sie auf die Lasagne. »Musse esse, sonst wird kalt.«

Ich nahm eine möglichst kleine Menge auf die Gabel, betrachtete im Gegenlicht die Dampfschwaden, die aus dem geschmolzenen Käse aufstiegen, pustete ausgiebig und bereitete mich auf den Schmerz vor, der unweigerlich eintreten würde, sobald das heiße Fett meinen Gaumen berührte. Es gab Dinge, auf die man getrost eine Wette hätte abschließen können. Während ich mir die Hälfte des Rotweins in den Mund kippte, der mit betäubten Geschmacksnerven abgestanden schmeckte, fragte ich mich, warum ich mein Geld auf eine verfluchte Zahl beim Roulette gesetzt hatte und nicht auf Brandblasen nach Rosettas Lasagne.

Matt musste die Not in meinem Gesichtsausdruck gesehen haben und zog eine Augenbraue nach oben. »Ihr Deutsche ... alle Weicheier.«

Ich antwortete mit einer ebenfalls gehobenen Augenbraue und legte den Kopf schief. Matt wusste, dass er sich darauf verlassen konnte, dass ich vor Rosetta sein kleines Intermezzo im Innenhof geheim halten würde.

»Cara mia, lass uns mal kurz allein, ja«, gurrte Matt und tatsächlich erhob sich Rosetta ohne Widerworte. Wie die meisten sizilianischen Frauen hatte sie kein Problem damit, einen Tisch zu verlassen, wenn sie darum gebeten wurde. Sie wusste, dass es Dinge gab, von denen man besser keine Ahnung hatte, wenn die Cosa Nostra an der Tür klingelte.

»Wie es geht voran mit deine Selbstmorde?«

»Es hört sich irgendwie seltsam an, wenn du das so sagst.«

»Wie soll ich sonst sage? Wie es geht voran mit deine ... wie heißen die Tiere, die sich in den Abgrund sturzen? Lemuren?«

»Lemminge«, korrigierte ich ihn.

»Ja, Lemminge. Soll ich es so sage? Was mache deine Lemminge?«

Ich musste lächeln. »Ach, Matt, das klingt so, als würden sie freiwillig dahinscheiden. Ich versuche eher, den Hecht zu angeln, der Sharps Karpfen dezimiert. Hast du mal irgendwas von einem Ralf Knab gehört? Makelt mit

Geldanlagen. Hab keinen Beweis dafür, aber ich würde sagen, der hatte allen Verstorbenen eine heiße Sache vermittelt.«

»Nie gehort. Und du glaubs, der lasse seine Kliente um die Ecke bringe, um … was?«

»Möglicherweise hat er ihnen ein Geschäft angeboten, das nicht ganz koscher war. Dafür brauchten sie Geld, das keine Duftmarke hatte. Nun sind die Klienten tot, und er kann die Gewinne einstreichen. Klingt nach einem astreinen Motiv, oder?«

»Ist das nich viel zu offesichtlich?«

»Nur so ein Gedanke.«

»Wenn du das glaubs, musse du dann nicht die warne, die noch am Leben sind?«

Matt war ein weiser Mann, das fiel mir immer wieder auf. Und einer mit Mitgefühl. Er hatte vollkommen recht.

»Was soll ich denen sagen? Sie sollen keine Pillen schlucken, wenn ihnen jemand eine Knarre an den Kopf hält?« So malte ich es mir aus, wenn einer unfreiwillig Selbstmord beging.

»In etwa«, sagte Matt. Offensichtlich verfügte er über eine ähnlich begrenzte Fantasie wie ich.

»Ich kann es versuchen«, sagte ich halbherzig. »Trotzdem wäre es mir lieber, ich finde heraus, was los ist, damit es aufhört.«

»Du meins die Hecht aus der Fulda fische? Da musse du aber die richtige erwische.«

»Gibt es Hechte in der Fulda?« Ich winkte ab. »Egal. Was meinst du damit?«

»Du has gesagt, es sind alle Schuldner von Sharp, vero?«

»Richtig.«

»Wer hat eine Interesse dran, Sharp zu schade?«

»Matt, ich bitte dich, wer hat denn kein Interesse daran, Sharp zu schaden?«

»Auch wieder wahr.« Matt ging zum Tresen und kam mit einem Glas zurück. Er goss sich aus der Flasche ein, die Rosetta auf den Tisch gestellt hatte, dann füllte er mein Glas. »Isse du die noch?«, fragte er und deutete auf die Lasagne.

Mein Gaumen brannte wie Feuer, ich schüttelte den Kopf.

Matt zog sich die Auflaufform rüber und fing an zu essen. Sizilianer steckten Tritte in den Magen scheinbar schneller weg als Nordeuropäer. Mit vollem Mund sagte er: »Einer hat es ganz bestimmt abgesehe auf Sharp. Und wir wisse beide, welche dicke Fisch das ist.«

18 AZRAEL

Erst spät am Abend fand ich Zeit, um meinen Gedanken nachzuhängen. Ich hatte im Wohnzimmer eine Platte von Miles Davis aufgelegt und die Musik so laut gedreht, dass sie in der Küche noch zu hören war. Dort öffnete ich eine Flasche Wein und ließ mir von den sanften Trompetenklängen die Nerven massieren, während ich die Samstagszeitungen durchblätterte.

Es war verblüffend, dass bereits zwei Tage nach der Entdeckung der Leiche von Schuhmann keine Zeile mehr über seinen Tod zu lesen war. Schade, dass er selbst nicht mitbekam, wie schnell er in der Versenkung verschwand, das hätte seinem Ego einen ordentlichen Knacks versetzt. Ich spürte ein Gefühl in mir aufsteigen, dass sich erst gut anfühlte, dann merkte ich, dass es Schadenfreude war, die kleine Schwester des Neids, und dem hatte ich eigentlich abgeschworen. Solche Empfindungen waren hinderlich, wenn man einen Plan verfolgte, wie ich es tat. Sie führten nirgendwohin, schon gar nicht Richtung Ziel. Neid, Ehrgeiz, Wut zeigten immer wieder nur mit dem ausgestreckten Finger auf einen selbst. »Schau, was für ein Versager du bist. Schau deine Schwäche. Schau deine Mittelmäßigkeit.«

Ich wusste, warum ich mir lange darüber Gedanken gemacht hatte, welche Empfindungen nicht in meinen Plan passten, als mir die Schadenfreude knüppelhart in den eigenen Magen boxte. Als ich im hinteren Teil der Zeitung angekommen war, starrte mich auf einer halbseitigen Kondolenzanzeige der Name Schuhmann höhnisch an, darunter zwei Viertelseiten, allesamt für diesen Drecksack. Ich überschlug kurz, wie lange die armen Würstchen, die seinetwegen auf der Straße saßen, alleine vom Preis für die Anzeigen hätten überleben können. Plötzlich schmeckte der Wein bitter. Diese Welt würde nicht ein bisschen gerechter werden, selbst wenn ich sämtliche Zecken aus ihr herauspulte.

Ich fühlte mich müde und ausgelaugt, und der Wein machte es nicht besser. Entgegen dem Vorsatz, niemals unter Alkoholeinfluss an meinem Plan zu arbeiten, nahm ich mir ein Handtuch mit in das Wohnzimmer, wickelte es um den Telefonhörer und wählte.

Zeit, dem Anwalt auf den Pelz zu rücken und mein Versprechen einzulösen. Er wusste ja noch immer nicht, welches Angebot ich ihm zu unterbreiten hatte. Ich war gespannt, wie er reagieren würde.

19

Das neue Jackett roch nach Matts Pizzeria. Ich hängte es vor das geöffnete Badfenster zum Lüften. Die Hose warf ich über die Duschvorhangstange zum Trocknen, nachdem ich die Flecken an den Knien feucht abgerubbelt hatte. Dann steckte ich das Hemd zu der Dreckwäsche in den Korb und zog mir den Frotteebademantel über. Beinahe augenblicklich tauchten Bilder in meinem Kopf auf. Samstagabend. Kinder, wie Küken in flauschige pastellgelbe Bademäntel gemummelt, die Füße in selbstgestrickten Socken verpackt, das Haar nach Kamillenshampoo duftend, rechts und links auf dem Sofa an mich gekuschelt. Die Kleinen hatten so lange gequengelt, bis sie die Samstagabendshow sehen durften, und schliefen schon um halb neun in meinen Armen ein, sodass ich den Rest der Sendung bewegungslos dasitzen musste, um sie nicht zu wecken. Ich hatte ihren Kleinkindgeruch in der Nase, eine Mischung aus Seife und Butterkeks. So ein unschuldiger Duft. Mich selbst hingegen mochte ich nicht mehr riechen. Ich stank nach Matts Pizzeria und nach Versagen.

Eilig zog ich die Badezimmertür hinter mir zu, als könne ich die Erinnerungen dort einsperren. Die dumpfe Ahnung, wohin es mich führen würde, wenn ich ihr länger nachhinge, jagte mir eine Heidenangst ein.

Da ich nur wenige Bissen Lasagne und im Verhältnis dazu zu viel Wein gehabt hatte, brauchte ich dringend noch etwas im Magen. Ich öffnete das Glas mit den Würstchen, nahm mir eine trockene Scheibe Brot und setzte mich vor den Fernseher. Auf Rühmanns 90. Geburtstag hatte ich keine Lust, ich schaltete um und landete bei Bud Spencer und Terence Hill. Egal, Hauptsache, ein paar Bilder flimmerten vor meinen Augen. Ich hatte es mir gerade gemütlich gemacht, als das Telefon klingelte. Kurz stutzte ich, aber dieses Mal war das Geräusch echt. Ich nahm ab und meldete mich.

»Dachte ich mir, dass Sie zu Hause sind. Was soll jemand wie Sie auch sonst an einem Samstag tun?«

Die Stimme am anderen Ende klang seltsam dumpf. Sie kam mir vertraut vor. Dann fiel es mir ein: der Anrufer, der mir auf Band gesprochen hatte. »Wer ist denn da?«, fragte ich.

»Später«, sagte die Stimme. »Erst plaudern wir ein wenig. Sie haben bestimmt nichts Besseres vor.«

»Ich plaudere mit niemandem, dessen Namen ich nicht kenne.«

»Oh, ein Mann mit Prinzipien. Da muss ich mich wohl verwählt haben.«

»Was soll das werden?«

»Nichts. Nur eine harmlose Unterhaltung. Ich finde, wir zwei sollten uns näher kennenlernen. Jetzt, wo wir uns sozusagen mit derselben Angelegenheit beschäftigen.«

Mir lief es eiskalt den Rücken hinunter. Meine Hand zuckte im Reflex, den Hörer aufzulegen, aber die Neugierde siegte. »Was soll das heißen?«

»Stellen Sie sich nicht dümmer, als Sie sind. Haben Sie meine Nachricht erhalten?«

Mir fiel die Karte ein. Sie war also nicht zufällig in meinem Briefkasten gelandet. *Ich löse auch Ihr Problem*, hatte dort gestanden. Wer immer dieser Jemand war, der sich beflissen fühlte, eines meiner Probleme zu lösen, hatte meine Telefonnummer und wusste, wo ich wohnte. Ich spürte ein nervöses Zucken am Hals. Der Inhalt dieses Telefonats konnte lebenswichtig werden. Ich beugte mich im Sessel nach unten und betätigte die Aufnahmetaste des Anrufbeantworters. Jetzt galt es, die richtigen Fragen zu stellen.

»Was für ein Spielchen spielen Sie hier eigentlich?«

»Das war die falsche Frage.« Der Anrufer schien meine Gedanken zu lesen. »Für das Spielen sind Sie verantwortlich. Ich erfinde die Spielregeln.«

Irgendwo tief in mir drin tauchte eine Idee auf, die ich so schnell beiseiteschob, wie es ging. Ich hätte einfach nachfragen können: Sind Sie der Verrückte, der in Kassel reihenweise Leute um die Ecke bringt? Stattdessen stocherte ich im Trüben: »Herr Knab? Sind Sie das?«

Ein verzerrtes Lachen drang an mein Ohr. »Ach, Herr Petri, seien Sie doch nicht albern. Als ob ich Ihnen so leicht auf den Leim gehen würde.«

»Gut. Dann sind Sie also nicht dumm, Herr ...«

»Nennen Sie mich *Azrael*.«

Azrael. Ich überlegte, woher ich den Namen kannte. Ich kam zu keinem Ergebnis. »Herr Azrael oder nur Azrael?«

»Bitte einfach Azrael.«

»In Ordnung, Azrael: Was wollen Sie von mir?«

»Ich würde Ihnen gerne ein Angebot unterbreiten.«

Das Ganze fühlte sich plötzlich an wie ein Verkaufsgespräch, und der Drang, das Telefonat zu beenden, wurde beinahe übermächtig. Ein Piepen nahm mir die Entscheidung ab: Das Band des Anrufbeantworters war voll. Ich vernahm einen tiefen Atemzug am anderen Ende, dann ein Knacken in der Leitung. Der Anrufer hatte aufgelegt.

Ich hätte mich ohrfeigen können. Jetzt hatte ich nicht mal eine Minute belangloses Telefonat aufgezeichnet und obendrein mehr Fragen als vorher. Ich beruhigte mich selbst damit, dass der Kerl sich bestimmt bald wieder melden würde. Blieb mir nur zu hoffen, dass er es nicht auf mich abgesehen hatte und es wirklich bei einem Anruf beließ. Auch wenn ich in meiner Vorstellung mit einem sanften Ende in einer Badewanne geliebäugelt hatte – den Zeitpunkt wollte ich gern selbst festlegen.

Ich spulte das Band ein Stück zurück und hörte uns beide reden. Die Stimme klang aus dem Anrufbeantworter noch gedämpfter als zuvor an meinem Ohr. Erneut spulte ich zurück und ließ das Band laufen. Da war ein Geräusch im Hintergrund, das ich nicht identifizieren konnte. Es zum dritten Mal anzuhören, änderte daran auch nichts. Ich würde Hilfe brauchen. Nicht nur, um herauszufinden, was es mit diesem Anrufer auf sich hatte, sondern auch, weil die Sache längst zu groß für eine kleine Nummer wie mich geworden war.

20

Ich war auf dem Sessel eingeschlafen und fühlte mich am Morgen wie gerädert. Der verbrannte Gaumen war taub, mein Schädel brummte. Im Fernseher lief das Testbild. Ich schaltete ihn aus, quälte mich hoch und schlurfte ins Bad. Die Anzughose zeigte an den Knien deutliche helle Flecken. Ein Blick in den Spiegel stellte sich als Fehler heraus.

In der Küche setzte ich Kaffee auf. Auf der Arbeitsplatte lugte unter den Rechnungen die Karte des Anrufers vom gestrigen Abend hervor. *Azrael.* Noch immer fiel mir nicht ein, woher ich den Namen kannte. Ich las seinen Text erneut. »Machen Sie mir das Leben nicht schwerer, als es ist – ich löse immerhin auch Ihr Problem.« Welches meiner vielen Probleme konnte er meinen? Ich ließ die Karte sinken. In Wahrheit gab es nur ein Problem, und das war ich selbst. Und ich wollte mir auf keinen Fall ausmalen, wie Azrael das zu lösen gedachte.

Ich wartete, bis die Kaffeemaschine eine Menge produziert hatte, die eine Tasse füllte, und schlenderte mit der Karte zurück ins Wohnzimmer. Dort ließ ich mich in den Sessel fallen, der sich bereits meiner Körperform angepasst hatte und mich wie einen alten Freund empfing.

Nachdenklich betrachtete ich die Vorderseite der Karte. Snoopy. Azrael. Der Kerl war noch verkorkster als ich selbst. Was für ein krankes Hirn lässt sich so etwas einfallen? Es konnte sich um einen Aufschneider handeln, der die Todesfälle dafür benutzte, um sich wichtigzumachen. Oder um einen Verrückten, der eine Liste abarbeitete. Erst nach der halben Tasse Kaffee kam mir ein Gedanke, den ich bis dahin verdrängt hatte. Er kannte mich und mein spezielles Hobby. Das hieß, wir waren einander begegnet oder zumindest hatte er mich verfolgt.

Als ich gerade anfing, mir Gedanken darüber zu machen, wem ich in der letzten Zeit auf die Füße getreten war, klingelte es. Mir stockte der Atem. Einfach so tun, als sei ich nicht da, schien mir das Klügste. Ich hielt die Luft an, bis es an der Wohnungstür klopfte. Aus dem Klopfen wurde ein Hämmern, das die Scheiben klirren ließ.

»Ey, Anwalt!«

Sergej. Wenn ich keine neue Verglasung kaufen wollte, musste ich wohl oder übel öffnen. Ich riss sie auf, damit wenigstens die Überraschung auch ein bisschen auf meiner Seite war.

»Anziehen! Mitkommen!«

»Darf ich erfahren, was wir vorhaben?«

»Anziehen!«

»Ist ja gut.« Am liebsten hätte ich ihm die Tür vor der Nase zugeschlagen, doch Sergej hatte längst einen Stiefel in den Spalt geschoben und stand kurz darauf mit verschränkten Armen im Flur. Er machte nicht den Eindruck, als würde eine Einladung auf einen Kaffee seine Laune bessern, und ich glaube, er war es gewohnt, dass ihm keiner angeboten wurde.

Ich verschwand im Bad. Zumindest dort ließ er mich allein. Meine Wohnung lag im dritten Stock. Ein Sprung aus dem Fenster wäre Wahnsinn, das wusste sogar Sergej mit seinem Spatzenhirn. Mangels einer Alternative zog ich das Hemd von gestern aus der Dreckwäsche und schlüpfte in die Hose mit den Flecken. Ich konnte gerade noch das Jackett überwerfen und den Trenchcoat schnappen, als mich Sergej schon die Treppe hinunterzerrte.

Vor dem Haus parkte ein Dodge mit verdunkelten Scheiben. So eine Kiste, bei der man beim Gedanken an die Spritkosten Sternchen sieht. Sergej verfrachtete mich unsanft auf den Rücksitz.

Ich traute mich nicht zu fragen, wo unsere Fahrt enden sollte. Die Fantasie ging mit mir durch und vor meinem inneren Auge versank ich bereits mit Betonblöcken an den Füßen in der Fulda, als mir einfiel, dass Sharp seine Altlasten auf andere Weise zu entsorgen pflegte. Hin und wieder hatte man Körperteile aus der Halde vor dem Müllheizkraftwerk gefischt, zu stark zerkleinert, um einen Besitzer ermitteln zu können. Sharp hielt sich an die Devise: teile und herrsche! Das mit dem Teilen nahm er eben sehr ernst. Ich ärgerte mich, dass ich nicht wenigstens noch ein gutes Frühstück hatte genießen können. Das stand einem doch zu, bevor man zu Hackfleisch verarbeitet wurde.

Während ich auf den Hinterkopf von Sergej starrte, betete ich, dass sein Boss ihm keinen derartigen Auftrag erteilt hatte, denn noch war ich Sharp lebendig nützlicher.

Meine Zuversicht schwand, als wir am Tor des Hauptfriedhofs hielten. Ein mir unbekannter Hüne im dunklen Anzug wartete am Parkplatz vor dem Haupteingang. Er zog mich aus dem Wagen und lockerte seinen eisernen Griff keine Sekunde, während wir durch das Tor traten.

Um diese Uhrzeit war der Friedhof spärlich besucht, dennoch erregten der Riese und ich einige Aufmerksamkeit. Die gaffenden Leute schienen ihm egal zu sein, er gab sich nicht die geringste Mühe, unauffällig zu sein, vielmehr zerrte er derart ruppig an mir rum, dass ich hin und wieder strauchelte.

»Verraten Sie mir, wohin wir gehen?«
»Sharp«, lautete die Antwort.

Tatsächlich tauchte hinter einer eingezäunten Grabstätte mit Marmorsäule und Engel die Silhouette von Horst Scharpinsky auf. Er stand mit einem Gesichtsausdruck vor dem Grab, als hätte man ihm das Herz bei lebendigem Leib herausgerissen.

Ich ging um den Stein herum und las die Inschrift. »Victoria Scharpinsky.« Gestorben vor vier Jahren im Alter von 86. Sharp musste sehr an seiner Mutter gehangen haben, das erklärte zumindest seine Leidensmiene. Warum er mich Zeuge dieser Szene werden ließ, war mir allerdings ein Rätsel.

Als ich einen Schritt näher trat, hob er den Kopf und musterte mich von oben bis unten.

»Ich sehe, der Herr Anwalt hat mein Geld gut verwendet. Allerdings hätten neue Schuhe auch nicht geschadet. Und«, er fixierte unzweifelhaft die helle Stelle an den Knien, »Sie könnten ruhig mehr Wert auf die Gesamterscheinung legen.«

Da ich nicht lebensmüde war, verkniff ich es mir, ihn auf seine unorthodox zusammengewürfelte Kleidung anzusprechen. Schwarzer Pelzmantel über grauem Nadelstreifen, eine Mischung aus Edelzuhälter und Geschäftsmann. Zumindest konnte man ihm nicht nachsagen, dass er sein Erscheinungsbild vernachlässigte.

Ich konzentrierte mich auf das Auge, das nicht glasig aus der Höhle stierte. »Ich musste unfreiwillig auf die Knie gehen.«

»Oh, oh. Sind Sie jemandem auf die Füße getreten?«

»Nein, ein Freund wurde bedroht und ich musste helfen.«

»Lassen Sie mich raten: Bahat wildert schon wieder in meinem Revier.«

Ich nickte.

Sharp seufzte und warf dem Grabstein einen Blick zu, als wolle er sagen: Gut, dass du das nicht miterleben musst. Dann drehte er sich zu mir. »Lassen Sie uns ein Stück gehen.« Eine breite Geste lud mich ein, an seine Seite zu kommen.

Ich schloss zu ihm auf und schlenderte neben ihm her. Der dunkle Hüne verfolgte uns in angemessenem Abstand.

»Sie vertreten morgen einen von Bahats Jungs.«

»Ich bin als Pflichtverteidiger einbestellt worden.«

»Sie wissen, dass der Kerl schuldig ist.«

»Ich dürfte gar nicht mit Ihnen darüber reden.«

Er wischte meine Bedenken mit einer Handbewegung weg. »Er hat einen von meinen Männern abgestochen.«

»Was auch immer das Ziel dieser Unterhaltung sein soll, ich kann Ihnen versichern, dass der Angeklagte ohnehin schuldig gesprochen wird.«

»Ich will nicht, dass er in den Bau wandert.«

»Wie darf ich das verstehen?«

»Sie sollen ihn rausboxen. Und dann will ich ihn haben.«

»Erstens überschätzen Sie meine Möglichkeiten, und zweitens: Was würden Sie mit ihm anstellen?«

»Ich würde ihn für mich arbeiten lassen. Sehen Sie, Bad ist ein Schlächter. Der kennt nur ein Mittel, um sein Ziel zu erreichen. Männer wie ihn schlägt man nicht, indem man Öl ins Feuer kippt, solchen wie Bad kommt man mit Köpfchen bei.«

»Sie wollen den Angeklagten umdrehen?«

»Das würde ich versuchen. Bads Leute sind nicht loyal. Das sind Kerle, die Spaß an der Gewalt haben. Die kriegt man ganz leicht auf die andere Seite. Am Ende lässt sich jeder umdrehen. Ist alles eine Frage von stichhaltigen

Argumenten.« Er stieß mit dem ausgestreckten Zeigefinger vor sich in die Luft.

»Und dann?«

»Dann hilft er mir, Bahats Schwachstellen zu finden.«

Sollte ich Sharp je für dumm gehalten haben, geriet meine Überzeugung jetzt ins Wanken. »Ich glaube kaum, dass ich dieser Anklage etwas entgegensetzen kann.«

»Und wenn ich Ihnen Zeugen liefere, die für ihn aussagen?«

»Kennen Sie die Tatortfotos? Was soll das bringen?«

»Nun, man soll nichts unversucht lassen, oder?«

Still ging ich einige Schritte neben Sharp her. Seite an Seite mit ihm fühlte es sich beinahe vertraut an. Nicht wie Freunde, eher wie Waffenbrüder. Ich dachte über diesen Begriff nach und fand, dass er in Bezug auf uns beide auf verrückte Weise passend war. Wir kämpften im selben Krieg, wenngleich nicht für dieselbe Sache. Ich versuchte, mich mit dem Gefühl der Vertrautheit in Bezug auf Sharp anzufreunden. Es fühlte sich wie ein kratziger Wollpulli an, den man nicht auszog, weil er so wohlig wärmte. War ich derart schwach geworden, dass ich die zweifelhafte Stärke eines Mannes wie ihm als angenehm empfand? Ich lenkte mich ab, indem ich den Blick über die Gräber schweifen ließ. Ein alter Friedhof. Keine seelenlose Todesverwahranstalt, sondern ein Park mit dem Makel des Vergänglichen. Die Bäume waren in den Jahrzehnten in die Höhe gewachsen oder in die Breite. Allesamt hätten sie die Geschichten erzählen können, die die Grabmale darunter verschwiegen. In diesem Teil der Anlage dominierten Familiengräber, vor Generationen angelegt, mit Steinen, die Grünspan angesetzt hatten, und verrosteten Kreuzen. Im Vorbeigehen flogen Namen an mir vorbei, die in Kassel Gewicht hatten. Familien von Bedeutung und Ehre und mittendrin das Grab der Scharpinskys. So kam mancher am Ende des Lebens eben doch in der Mitte der ehrenwerten Gesellschaft an. Die Friedhofsgärtner hatten sich Mühe gegeben, dem tristen Frühling etwas entgegenzusetzen. Stiefmütterchen ergossen sich großzügig über die Beete, dazwischen reckten sich quietschgelbe Narzissen in den trüben Tag. Von jenseits der Friedhofsmauer dröhnte die Stadt ferner, als sie in Wirklichkeit war. Schwarzgekleidete Damen schienen ohne Ziel über die Wege zu schleichen; Witwen, die die Einsamkeit frühmorgens aus dem Bett trieb. Hin und wieder ein Mann mit Blumen in der Hand. Sonntags um diese Zeit vermutlich Kirchgänger, die nach dem Gottesdienst ihren Lieben gedachten.

In einiger Entfernung tauchte eine Reihe mit Mausoleen auf. Die Gruften beherbergten Kasseler Ehrenbürger oder solche, die sich diese mondäne Ruhestätte leisten konnten.

Sharp blieb stehen und deutete auf ein Mausoleum am linken Außenrand. Die Größe nahm von der Mitte nach außen hin ab, was auf den ersten Blick lediglich architektonischen Erwägungen geschuldet zu sein schien, in Wahrheit jedoch wohl mit der Bedeutsamkeit der Besitzer zu tun hatte. Wenn man in einem Mausoleum links bestattet worden war, war man vermutlich so etwas wie die zweite Garde der ersten Besetzung. Zwar von Bedeutung, aber es gab immer noch einen Höheren, der einem auf den Kopf spucken konnte; zumindest, solange man am Leben gewesen war.

»Das dort ist die Gruft der Familie Schuhmann. Sobald die Leiche freigegeben wird, wird Schuhmann darin beigesetzt. Vorher wird er verbrannt und mit ihm 200.000 Mark, die mir gehörten.«

»Ich habe nicht vergessen, weswegen ich hier bin.«
»Gibt es Neuigkeiten?«
Ich überlegte, ob ich Sharp den Namen Ralf Knab nennen sollte. Er würde keine unnötige Zeit verstreichen lassen, um die notwendigen Informationen aus ihm herauszuquetschen. Bevor ich ganz sicher war, dass Knab nicht der Mann war, mit dem ich gestern telefoniert hatte, würde ich seine Existenz für mich behalten.

»Die Verstorbenen haben, soweit ich das bislang sagen kann, ohne das Wissen ihrer Ehefrauen gehandelt. Also in Ratstetters Fall ohne das Wissen seines Partners. Es sieht so aus, als hätten sie sich zu einer dubiosen Finanzanlage überreden lassen, für die man besser nicht das Geld aus der Haushaltskasse nimmt.«

»Und wer ihnen diese Anlage vermittelt hat, wissen Sie nicht?«

»Ich bin dran, Sharp.« Mir fiel das Treffen vor wenigen Tagen ein, für das Sergej mich ins Fleur geschleift hatte. Bei dem Sharp mir unterbreitete, was er von mir wollte. Ich erinnerte mich daran, wie ich gezögert hatte, als er mich bat, ihn »Sharp« zu nennen. Gerade eben hatte ich es getan, und es fühlte sich an, als hätte ich niemals damit gehadert.

»Vielleicht sollten Sie besser diejenigen befragen, die noch lebendig sind.«

»Auf die Idee bin ich auch schon gekommen. Aber was soll ich denen sagen? Begehen Sie bitte keinen Selbstmord?«

»Sie sind doch ein kluges Bürschchen. Ihnen wird etwas einfallen. Und um Ihre Kreativität ein wenig anzufachen, schlage ich Ihnen ein Geschäft vor.« Er senkte die Stimme, dabei war weit und breit kein Mensch zu sehen, der ihn hätte hören können, wahrscheinlich eine Art Ganovenreflex. »Wir ändern die Spielregeln. Es stehen noch zwei lebende Männer auf Ihrer Liste. Für jeden weiteren, der stirbt, bleiben 10.000 auf Ihrem Deckel, für jeden, der am Ende am Leben ist, kriegen Sie 20.000 in bar.«

Ein weiteres Leben, das enden durfte, dann würde das Verhältnis zu meinen Ungunsten kippen. Andererseits hieße kein weiterer Toter 40.000 Mark in der Hand und obendrein Schuldenerlass. Ich erschrak, als ich bemerkte, dass ich drauf und dran gewesen war, in Gedanken eine Rechnung mit Menschenleben aufzumachen. Ein Zittern durchflutete meinen Körper, als mir klar wurde, dass ich die 40.000 gar nicht wollte. Geld in dieser Menge bedeutete die Chance auf einen Neuanfang, und ich wusste, dass ich ihn versauen würde. Ich konnte die Scheine genauso gut anzünden, wozu also die Mühe. Eine Stimme in mir wisperte: »Weil du Anwalt bist.« Sie setzte nach: »Und weil du es geschworen hast.« Ob es am Friedhof lag, dass sie sich ausgerechnet jetzt zu Wort meldete? Ich hatte das unbedingte Bedürfnis, schnell das Weite zu suchen.

»Das ist kein Geschäft, das ist Erpressung, Sharp. Morgen steht für mich erst mal der Fall vor Gericht an. Was Sie dafür oder dagegen tun, dass der Angeklagte als freier Mann den Saal verlässt, ist mir egal, ich mache meine Arbeit. Was die Sache mit Ihren Schuldnern angeht, kümmere ich mich nach dem Gerichtstermin um die Überlebenden auf Ihrer Liste. Und jetzt möchte ich nach Hause, um die Verhandlung vorzubereiten.«

Sharp sah mich kurz, aber intensiv mit dem Auge an, das lebendig funkelte, dann nickte er dem Muskelmann im Anzug zu.

»Danke, nicht nötig«, sagte ich schnell. »Ich gehe lieber zu Fuß nach Hause.«

21 AZRAEL

Nach dem Telefonat mit dem Anwalt hatte ich die angebrochene Flasche Wein geleert und eine neue geöffnet, die ich mir mit Miles Davis im Hintergrund einverleibte. Den Anwalt angetrunken anzurufen, war unvernünftig und unvorsichtig gewesen. Ich schwor mir, für die Dauer meines kleinen Projektes professioneller zu agieren.

Der Anwalt gefiel mir. Schade eigentlich, dass wir keine Freunde werden konnten. Egal, wie er sich in dieser Sache entscheiden würde, am Ende spielte er für die falsche Seite, und damit würde er mir zwangsläufig irgendwann gefährlich werden. Vielleicht war er kein Mann mit starkem Willen, aber er war gescheit und ließ sich nicht so leicht in die Karten schauen. Ein Spieler eben. Die Sache mit dem Anrufbeantworter war unüberlegt von ihm gewesen, und viel nutzen würde es ihm nicht. Er hatte allenfalls eine Handvoll Sätze mitgeschnitten, die ihn kaum weiterbringen würden. Die Stimme durch das Handtuch wäre schwerlich mit mir in Verbindung zu bringen, schon gar nicht die Art, wie ich am Telefon gesprochen hatte.

Ich fand, dass unsere Bekanntschaft ein wenig Auftrieb benötigte. Einen Schubs sozusagen. Eigentlich hatte ich gedacht, ich könne mir mehr Zeit lassen, doch in Anbetracht der Entwicklungen musste der nächste Schritt schneller passieren, als es mein Plan vorgesehen hatte. Ob er überhaupt erfolgte, konnte ich in die Hände des gewitzten Anwalts legen. Wenn er so gerne spielte, dann sollte er mal spüren, wie es war, die Spielregeln mitgestalten zu können.

22

Nach dem kurzen Spaziergang vom Friedhof nach Hause hatte ich mich auf einen dieser typischen Sonntage eingestellt, wenn das Wetter zu mies war, um die Wohnung zu verlassen. Ich hatte vorgehabt, den Fernseher einzuschalten, ihn im Hintergrund plappern zu lassen, um mich nicht einsam zu fühlen, die Papiere für die Verhandlung ein letztes Mal durchzugehen und mir literweise Kaffee in den Hals zu schütten. Tage wie dieser boten sich an, dem schlechten Gewissen nachzugeben, das einem flüsterte, die Stunden nicht sinnlos verstreichen zu lassen: Ich könnte die Bude putzen oder endlich die Lampe im Flur anbringen, die seit Monaten verpackt herumlag und schon eine Staubschicht angesetzt hatte.

Wie so oft in meinem Leben kam es anders. Als ich bereits den halben Weg durch das Treppenhaus nach oben zurückgelegt hatte, ließ mich eine Ahnung zum Briefkasten zurückkehren. Dort zog ich einen Umschlag heraus. Keine Briefmarke, handschriftlich und ungelenk mein Name darauf. Mit einem mulmigen Gefühl schloss ich die Wohnungstür auf, warf den Trenchcoat in die Ecke und ging in die Küche. Den Umschlag legte ich auf die Arbeitsplatte und starrte ihn minutenlang an, bevor ich es endlich über mich brachte, ihn zu öffnen.

Wir sind beide im Besitz der gleichen Liste.
Ob der nächste Bauer fallen wird, hängt davon ab, ob Sie mein Angebot annehmen. Es liegt an Ihnen.
Azrael.

Ich las die Zeilen mehrere Male. Dann klappte ich die Karte zu. Auf der Vorderseite kuschelten zwei Glücksbärchis mit leuchtenden Herzen auf der Brust und der Unterschrift »Freund fürs Leben«. Azrael hatte offenbar ein Faible für Kitsch und Zeichentrick. Möglicherweise wollte er mich damit auch einfach irreführen.

Im Wohnzimmer ließ ich mich in den Sessel fallen. Das Resümee dieser Woche fiel nicht nur ernüchternd, sondern über die Maßen beängstigend aus. Ich stand im Zentrum von drei unmoralischen Angeboten. Sharp spielte mit mir Menschenleben gegen Schulden. Riva Levin bot mir an, meine Anwaltsehre in den Lokus zu spülen. Und als ob das nicht ausreichte, hing nun das Überleben eines Menschen von mir ab. Alles, was Sharp und Riva Levin von mir verlangten, konnte nur ein Witz im Vergleich zu dem sein, was Azrael für mich in petto hatte. Ich spürte den unermesslichen Drang, den Ford Taunus zu starten, in einer Spielhölle in der Menge der Spieler unterzutauchen und Geld in die Runde zu werfen, bis die Gedanken aufhörten zu kreisen. Dummerweise war ich blank wie frisch gebohnertes Linoleum.

Bist du nicht.

Es war, als ob die Scheine von Riva Levin mich zu sich riefen. Der alte Mantel hing an der Garderobe am Eingang. Vorsichtig näherte ich mich ihm, so als könnte er lebendig werden. Behutsam ließ ich die Hand in die Tasche gleiten. Mit den Fingerspitzen tastete ich die Scheine ab und genoss die Gänsehaut, die sich über meinen Körper ergoss. Ich zog die Hand zurück, schnappte mir den Autoschlüssel und warf mir den Mantel über. Der Gerichtstermin würde unvorbereitet stattfinden müssen.

TEIL II

1

Als ich aufwachte, hatte ich einen Brummschädel, der sich gewaschen hatte, und zu allem Überfluss hatte ich verschlafen. Nur noch eine Stunde Zeit, bis ich bei Gericht erscheinen musste.

Eilig kochte ich Kaffee und stellte mich unter die Dusche. Während das Wasser an mir herunterlief und den Kater einigermaßen wegwusch, versuchte ich in Gedanken wenigstens die notwendigsten Fakten für die Verhandlung zusammenzukratzen.

Mit unsortierten Akten, den Karten von Azrael und dem Band aus dem Anrufbeantworter in der Tasche stieg ich ins Auto. Nach wenigen Metern leuchtete die Benzinwarnleuchte auf und ich hatte kein Geld mehr zum Tanken. Bis zum Steinweg würde es gehen, danach musste ich mir etwas einfallen lassen.

Ich parkte in der Straße zwischen den Gerichtsgebäuden, fischte meine Robe und eine weiße Krawatte von der Rücksitzbank und hetzte Richtung Toilette im ersten Stock des Landesgerichts.

Kaum hüllte mich die Robe in ihr glänzendes Schwarz, vollzog sich in mir eine Verwandlung. Manchmal wünschte ich mir, ich dürfte sie nach den Terminen bei Gericht anbehalten. Ich stellte mir vor, wie ich in der Welt da draußen wäre, in Robe und mit weißer Krawatte. Ich wäre ein anderer. Einer, der vor Tugend und Geradlinigkeit strotzte. Und das alles wegen ein paar Kleidungsstücken, die verbargen, welch fadenscheiniger Charakter darunter steckte.

Ich trat aus der Toilette auf den Flur und fühlte mich aufgerichtet, als hätte mir jemand einen Stock ins Kreuz gebunden.

Die Verhandlung fand vor dem Schwurgericht statt, den Vorsitz hatte Richter Ferdinand Klotz und der schien stets bemüht, seinem Nachnamen alle Ehre zu machen. Einer der großen Säle war reserviert worden, und ich ahnte warum. Das schwere dunkle Mobiliar, die drohend von der Decke baumelnden Leuchten und die altargleiche Richterbank mit den hochlehnigen schwarzen Ledersesseln schüchterten Angeklagte und Zeugen mehr ein als die nüchterne Ausstattung der kleineren Räume.

Ich war gespannt, was mich erwartete. Ob Sharp ernst gemacht und tatsächlich jemanden zu einer Aussage verleitet hatte, die ausreichte, den Angeklagten rauszuhauen? Auf meiner Liste standen nur die, die bereits bei der Polizei ausgesagt hatten, also musste Sharp eigentlich einen der Zeugen der Staatsanwaltschaft gekauft und umgedreht haben. Richter Klotz war nicht gerade für milde Urteile bekannt, schon gar nicht, wenn es sich um einen nachweislich vorbestraften Kriminellen wie meinen Klienten handelte. Überdies hatte ich noch nie erlebt, dass er sich derart unumstößliche Beweise aus der Hand nehmen ließ, wie sie bei der Haftprüfung vorgelegen hatten. Einen der Beisitzer schätzte ich ähnlich ein, mit dem anderen hatte ich bislang nicht verhandelt. Wie die folgenden Stunden ablaufen würden, war eine Geschichte mit offenem Ende.

Mein Klient war, wie ich vom Saaldiener erfuhr, nach dem Weg aus der U-Haft in der Elwe bereits im Gewahrsam des Gerichts angekommen. Am Platz der Verteidigung angekommen, breitete ich meine Unterlagen vor mir aus. Staatsanwalt Lothar Friedmann eilte an mir vorbei und grüßte mit einem wortlosen Nicken. Ich hatte erst wenige Fälle mit ihm verhandelt, er gehörte zu der unerfahrenen Sorte, die vor der Sitzung nicht gern sprach und Distanz wahrte, um nicht aus der Rolle zu fallen. Diese Typen übten in vollem Ornat im Büro vor dem Spiegel Gesichtsausdrücke und Posen, bevor sie auf den Flur traten. Ich gönnte ihm die mühsam einstudierte Fassade und kümmerte mich um die Fakten auf dem Tisch vor mir. Wenn ich vor der Unterhaltung mit Sharp eine Wette darauf hätte abschließen müssen, wie diese Verhandlung endete, hätte ich alles auf eine Verurteilung gesetzt; aufgrund der Faktenlage standen die Chancen dafür bei 100 Prozent. Doch nach dem Gespräch mit Sharp war es mehr als eine bloße Vermutung, dass der Kerl, der in diesem Moment von zwei grimmig dreinschauenden Beamten vorgeführt wurde, den Saal als freier Mann verlassen oder zumindest eine geringe Strafe erhalten würde.

Sharp hatte gründlich gearbeitet. Bereits nach der ersten Zeugenbefragung hatte ich eine eindrucksvolle Lehrstunde zum Thema »vermeintlich sichere Wette« erhalten. Der Belastungszeuge der Staatsanwaltschaft sagte genau das Gegenteil von dem aus, was er bei der Polizei zu Protokoll gegeben hatte. Keine Ahnung, wie Sharp das angestellt hatte. Ich korrigierte diesen Gedanken sofort: Natürlich hatte ich eine Ahnung, wie es abgelaufen war, aber ich wollte es mir nicht ausmalen.

Laut der aktuellen Version hatten Sharps Leute den Angeklagten beinahe getötet. Mit allerletzter Kraft hatte er sich verteidigt. Wer den Streit angefangen hatte, war dem Zeugen plötzlich nicht mehr in Erinnerung. Und die Frage, ob der Angeklagte bewaffnet gewesen sei, verneinte er so vehement, als hätte er nie etwas anderes behauptet, und untermalte die neue Version mit blumigen Schilderungen: Mein Mandant habe einem Angreifer ein Messer entwenden können und sich damit verteidigt.

Staatsanwalt Friedmann kochte. Als er die Frage stellte, wie es sein konnte, dass der Zeuge bei der Polizei exakt das Gegenteil ausgesagt hatte, sah ich seine Schlagader pumpen. Der Zeuge zuckte die Achseln und schenkte ihm einen leeren Blick. Er senkte nicht mal den Kopf, was darauf schließen ließ, dass Sharps Leute ganze Arbeit geleistet hatten.

Der Richter wies den Zeugen erneut auf die Folgen eines Meineids hin, doch dessen Gesichtsausdruck schien zu sagen: Ja bitte, stecken Sie mich ins Gefängnis, da bin ich wenigstens sicher vor Sergej!

Der zweite Zeuge blieb genauso vage in seinen Schilderungen. Der Staatsanwalt erinnerte mich an Rumpelstilzchen, das sich am liebsten vor Wut in der Luft entzweigerissen hätte. Seine Souveränität samt einstudierter Pose war verpufft.

Die Beratungspause fiel ungewöhnlich lang aus. Richter Klotz ersparte sich die übliche Belehrung und verkündete beängstigend regungslos das Strafmaß: eineinhalb Jahre wegen unangemessener Selbstverteidigung und fahrlässiger Tötung. Bei guter Führung konnte Sharp in wenigen Monaten seine neue Marionette am Haupttor des Wehlheidener Knasts einsammeln.

Mein Mandant schüttelte mir noch nicht mal die Hand. Er schien zu wissen, dass ich zu dieser milden Strafe nichts Wesentliches beigetragen hatte.

Der Staatsanwalt warf mir einen Blick zu, als wäre er seinerseits bereit, an Ort und Stelle ein Verbrechen zu begehen, und zu allem Überfluss brüllte Richter Klotz, kaum dass das Publikum den Saal verlassen hatte: »Friedmann und Petri, zu mir ins Richterzimmer! Sofort!«

Klotz' Aufforderung kam zum Glück, bevor ich mich der Robe entledigt hatte. Sie konnte mich zwar nicht vor dem bewahren, was im Richterzimmer auf mich wartete, aber immerhin verschaffte sie mir eine Position auf Augenhöhe. Von Klotz und Friedmann war kaum zu erwarten, dass sie mit fleckiger Anzughose auftauchen würden.

Der Richter baute sich hinter seinem Schreibtisch auf, er hatte die Krawatte gelockert, Friedmann hatte rote Flecken im Gesicht. Ich hatte damit gerechnet, dass Klotz laut werden würde. Stattdessen presste er die folgende Ansprache durch die Zähne, als gönne er uns nicht, ihn außer sich zu erleben, damit wir uns angemessen schlecht fühlen konnten. »Was auch immer hier gerade geschehen ist, meine Herren, wird sich in meinem Gerichtssaal nicht wiederholen. Ich will mir nicht ausmalen, wie es zu diesem plötzlichen Sinneswandel des Zeugen kam.«

Der Staatsanwalt hob an, etwas zu entgegnen.

»Ich bin noch nicht fertig«, zischte Klotz. »Ich behalte Sie beide im Auge. Und wenn einer von Ihnen auch nur eine Fußspitze über die Grenze des Erlaubten setzt, ist er seine Zulassung schneller los, als er gucken kann. Haben wir uns verstanden?«

Friedmann pumpte wie ein Maikäfer. Aus seinem Oberkörper drang ein ungesundes Rasseln. Er sollte weniger rauchen, dachte ich, und kaum war der Gedanke verflogen, fing das Zittern an, von den Fußspitzen aufwärts meinen Körper zu fluten. Gut, dass ich die Robe angelassen hatte, der weite Stoff versteckte das Flattern.

Der Richter fixierte uns abwechselnd, und es blieb mir nichts anderes übrig, als seinem Blick standzuhalten, ohne mit der Wimper zu zucken. Die Übung am Spieltisch zahlte sich aus.

»Sie können gehen«, verkündete Klotz in einem Tonfall, den er sonst nur dem dreckigsten Verbrecher gönnte. Ich bemerkte erstaunt, dass mich seine Verachtung kaltließ. War ich wirklich derart abgestumpft? Wenn es so war, ging es mir zumindest besser als dem Staatsanwalt. Kaum waren wir aus dem Richterzimmer raus, fiel der auf einen der Stühle, die im Flur an der Wand lehnten. Er sah aus, als würde er an Ort und Stelle kollabieren.

»Geht es?«, fragte ich ihn.

»Mann, machen Sie sich bloß vom Acker.«

Ich erkannte blanken Hass in seinen Augen, dahinter flackerte Verzweiflung. Nachdem ich mich vergewissert hatte, dass ein Saaldiener in der Nähe war, der sich zur Not um Friedmann kümmern konnte, verließ ich eilig das Gebäude.

Am Auto angekommen, zog ich die Robe aus und warf sie auf die Rücksitzbank. Ich überlegte, ob ich den kurzen Weg bis zum Polizeipräsidium zu Fuß gehen sollte, um Benzin zu sparen, hielt es aber für klüger, mich und mein Auto so schnell wie möglich aus dem Blickfeld von Richter und Staatsanwalt zu entfernen.

2

Im Eingangsbereich des Polizeipräsidiums kränkelte eine Pflanze in einem braunen Hydrokulturbottich unter einer defekten Leuchte vor sich hin. Der stumpfe Travertinboden müffelte nach scharfem Reinigungsmittel. In all den Jahren, in denen ich jetzt hier ein und aus ging, kam mir dieses Gebäude zunehmend wie ein geerbtes Elternhaus vor, das man nicht aufgeben, aber auch nicht bewohnen mochte; vertraute Gerüche, gleichzeitig war alles abgewohnt und festgefroren in der Vergangenheit. Längst hätte man den Muff der 50er herausfegen müssen, doch aus irgendeinem Grund hielt man in Kassel daran fest. Der gesamte Altmarkt war so ein gruseliges Relikt, und ich fragte mich, wann sich da mal jemand rantrauen würde.

Ich ließ die Wache im Erdgeschoss links liegen und wollte gerade die Treppen nach oben steigen, als mir Kommissar Sachs entgegeneilte.

»Tut mir leid, ich bin auf dem Sprung. Sie müssen Ihre Neugier wohl ein anderes Mal befriedigen.«

»Wer sagt denn, dass ich auf dem Weg zu Ihnen bin? Ich möchte Frank einen Besuch abstatten.«

»Na dann.« Er machte einen Bogen um mich und gab die Treppe frei. »Dritter Stock«, rief er mir noch zu, während er schon halb aus der Tür war.

Dritter Stock? Dort saßen die Kriminaltechniker und Verwaltungsleute.

Oben angekommen, hangelte ich mich von Büro zu Büro, bis ich den Namen »Matthias Frank« endlich auf einem Schild entdeckte. Ich klopfte an. Niemand antwortete. Vorsichtig öffnete ich die Tür. Der Raum war verdunkelt, Monitore brummten. Hinter einem hörte ich ein Schnaufen. Ich trat näher. Der Mann hob den Kopf und stieß einen erschreckten Laut aus. »Mensch, können Sie sich nicht bemerkbar machen, bevor Sie reinkommen?« Böse blinzelte er in das Gegenlicht, das durch die geöffnete Tür fiel.

Er hatte mich nicht erkannt.

»Das habe ich, Matthias.«

Matthias Frank hielt die Hand schützend über die Augen. »Meinhard, bist du das?« Die Frage klang so ungläubig, als hätte er nicht damit gerechnet, mich hier zu sehen, oder als hätte er es nicht gehofft.

»Ja, ich bins, Meinhard. Was zum Teufel machst du da?«

Seine Antwort ließ einen Augenblick auf sich warten. »Es wurde Zeit, kürzerzutreten. Und Altersteilzeit geht nur im Innendienst.«

Kürzertreten? Das konnte auf keinen Fall Franks Idee gewesen sein. Wahrscheinlich hatte man ihn gezwungen. Er war nie ein handzahmer Kommissar gewesen, hatte sich oft Ärger eingehandelt, und der zunehmende Altersstarrsinn machte den Umgang mit ihm noch schwieriger. Trotzdem liebte er seinen Beruf, und ich konnte mir unmöglich vorstellen, dass er sich freiwillig in dieses dunkle Loch hatte versetzen lassen, um die letzten Jahre bis zur Rente in Ruhe zu verbringen.

»Wann ist denn diese Entscheidung gefallen?«

»Wenn du dich öfter mal blicken lassen würdest, wüsstest du davon«, knirschte Frank. »Aber du hast dich ja entschieden, alle Verbindungen in dein altes Leben zu kappen.«

Frank und ich waren Nachbarn gewesen. Nicht Grundstück an Grundstück, doch immerhin im selben Wendehammer. Hin und wieder hatten wir ein Bier in der Garage getrunken, wenn ich an meinem Motorrad geschraubt hatte, oder er hatte eine seiner unzähligen Freundinnen zum Abendessen mitgebracht. Er hatte sich nie für eine entscheiden können. Jetzt wirkte all das, als wären es Geschichten aus einem anderen Leben. Ich hatte keine Frau, keine Garage, kein Motorrad und keine Freunde mehr, und Frank hockte in einer dunklen Bude und war zu alt geworden, als dass ein Sportwagen allein noch ausreiche, um junge Frauen zu beeindrucken.

»Es tut mir leid, Meinhard, aber …«

Bevor es peinlich wurde, unterbrach ich ihn. »Lass gut sein. Ich bin nicht gekommen, um in altem Kram zu wühlen.«

»Okay.« Er schien mir nicht zu glauben.

Eine unangenehme Pause trat ein. Es machte den Eindruck, als traute er sich nicht nachzufragen, was ich von ihm wollte. Ich verstand ihn. In der Vergangenheit hatte ich ihn öfter angepumpt, und er hatte Gott sei Dank jedes Mal abgelehnt. Ich beendete die Stille, indem ich die Aktentasche öffnete und ihm die Kassette hinhielt.

»Das hier habe ich vorgestern Abend bei einem Telefonat mitgeschnitten. Ich weiß nicht, ob der Kerl, der mich angerufen hat – wenn es überhaupt ein Kerl ist –, ein Verrückter ist oder ob er mit der Welle an Suiziden zu tun hat, die gerade durch Kassel schwappt.«

»Oh ja, das. Sehr seltsam.« Seine Worte klangen zu zögerlich, als dass er nicht längst im Bilde war. Die Kriminaler hatten die Sache folglich bereits in Bearbeitung. »Und du hast mit jemandem telefoniert, der etwas darüber weiß?«

Wieder spielte er den Ahnungslosen, ich ließ ihn gewähren und antwortete: »Sieht zumindest so aus.«

»Wieso ruft der dich an?«

»Ich vertrete jemanden, der durch die Selbstmorde finanziellen Schaden erleidet und wissen möchte, was da vor sich geht. Und dem Anrufer scheinen meine Nachforschungen nicht zu passen.«

»Dann gibt es tatsächlich eine Verknüpfung zwischen den Fällen?« Er stockte kurz, als er bemerkte, dass er sich verraten hatte.

Ich nickte.

»Mensch, Meinhard, das ist genau die Spur, die uns bisher fehlt.«

»Tut mir leid. Ich bin als Anwalt beauftragt worden. Ich darf meine Mandantschaft nicht offenlegen.«

»Aber die Verbindung ist sicher?«

»Traurig genug, dass ihr das in all der Zeit nicht selbst herausgefunden habt.«

»Also ja?«

»Mehr darf ich dir nicht sagen. Wenn du das Band untersuchst, könnte euch das weiterbringen.«

Frank wog die winzige Kassette in den Händen. »Das ist als Beweismittel vor Gericht unbrauchbar, das weißt du.«

»Als Beweismittel ja, aber vielleicht ergibt sich daraus eine Spur.« Ich holte die Karte mit Snoopy heraus. »Und dann habe ich noch diese Schriftprobe.« Spontan hatte ich entschieden, die letzte Karte von Azrael für mich zu behalten, ohne genau zu wissen, warum.

»*Ich löse immerhin auch Ihr Problem.* Was ist damit gemeint?«

»Das ist eine lange Geschichte.«

»Du hängst nicht in der Sache mit drin, oder?«

»Wäre ich sonst hier?«

Frank knipste eine Schreibtischleuchte an und blinzelte wegen der plötzlichen Helligkeit. Das Licht ließ die Falten auf seinem Gesicht tiefer wirken. Er war alt geworden und sah müde aus. Im Schein der Lampe drehte er die Karte hin und her. »Solche Glückwunschkarten kannst du überall kaufen. Unmöglich herauszufinden, woher die stammt. Und die Schrift ... das ist ziemlich sicher von einem Rechtshänder mit links geschrieben. Als Schriftprobe so gut wie unbrauchbar.«

»Darf ich mich setzen?«

Frank zog einen Stuhl neben sich. »Entschuldige bitte, wie unhöflich. Nimm Platz.«

»Kannst du das vorerst vertraulich behandeln? Ich bin mir sicher, dass ich bald Genaueres weiß.«

»Darf ich mir das Band anhören?«

»Natürlich. Deswegen habe ich es dir ja gegeben.«

Frank schob die Kassette in ein Abspielgerät. Nach der Ansage folgte kurzes Rauschen, dann die Stimme meines Vermieters. »Der Anruf, um den es geht, ist ganz am Ende«, unterbrach ich hastig. Frank hob die Augenbrauen und spulte vor. Wenig später hörten wir die dumpfe Stimme des Anrufers und meine. Er spulte zurück, ließ die Aufnahme erneut ablaufen und hielt das Ohr dicht an den Lautsprecher des Geräts. »Auweia. Das klingt arg. Wer auch immer da am anderen Ende ist, hat einen ziemlichen Sprung in der Schüssel. Azrael? Der hat Ideen.«

»Sagt dir das was?«

»Ja klar. Azrael heißt der Kater von Gargamel, dem bösen Zauberer aus Schlumpfhausen. Und Azrael ist der Name des Erzengels des Todes. Kannst dir aussuchen, welche Version dir weniger verrückt vorkommt. Ich könnte mich gerade nicht entscheiden. Obwohl ...« Er nahm die

Karte zur Hand und betrachtete die Vorderseite. »Dein Freund scheint ein Faible für Comics zu haben.«

»Nenn ihn nicht so.« Ich dachte an die zweite Karte und deren Motiv und entschied, Frank zu verschweigen, dass er nicht danebenlag.

»Außerdem ist die Stimme verändert. Klingt wie durch ein Tuch gesprochen. Ist allerdings nur eine Vermutung.«

»Ist das ein Mann oder eine Frau?«

»Nicht eindeutig zu bestimmen. Die Techniker müssten das Band erst durch ein paar Filter jagen. Aber da ist noch etwas.« Er spulte zurück, stellte auf volle Lautstärke und beugte sich erneut zum Lautsprecher hinab. »Da!«

Ich hörte nach wie vor nichts als das undefinierbare Geräusch, das ich am gestrigen Abend schon wahrgenommen hatte, und schüttelte den Kopf.

»Da! Ganz deutlich. Da ist ein Geräusch im Hintergrund. Kannst du mir die Kassette hierlassen? Bis Mittwoch. So lange wird es bestimmt dauern.«

»Ja, sicher. Wenn du mir versprichst, die Sache vorerst nicht in die Ermittlung einzubeziehen.«

»Welche Ermittlung?« Mit einem verschmitzten Lächeln kniff er ein Auge zu.

Plötzlich war das vertraute Gefühl zwischen uns wieder da. »Kannst du mir 20 Mark leihen? Ich hab es noch nicht zur Bank geschafft und gerade bemerkt, dass die Benzinnadel schon auf Reserve steht.«

Wieder kniff Frank das Auge zu. Dieses Mal war es ein Ausdruck des Misstrauens. Ich sah ihm an, dass er am liebsten nachgehakt hätte, trotzdem tat er es nicht. Niemand hatte es je getan. »Wo ist all das Geld hin, Meinhard?«, »Wieso musstest du das Auto verkaufen?«, »Wann begleichst du endlich deine Schulden bei mir?« Erst als ein grimmig dreinblickender Russe mit kurzgeschorenen Haaren und Bomberjacke an der Tür geklingelt hatte, hatte Conny mir die Koffer vor die Tür gestellt.

Conny.

»Wie geht es Conny?« Ich hatte sie gar nicht ins Spiel bringen wollen, es war mir rausgerutscht.

»Ach, Meinhard, du hast selbst gesagt, wir sollten nicht in altem Zeug wühlen.«

»Das ist kein altes Zeug.«

Er nahm seine Geldbörse aus einer Schublade und hielt mir einen 20-Mark-Schein hin. Dann senkte er den Kopf, richtete seinen Blick auf den Tisch und schien nachzudenken. Nach einer Weile sagte er: »Conny geht es gut. Jetzt wieder. Wir begegnen uns selten, weißt du. Es ist ja immer schwierig nach einer Trennung, den Kontakt zu halten. Es geht ihr gut, soweit ich weiß. Sie hat sich und den Kindern irgendwie ein neues Leben geschaffen.«

»Sie wohnt nicht mehr in unserem Haus?«

»Doch. Aber sie ist …«, er stockte. »Meinhard, ihr Leben ist weitergegangen. Sie ist nicht mehr alleine.«

Obwohl ich diesen Moment erwartet hatte, war ich doch nicht im Mindesten darauf vorbereitet gewesen.

»Siehst du denn deine Kinder ab und zu?«

Das war zu viel. Ich wendete mich ab. Im Hinausgehen sagte ich, bemüht, dass Frank das Zittern in meiner Stimme nicht bemerkte: »Ich komme am Mittwoch noch mal vorbei. Vielleicht gibt es ja etwas Neues.« Ich schloss die Tür so schnell hinter mir, dass ich zwar hörte, dass Frank antwortete, aber nicht verstand, was.

Mit Mühe und Not erreichte ich das Treppenhaus, dort versagten mir die Beine. Ich umklammerte das Geländer und sank auf die Stufen. In meiner Körpermitte braute sich ein Unwetter aus Schmerz zusammen und tobte dort, dass mir der Atem stockte und Tränen in die Augen schossen. Ich japste wie ein Fisch auf dem Trockenen und zitterte am ganzen Körper. Mir wurde schwindelig und ich ließ den Kopf zwischen die Beine sinken, presste die Hände rechts und links auf die Ohren, doch das ließ das Dröhnen nur anschwellen. Der Schmerz schien in meinen Eingeweiden zu implodieren. Ein lautes Seufzen, das ich nicht unterdrücken konnte, hallte durch das offene Treppenhaus. Es war mir egal, ob es jemand hörte.

Du musst hier weg.

Mühsam zog ich mich am Geländer hoch und wartete, bis beide Beine signalisierten, dass sie die paar Schritte bis zum Wagen schaffen würden. Dann ging ich los. Ich umklammerte die Aktentasche und hielt sie wie ein Schutzschild vor meinen schmerzenden Körper. Ohne nach rechts oder links zu sehen lief ich einfach immer weiter. Eine Frau auf der Treppe rannte ich fast um, und am Ausgang stolperte ich. Sachs stand im Gespräch mit einem Beamten an einen Streifenwagen gelehnt und musterte mich skeptisch. Bloß schnell weg. Nur noch wenige Meter und ich hatte es geschafft.

Am Wagen angekommen, stützte ich eine Hand am Heck auf und übergab mich auf den Asphalt. Der Tumult im Magen ließ für einen Moment nach. Ich wankte um das Auto herum und suchte fahrig die Schlüssel. Schließlich fand ich sie, doch sie fielen herunter. Ich atmete flach, um das Zittern zu besänftigen. Endlich schaffte ich es, die Tür zu öffnen. Ich pfefferte die Aktentasche auf den Rücksitz, fiel auf den Fahrersitz und zog die Tür kraftvoll hinter mir zu. Die Stirn auf das Lenkrad gepresst und rechts und links daran festgeklammert hörte ich ein Wimmern. Es war so weit entfernt, als käme es von jemand anders.

Das ist dein eigenes Jammern.

Mein Atem ging immer noch flach und hektisch, und mittlerweile schwoll die Nase zu, sodass ich den Mund öffnen musste, um genug Luft zu bekommen. Alles schmeckte nach Kotze. Aus dem Augenwinkel nahm ich eine Bewegung wahr. Draußen gingen Menschen vorbei. Ich startete das Auto und steuerte es mit verschleiertem Blick vorsichtig auf die Straße. Wenn mir jetzt ein Streifenwagen begegnete, hatte ich ein ernsthaftes Problem. An der nächsten Kreuzung bog ich links ab, lenkte den Wagen auf das Gelände einer Tankstelle und stellte den Motor ab.

Der Schmerz ebbte ab. Im Fußraum fand ich eine angebrochene Flasche Wasser, die bestimmt seit einer Ewigkeit dort lag. Egal. Ich stieß die Tür auf und atmete tief durch. Der Brustkorb dehnte sich schmerzhaft, als lösten die Muskeln ihre Verkrampfung nur mit Widerstand. Ich stellte die Füße auf den Asphalt und nahm einen Schluck von dem abgestandenen Wasser. Ich spülte den Mund damit aus und spuckte den Rest weg.

Meinhard, das war gerade eine Eins-a-Panikattacke.

Die erste, die derart schlimm gewesen war. Schon öfter hatte ich mal einen kurzen Schwindel erlebt, an das Zittern hatte ich mich beinahe gewöhnt, aber dass es mir die Beine wegzog, war neu. Jetzt war nicht der Zeitpunkt, um sich den Kopf darüber zu zerbrechen, doch die Lektion hatte gesessen. Die Gedanken flatterten wild umher. Das Grübeln musste aufhören.

Ich tankte für 15 Mark und kaufte eine Schachtel Zigaretten, was ich seit einer Ewigkeit nicht mehr getan hatte. Im Auto zündete ich mir eine an. Meine gereizte Rachenschleimhaut brannte, und ich musste husten. Es schmeckte genauso, wie ich es in Erinnerung hatte, nur kräftiger. Der

Atem stockte auf dem Weg in die Lungen, als ob sie sich weigerten, den giftigen Rauch aufzunehmen. Doch sie hatten keine Wahl. Die bewusste Dehnung des Zwerchfells saugte den Qualm in die Lungen. Ich schloss die Augen und hielt den Atem an. Dann pustete ich einen dünnen Rauchstrahl aus, spürte, wie sich das Nikotin durch meinen Körper arbeitete. Erst erreichte es das Hirn und mir wurde schwindlig, dann breitete es sich in den Gliedmaßen aus, die weich wurden wie Butter. Nach einigen Minuten war es vorbei. Die Welle blutgefäßverengendes Nikotin war durch meinen Körper geschwappt und hatte mit dem Blutdruckanstieg die Panik mit sich genommen. Ich startete den Wagen und schnippte die Kippe aus dem Fenster.

3 AZRAEL

Dieser Anwalt gab mir Rätsel auf. Zugegeben, ich hatte ihn unterschätzt. Ich hatte ihn für einen typischen Spieler gehalten, dem das Leben aus den Händen geglitten war wie ein nasser Fisch und der sich über jede abgenagte Gräte freute, an der er sich festhalten konnte. Auf der einen Seite war es genau so, auf der anderen Seite verhielt er sich gleichzeitig unerwartet. Während er vor Gericht den Eindruck vermittelt hatte, als sei er der gewiefte Anwalt, unbeeindruckt von der unerwarteten Wendung des Falles, verließ er den Gerichtssaal mit einer ambivalenten Körperhaltung, die nicht erkennen ließ, ob er seinen Sieg genoss. Ich hatte mir die Zeit genommen, ihn zu verfolgen; Montag war ein guter Tag dafür. Um nicht aufzufallen, quetschte ich mich in die hinterste Reihe der Zuschauer im Gerichtssaal. Interessanter Fall mit Todesfolge, viel Publikum, kein Problem, unerkannt zu bleiben. Die schwarze Robe hatte ihm gut gestanden. Diese Anwaltsverkleidung schindete selbstverständlich Eindruck – dafür war sie ja da –, aber darüber hinaus war es noch etwas anderes, was mich an ihm faszinierte. Es war sein Blick. In seinen Augen las ich Unbestechlichkeit; die Augen eines Richters. Es war nicht die Robe, sondern der gesamte Gerichtssaal, der ihm gut stand. Gleichzeitig sah ich, dass er selbst diese Erkenntnis verloren hatte. Sein Geist war zu sehr mit anderem beschäftigt, als dass er sich seiner Berufung widmen konnte. Wahrscheinlich flüsterte die Sucht ihm ein, dass sie seine wahre Bestimmung sei. Dass sie ihn auserwählt habe, um eine verhängnisvolle Dauerbeziehung zu führen. Ich kannte ihr Flüstern, die Sucht konnte überzeugend argumentieren, und am Ende behielt sie immer recht. Es gab nur eine Möglichkeit: Man musste sich von ihr trennen, den Kontakt abbrechen und nie wieder in ihre Nähe kommen. Das war leichter gesagt als getan. Der Anwalt war jedenfalls noch nicht so weit.

Auch an diesem Morgen hatte er ein Spiel gewonnen, wobei ich nicht den Eindruck hatte, dass es die gleichen Reaktionen in ihm auslöste wie die, die ich neulich im Kasino beobachtet hatte. Er betrachtete den Gerichtssaal nicht als Ort des Spiels. Das hier war ihm wirklich ernst. Er hätte hocherhobenen Hauptes das Gericht verlassen können. Die Verhandlung war gut für ihn gelaufen. Doch sein Rückgrat bog sich und seine Haltung sah aus, als trüge er an einer Last. Er trug schwer, das wusste ich ja, aber er war ein Meister darin geworden, es zu vertuschen. Heute schien es ihm nicht zu gelingen.

Dann tat er etwas, womit ich nicht gerechnet hatte: Er fuhr zum Polizeipräsidium. Wahrscheinlich ließ er die Karten untersuchen, die ich ihm geschickt hatte. Und die Aufnahme, die er von meiner Stimme hatte. Ich ärgerte mich immer noch maßlos darüber, dass ich mich dazu hatte hinreißen lassen. Ein kaum wiedergutzumachender, blöder Fehler. Ich durfte mich davon nicht allzu sehr beeindrucken lassen. Das Ziel hatte Vorrang vor allen persönlichen Befindlichkeiten: vor meinem Ärger, sogar vor meiner Wut. Ich hatte alle Gefühle zu einem Plan kondensiert, der in seiner Perfektion die Dinge wieder in das rechte Licht rücken würde. Am Ende wäre alles im Gleichgewicht. Jeder hätte erhalten, was er verdiente, und den Preis bezahlt, den er schuldig war. Ich für meinen Teil hatte genug Hass und Ekel für ein ganzes Leben gespürt. Meine Schuld war schon lange getilgt.

Der Anwalt stotterte seine Lebensschuld in kleinen Raten ab und das seit einer ganzen Weile, das sah man ihm bereits von Ferne an. Von Nahem betrachtet, bemerkte man, wie die Sucht an ihm nagte. Ich hatte ein kleines Zittern beobachtet. Verräterisch für Eingeweihte. Unbedarfte glaubten zu wissen, dass man an so einem Zittern Drogenabhängige auf Entzug erkannte. Ich wusste es besser. Jede Sucht ließ früher oder später den Körper außer Kontrolle geraten. Anfangs glaubte der Abhängige, die Obsession sei nur in seinem Kopf, und dort könne er sie irgendwann kontrollieren, sie einkreisen mit einer Spirale aus Gedanken, aus Grübeleien. Doch so ist es nicht. In Wahrheit sitzt die Sucht dir in den Zellen. Von dort kontrolliert sie alles:

dein Hirn, deine Organe, die Nervenbahnen. Am Ende bist du ihre Marionette. Ein Gespinst an Fäden hängend, fremdgesteuert und willenlos.

Beinahe tat er mir leid. Aber Mitleid war hinderlich. Ich hatte mir dieses Gefühl verboten, damit es nicht in Rachelust mutierte, denn Rache war billig und der Tod aus meiner Hand war kostbar. Und die, denen ich die Schuld nahm, sollten den Augenblick der Abrechnung spüren und ihn mit allen Sinnen erleben. Dafür brauchte es Planung, Geduld und einen eiskalten Verstand.

Nachdem der Anwalt im Präsidium verschwunden war, zog ich mich zurück. Ich hatte einiges vorzubereiten. Der nächste Fall würde einerseits leichter werden als die davor, andererseits setzte ich große Erwartungen in seine Wirkung. Der ehemalige Opernsänger, den ich im Auge hatte, lebte mittlerweile einsam und abgeschieden und konnte, ohne Verdacht zu erwecken, im seiner Villa das Zeitliche segnen. Seine Haushaltshilfe machte jeden Tag pünktlich um 17 Uhr Feierabend, danach blieb er allein. Ich würde mich unbeobachtet dem Anwesen nähern können. Es gab keine Kameras, die Alarmanlage schaltete der alte Mann erst ein, wenn er zu Bett ging. Zwischen dem Feierabend seiner Haushaltshilfe und diesem Zeitpunkt lagen ein paar Stunden, in denen er Klavier spielte. Er würde nicht hören, dass ich das Fenster zum Bad aufhebelte. Badezimmertüren waren in der Regel geschlossen – ein weiterer Vorteil. Außerdem hatte sein Gehör gelitten nach all den Konzerten. Vor knapp zehn Jahren war es nicht länger zu verheimlichen gewesen: Er traf die hohen Töne nicht mehr. Das traurige Ende einer umjubelten Karriere als Tenor. Der Mann hatte sich zu trösten gewusst und sich eine Braut bestellt: über 30 Jahre jünger als er selbst, seiner Sprache nicht mächtig und seinen dreckigen Altmännerfantasien hilflos ausgeliefert. Ich wusste, dass er sich auf jede erdenkliche Art und Weise an ihr vergangen hatte. Ich hatte die Male an ihrem Körper gesehen, wenn sie sie unvorsichtigerweise nicht verdeckt gehalten hatte. In der Presse sah man ihn trauernd an ihrem Grab. Kein Wort über die Qualen, die sie dazu getrieben hatten, mit dem Jaguar ohne Zögern frontal auf einen Baum zuzurasen. Ich kannte die Fotos vom Unfallort. Der Wagen war quasi in die Eiche gerammt worden. Kein Zufall, pure Absicht.

Erst hatte ich überlegt, was er verdient hatte. Natürlich einen langsamen, qualvollen Tod. Einen, der ihrem Leiden im Leben, nicht im Sterben ebenbürtig war. Aber das roch zu sehr nach Rachsucht, also musste eine Idee her, die ohne Zweifel als Selbstmord durchging. Ich konnte ihn in den silbernen Daimler setzen, der in der Garage stand, und den Unfall seiner Gattin nachstellen. Die passenden Schlagzeilen tauchten vor mir auf: »Die Trauer hat ihn nie verlassen. Er folgt seiner geliebten Frau in den Tod.«

Sehr schöne Idee, leider schwer in die Tat umzusetzen. Es musste ein Abgang sein, dem eine gewisse Dramatik nicht abzusprechen war. Ein tragischer Schlussakkord.

4

Die Nadel war nach dem Tanken bis zum letzten Balken oberhalb der Reserve gewandert und ich musste aus Kassel raus bis zum Kammerberg. Auf dem Rückweg hätte ich dasselbe Benzinproblem wie vorher, und mein Portemonnaie war immer noch leer. Ich konnte nicht leugnen, dass ich mich mit jeder vermeintlichen Lösung nur weiter in meine ausweglose Lage hineinmanövrierte. Irgendwann würde es niemanden mehr geben, den ich anpumpen konnte, niemanden mehr, der mir Pizza spendierte und niemanden mehr, der mir zuhörte. Und dass mein zweifelhafter Botendienst für Sharp meine Probleme in Luft auflösen würde, war so unwahrscheinlich wie ein Sechser im Lotto, wenn man gar nicht spielte.

Von dem folgenden Besuch versprach ich mir nicht allzu viel, musste es aber wenigstens versuchen. Hans Vaas bewohnte eine Villa am höchsten Punkt des Kammerbergs, mit einem herrlichen Blick, für den ich allerdings kein Auge hatte. Ich nahm eher neidvoll zur Kenntnis, dass ich mich in letzter Zeit häufig in Gegenden rumtrieb, die einem ein tiefes Seufzen der Art entlockten, wie man es von Kindern hörte, die vor einem verschlossenen Bonbonladen standen.

Das Haus lag eingebettet in einen prachtvollen Garten. Schon auf dem Weg zum Eingang hatte ich Bilder im Kopf von rauschenden Festen mit der feierlichen Beleuchtung von Fackeln und Laternen. Von Livemusik mit einer Partyband oder einem Streicherquartett und viel Champagner und Cocktails. Geplauder, Gelächter, Damen in eleganten schwarzen Kleidern und Männern, die mit weltmännisch großen Gesten um sich warfen.

Eine Frau öffnete mir. Sie trug ein Hausdamenkleidchen mit Schürze. Es hätte das Bild vervollständigt, wenn auf ihrem streng verzurrten Haar ein Häubchen drapiert gewesen wäre – war es aber nicht. Ich erläuterte ihr, warum ich gekommen war, und drückte ihr eine zerknitterte Visitenkarte in die Hand. Sie verschwand mit ausdrucksloser Miene im Innern der Villa. Langsam gewöhnte ich mich daran, vor verschlossenen Türen zu warten. Nach einer Weile kehrte sie zurück. Noch immer verriet ihr Gesicht nicht, ob ich willkommen war. »Herr Vaas empfängt Sie im Musikzimmer.«

Sie ließ mich ein und hielt mir erwartungsvoll die Hände entgegen. Ich überlegte, bis ich verstand, dass sie mir den Mantel abnehmen wollte. Sie nahm ihn mit in eine Nische, ich hörte Kleiderbügel klappern.

Der großzügige Flur gab bereitwillig preis, wer dieses Haus bewohnte. Die Wände quollen über von Fotografien: Im Mittelpunkt stets ein feister Kerl, dessen Blick sicher in das Auge der Kamera zielte. Ein breites einstudiertes Lachen entblößte unnatürlich weiße Zähne. Nie sah er auf einem Foto eine der anderen Personen an; alle übrigen Personen schienen ihm lediglich als Statisten zu dienen. Das konnte nur Vaas sein.

Der Rest des Raumes war so übertrieben dekoriert wie eine Theaterkulisse: Blumenvasen mit üppigen Buketts thronten auf antiken Tischchen, und ein Perserteppich, der ein Vermögen gekostet haben musste, ruhte auf dem glattgewienerten Parkett. So hatte ich mir das Domizil eines Opernsängers vorgestellt.

Die Hausdame geleitete mich in ein Zimmer, das mir den Atem raubte mit seiner Opulenz. Dagegen mutete der Eingangsbereich geradezu spartanisch an. In der Mitte des Raumes mit mindestens drei Meter Deckenhöhe prangte ein wuchtiger Flügel. Schwarz, glänzend. Auf allen Sockeln und Simsen wurden Preise ausgestellt, Auszeichnungen in Gold, Glas und Stein. Aus einer Vase quollen weiße Lilien, die ihren schweren Duft in der Luft verteilten. Auch hier fand sich kaum ein freier Zentimeter an den Wänden, Foto an Foto quetschte sich aneinander. Und wieder Vaas stets im Fokus: im Frack vor einem Orchester, im Kostüm auf der Bühne, Schminke im Gesicht. Ich kannte mich mit Opern nicht gut genug aus, um die jeweilige Aufmachung einer Rolle zuordnen zu können. Manche Verkleidungen wirkten verspielt asiatisch, andere wuchtig kriegerisch, und immer ging von dem Mann im Zentrum ein greifbares Selbstbewusstsein aus, das die Szenen überstrahlte. Auf ein paar Fotos war Vaas als junger Mann zu sehen, rank und schlank. Die Bilder neueren Datums konnten nicht verbergen, dass er im Laufe der Jahre mächtig aus dem Leim gegangen war. Er hatte sich einen Bart stehen lassen und färbte offensichtlich die Haare. Auf einigen Bildern schmachtete er eine Duettpartnerin an, die nicht minder – ich konnte nicht anders, als an das Wort »fett« zu denken –, also ... nicht minder fett war wie er. Ich stellte mir eine fette Julia vor, die einen fetten Romeo anhimmelte und wusste, warum ich für die Oper nie viel übrig gehabt hatte.

Die Stimme der Hausdame riss mich aus den Gedanken. »Bitte nehmen Sie Platz. Herr Vaas wird gleich bei Ihnen sein.« Sie deutete auf eine Sitzgruppe, deren Löwentatzen in einem dicken Perserteppich versanken, der dem im Flur in nichts nachstand. Dann zog sie sich lautlos zurück.

Bevor ich mich setzte, drehte ich mich noch ein paarmal um die eigene Achse und versuchte, den Raum zu erfassen. Es würde Tage dauern, sich jedes Detail einzuprägen.

Der Flügel zog mich magisch an. Ich ließ meine Finger über die weißen Tasten gleiten und warf einen Blick auf die Noten, die aufgeblättert auf dem Pult standen. Ein heilloser Wirrwarr aus Punkten, Strichen und Zeichen. Es war mir schon immer ein Rätsel gewesen, wie man daraus Musik formen konnte, und ich musste zugeben, dass der Gedanke in mir ein wenig Neid aufkommen ließ. Auf dem Vorderdeckel des Flügels befand sich eine Fotografie, auf der als einzige nicht der Hausherr abgebildet war. Eine junge Frau mit hohen Wangenknochen, dunklen mandelförmigen Augen und blutrot geschminkten Lippen sah mich durchdringend an. Die schwarzen Haare waren glatt und seidig, der Pony wie mit dem Lineal geschnitten. Ihr Mund formte ein Lächeln, aber die Augen waren ernst. Ein seltsames Bild. Man hätte diese schöne Frau vorteilhafter ablichten können, und mit Sicherheit gab es von ihr bessere Aufnahmen. Aus irgendeinem Grund hatte Vaas sich entschieden, diese an seinen Arbeitsplatz zu stellen, so wie nahezu jeder Beamte ein Familienfoto auf dem Schreibtisch stehen hatte. Ich hörte die Tür über den Teppich wischen und drehte mich um.

Der Mann im Türrahmen war von beeindruckender Körperlichkeit und gleichzeitig hatte er etwas Mickriges. Ich glaubte, es war die kleinliche Art, wie er zur Kenntnis nahm, dass ich mich dem Gebot des Platznehmens widersetzt hatte. Seine Miene verriet, dass er ahnte, dass ich den Flügel berührt hatte, und es schien ihm zutiefst zu missfallen.

»Herr Vaas, mein Name ist Petri.« Ich hielt ihm die ausgestreckte Hand hin, er betrachtete sie, als wäre sie eine einzige Zumutung.

»Das weiß ich bereits.« Er sprach die Worte überdeutlich und bewegte den Mund, als habe er eine heiße Kartoffel darin. Die Stimme klang kehlig und samtig zugleich. Er deutete auf die Sitzgruppe. »Setzen wir uns doch.« Er trug einen glänzenden Hausmantel mit Paisleymuster und ein ordentlich drapiertes Seidentuch am Hals, dass die Fettrollen nicht zu verdecken vermochte, und unter dem Hausmantel eine Stoffhose und schwarze Slipper. Der Mantel wölbte sich über einen enormen Bauch, der Vaas bis auf die Oberschenkel hing. Er ließ sich mit der Wucht von mindestens drei Zentnern auf den Sessel gegenüber fallen.

Ich ließ mich in den Brokat sinken und war erstaunt, dass mich der Sessel mit festen Federn auffing, sodass ich fast wieder hochgesprungen wäre.

Vaas sah mich schweigend an, als erwarte er, dass ich den Anfang machte. Ich räusperte mich, er schnitt mir das Wort mit einer Handbewegung ab. Die Hausdame betrat lautlos den Raum und stellte eine dampfende Glastasse vor ihm ab, daneben ein Schälchen mit Honig und einige Kekse. Vaas hatte lediglich darauf gewartet, dass seine Bühne mit den notwendigen Requisiten ausgestattet worden war, jetzt musste die Hausdame noch ihren Einsatz hinter sich bringen. Sie wandte sich mir zu. »Kann ich Ihnen etwas anbieten? Kaffee gibt es in diesem Haus nicht, wir hätten englischen Tee oder heißes Wasser mit Honig.«

Ich schüttelte den Kopf, und sie verschwand genauso lautlos, wie sie gekommen war.

Vaas schien zufrieden zu sein. Während er in einer endlosen Sequenz Honig in die Tasse tropfen ließ, konnte ich ihn betrachten. Sein Gesicht wies die Art von unnatürlichen diagonalen Falten auf, die mindestens ein Lifting verrieten, gleichzeitig offenbarte die Haut seiner Hände sein wahres Alter. Der dünne Haarschopf und der Bart hoben sich in einem unnatürlichen Schwarz von der Haut ab, wie aufgemalt. Wenn ich richtig informiert war, musste Vaas mittlerweile in den 70ern sein. Das Geheimnis seines genauen Alters hatte er sorgsam zu hüten gewusst.

Endlich schienen Vaas' Vorbereitungen abgeschlossen zu sein. Er nippte an der Tasse, lehnte sich dann, die Hände über dem Bauch verschränkt, zurück und blickte mich an.

Jetzt war ich am Zug.

Ich sparte mir die Ouvertüre und begann gleich mit dem ersten Akt. »Ich bin im Auftrag eines Mandanten hier, der Ihnen vermutlich eine beträchtliche Summe Geldes zur Verfügung gestellt hat.«

Vaas atmete übertrieben heftig ein. Ich hielt das für einen Reflex, den er dem Singen zu verdanken hatte. Er blieb trotzdem stumm und zog stattdessen einen Schmollmund.

»Ich interessiere mich nicht für die Hintergründe dieses Geschäftes, ich möchte Sie nur auf folgenden Umstand hinweisen: Vier Persönlichkeiten, denen mein Mandant ebenfalls ausgeholfen hat, haben Selbstmord begangen. Es liegt der Verdacht nahe, dass eine Verbindung besteht. Und da ich die Verstorbenen nicht dazu befragen kann, bin ich heute bei Ihnen.«

»Was soll das sein? Ein schlechter Scherz?« Vaas funkelte mich an.

»Durchaus nicht. Sie haben sicher in der Presse davon gelesen.«

»Die Presse hat von Selbstmorden berichtet. Was wollen Sie von mir?«

Eine berechtigte Frage. Da ich schlecht kontern konnte, indem ich mich erkundigte, ob er beabsichtigte, in naher Zukunft seinen Freitod zu inszenieren, wich ich aus. »Es ist nicht eindeutig, dass es sich um Selbsttötungen handelt.«

Vaas setzte sich gerade hin. »Laut Presse hat die Polizei keine Ermittlungen angestellt.«

»Dennoch. Ich bin nicht überzeugt. Die Polizei kennt die Verbindung nicht.«

»Und welche Verbindung soll das sein?«

»Ich sagte Ihnen bereits, dass die Verstorbenen allesamt Schulden bei meinem Mandanten hatten.«

»Dann würde ich als Erstes bei dem nachforschen.«

Ich schüttelte den Kopf. Ich musste wohl deutlicher werden. »Er hat überhaupt kein Interesse daran, dass weitere Schuldner sterben. Also Sie zum Beispiel.«

Vaas hatte gerade an seinem Wasser mit Honig genippt und verschluckte sich. Sein Husten klang wie ein Orkan in Mezzoforte. Als er sich gefangen hatte, schwenkte er theatralisch den Arm durch die Luft. »Nennen wir das Kind doch beim Namen, Herr Petri. Scharpinsky hat Angst, dass ich ihm abhandenkomme, da er sonst seine lausigen Kröten nicht wiedersieht. Ist es das?«

Ich nickte bekräftigend. Diese Beschreibung brachte es ziemlich auf den Punkt. Erstaunlich, wie schnell die Menschen aus ihrer Rolle fielen, sobald sie den Namen Scharpinsky in den Mund nahmen.

»Und Sie sind hier, um das Geld bei mir einzutreiben, bevor ich das Zeitliche segne?«

So hatte ich es noch gar nicht betrachtet. Warum holte Sharp sich nicht einfach sein Geld zurück, wenn er fürchten musste, dass es bald für immer verloren wäre? Ich nahm mir vor, ihn danach zu fragen. Im Augenblick beschäftigte mich eher, ob es mir gefiel, dass ich für Sharps Eintreiber gehalten wurde. »Herr Vaas, ich bin Anwalt. Ich vertrete die Interessen meines Mandanten. Ich bin nicht sein Handlanger.«

»So?« Er musterte mich auf die Art, die kein Zweifel daran ließ, dass ihn meine Worte nicht überzeugt hatten.

»Ich frage Sie ganz direkt: Haben Sie das geliehene Geld in ein Geschäft investiert, das Ihnen von Ralf Knab vermittelt wurde?«

Vaas betrachtete mich lange, bevor er sagte: »Ist das der Zusammenhang? Knab?«

»Also ja?«

»Ich sage gar nichts mehr. Und ich möchte Sie jetzt bitten zu gehen.« Er stemmte sich in die Höhe. »Fräulein Susanne«, seine Stimme dröhnte durch den Raum. In der Tür erschien die kleine Frau, die mich eingelassen hatte. »Herr Petri möchte hinausbegleitet werden.«

Ich erhob mich und hielt Vaas die Hand hin. Als er sie ergriff, sagte ich: »Passen Sie gut auf sich auf.« Das war alles, was ich für ihn tun konnte.

Im Flur hielt mir »Fräulein Susanne« den Trenchcoat hin. Ich zog ihn über, während mein Blick auf eines der Fotos fiel, die die Wände bevölkerten. Neben Vaas und seiner Gattin standen ohne Zweifel Roman Levin und seine Frau Riva.

5 AZRAEL

Die Dämmerung senkte sich mit nasskalter Schwere über den Kammerberg. Ich wartete ab, bis ich nur noch ein grauer Schatten war, der sich durch den Garten der Villa von Hans Vaas bewegte.

Durch das gekippte Badezimmerfenster drang gedämpft Klavierspiel. Ich atmete im Takt der Musik. Der Anwalt hatte ihn sicherlich gewarnt, trotzdem ließ Vaas die Fenster geöffnet und die Alarmanlage ausgeschaltet. Letzteres stellte ich fest, indem ich mit einem Holz den hochgestellten Griff des gekippten Fensters zur Seite drückte, bis es aus den Angeln sprang. Es ging kein Alarm los. Vaas musste sich sehr sicher fühlen. Das passte zu ihm. Ein Mann wie er rechnete nicht damit, dass es jemanden auf dieser Welt gab, der nicht nach seiner Pfeife tanzte. Er erwartete Ergebenheit, und die hatte er auch von seiner Frau eingefordert und bekommen, bis sie es nicht länger ausgehalten hatte.

Ich drängte diese Gedanken zurück in den Abgrund, aus dem sie stammten. Ich verfolgte einen Plan, in dessen Ausführung sie mich behinderten. Lange hatte ich darüber gegrübelt, welche Todesart für Vaas die angemessene war. Es musste ein Motiv aus der Oper werden, das war schnell klar, bloß die Auswahl war so unendlich groß. Am Ende blieben zwei Möglichkeiten: der Dolch oder der Giftbecher.

Eine vorgetäuschte Selbsttötung mit Dolch besäße ohne Frage die gebührende Dramatik, allerdings barg diese blutige Variante ein zu großes Risiko, Spuren zu hinterlassen.

Ich entschied mich folglich für die im Ergebnis weniger aufsehenerregende, aber sicherere Vorgehensweise.

Ich hatte mir im Vorfeld einiges angelesen. Vor Jahren hatte ich begonnen, entsprechende Methoden zu sammeln, und war auf den Schierlingsbecher gestoßen. Bestechend simpel und zugleich eindrucksvoll – schon allein wegen seiner Verbindung zu Sokrates, das adelte diese Form des Suizids als quasi philosophisch. Ich stellte mir vor, dass ein Mensch, der sich im Leben durch herausragende Dramatik ausgezeichnet hatte, auf diese Weise glaubwürdig und angemessen aus dem Leben scheiden könne. Tatsächlich stieß ich bei meinen Recherchen auf keinen einzigen Fall, in dem diese Selbsttötungsvariante in den letzten Jahren in die Tat umgesetzt worden war. Bestimmt lag das an dem langen, qualvollen Tod, der einen nach dem Genuss des gefleckten Schierlingskrautes erwartete.

Ich war äußerst gespannt, wie Herr Vaas und ich diesen Tag zu Ende bringen würden.

Haare und Hände hatte ich sorgsam und ordentlich in einem weißen Schutzanzug verpackt, den ich durch Klebestreifen meiner Körperform angepasst hatte, um nirgendwo versehentlich hängen zu bleiben, während ich durch das Fenster einstieg. Bevor ich mich vom Fenstersims auf den Fußboden gleiten ließ, streifte ich Überzieher über meine Schuhe. Vaas musste vor nicht allzu langer Zeit im Bad gewesen sein, er hatte das Fenster nicht ohne Grund gekippt. Es stank wie die Pest, und die Vorstellung war plötzlich greifbar, dass mit Vaas ein Exkrement von dieser Erde geschabt würde, das nur noch vor sich hin dünstete. Mir gefiel der Gedanke, da er so wunderbar in meinem Plan passte. Mit einem guten Gefühl im Bauch näherte ich mich dem Ursprung des Klavierspiels.

Vaas bemerkte mich nicht mal, als ich bereits halb im Raum stand, nur wenige Meter von ihm entfernt. Mit entrückter Miene hing dieser unförmige Klops über dem Flügel. Ein feines Instrument. Ein Steinway. Schade, dass er einige Zeit nicht mehr gespielt werden würde, wobei auch Vaas' zweifelhafte Virtuosität dem Flügel keine Ehre erwies.

Mit einem lauten Räuspern machte ich mich bemerkbar. Vaas hüpfte erschrocken auf, das heißt, sein Körper wollte, aber die Schwerkraft ließ es nicht zu. Kaum eine Sekunde später veränderte sich der erschrockene Gesichtsausdruck. Böse und angriffslustig zog Vaas die Augen zu Schlitzen. So hatte ich mir das ausgemalt. Der würde nicht wie Schuhmann winselnd in den Tod gehen. Vaas würde mich verfluchen, sich vielleicht sogar wehren. Ich war auf alles vorbereitet und behielt recht. Vaas hievte den fetten Arsch in die Höhe und fixierte mich mit der Entschlossenheit eines Tigers. Ich zog meine Waffe und zielte direkt auf diese überhebliche Visage.

Er plumpste zurück auf den Klavierhocker.

»Damit kommen Sie nicht durch«, zischte er.

»Halts Maul«, entgegnete ich. Ich sah mich um und stellte zufrieden fest, dass die Szene auch ohne mein Zutun beinahe perfekt präpariert war. Die Thermoskanne, die ich mitgebracht hatte, brauchte ich gar nicht. Auf einem Tischchen stand ein Glas mit einer Flüssigkeit. Während ich Vaas mit der Pistole in Schach hielt, ließ ich die zu Pulver zerstoßenen Fruchtkapseln des Schierlingskrautes in die Tasse rieseln und rührte um, bis sich das Gift gut verteilt hatte. Ich schnüffelte an der Mischung. Sie stank nach toten Ratten. Wie passend.

Vaas zuckte einige Male, aber es genügte, die Waffe mit Nachdruck auf ihn auszurichten, damit er sitzen blieb.

Nach einem erneuten Rundumblick, überlegte ich, ob die Szene glaubwürdig genug war oder ob ich sie anders arrangieren musste, doch eigentlich war alles perfekt. Der Opernsänger am Flügel. Dort würde man ihn später finden. In seiner Kotze und seiner Kacke am Fuße des kostbaren Instruments, auf dem Notenpult die Partitur von Othello. Sehr schön, fast zu perfekt.

Ich ging zu ihm hin und stellte den Becher auf dem Deckel neben dem Foto von Vaas' Frau ab. Sie hatte einen Logenplatz und konnte ihm von hier aus beim Sterben zusehen. Besser hätte ich es mir gar nicht ausdenken können.

Vaas verfolgte jeden meiner Schritte genau. Trotz der unnatürlich gestrafften Haut erkannte ich in seinem Gesicht eine Mischung aus Entsetzen und Wut.

»Trink!«

»Ich denke nicht daran.«

»Trink!«

»Sie werden mich schon erschießen müssen.«

Alle Achtung. So viel Schneid hätte ich ihm nicht zugetraut. Gut, also auf die harte Tour. Ich drückte ihm die Pistole an die Schläfe und angelte mit einer vorbereiteten Stoffschlaufe nach seiner rechten Hand. Ich zog die Schlaufe zu und den Arm, so weit es sein gewaltiger Körper zuließ, nach hinten; jetzt war er wehrlos. Den anderen Arm zerrte ich ihm auf den Rücken, wickelte den Stoff der Schlaufe um die Gelenke und fixierte das Ganze mit Klebeband. Das hatte sich bewährt, da es kaum Abdrücke hinterließ.

»Das werden Sie bereuen«, keifte Vaas.

Jeder andere hätte um sein Leben gewinselt. Ich konnte einen Anflug von Bewunderung für seinen Mut nicht unterdrücken. Einen winzigen Augenblick schenkte ich dem Gefühl Beachtung, dann ging es weiter. Schnell ein Streifen Klebeband über den Mund, das hielt in der Regel nicht lange, musste es auch nicht. Auf die gleiche Weise fixierte ich seine Elefantenfüße rechts und links an den Beinen des Klavierhockers. Ein normal gebauter Mensch hätte jetzt immer noch ordentlich herumzappeln können, Vaas war zu fett dafür. Der Klavierhocker – es handelte sich um ein besonders stabiles Exemplar, wahrscheinlich eine Sonderanfertigung – schien unter seiner Körpermasse zu verschwinden. Ich schätzte sein Gewicht. 150, eher 180 Kilo. Die Versuchung war groß, ihn einfach nach hinten zu stoßen, ihm die Flüssigkeit sauber einzutrichtern und ihm anschließend in aller Ruhe beim Sterben zuzusehen. Aber ich hätte ihn ohne Hilfe niemals wieder aufrichten können. In Gedanken nahm ich das Ergebnis seines Kampfes mit dem Schierlingskraut vorweg. Wäre es nicht sogar realistisch, dass er samt Hocker umfiel? Ich stellte mir das Bild vor, das sich später bieten würde, und fand es glaubwürdig. Ich prüfte, ob das Gewicht des Flügels genug Widerstand leistete, klemmte mich zwischen Instrument und Hocker, stützte mein Hinterteil an der Klaviatur ab und drückte beide Beine fest gegen die Sitzfläche. Der Flügel bewegte sich, Vaas nicht.

»Scheiße, Mann, bist du ein fettes Schwein.« Ich stemmte mich erneut mit aller Kraft gegen den Flügel, der ein grausiges Geräusch von sich gab, während er über das Parkett kratzte. Endlich geriet Vaas in Bewegung.

»Jetzt geht's abwärts«, klärte ich ihn auf.

Er riss die Augen auf und kippte in Zeitlupe nach hinten, dann krachte er mit einem durch das Klebeband auf seinem Mund gepressten Schmerzenslaut auf den Boden. Sein Hinterkopf schlug für meinen Geschmack etwas zu hart auf, das könnte auffällige Hämatome hinterlassen. Die Massen waberten noch einen Moment, nachdem der Körper längst lag. Nun sah er weniger wie ein Klops, sondern eher wie eine Bulette aus.

Ich genoss den Anblick eine Sekunde, hockte mich hinter ihn und fixierte seinen Schädel zwischen den Oberschenkeln. Vaas schien tatsächlich eine leichte Gehirnerschütterung zu haben, er guckte mich an, als sei ich ganz weit weg.

Mit der Spitze meines Messers pikste ich ein Loch in das Klebeband und steckte einen winzigen Apothekertrichter hinein. Ich hielt ihm die Nase zu, bis die Augen panisch zu flackern begannen, endlich verstand er und saugte Luft durch den Trichter.

»Kurz Luft anhalten«, befahl ich.

Vaas gehorchte sogar.

Erneut hielt ich ihm die Nase zu und ließ das Gemisch aus der Tasse langsam in seinen Mund fließen. Vaas' Gesicht verzog sich zu einer Grimasse. Das Zeug musste grauenhaft schmecken. Sein Kopf begann sich zwischen meinen Oberschenkeln zu winden. »Du darfst atmen, sobald du geschluckt hast«, klärte ich ihn auf.

Er hielt länger durch, als ich vermutet hätte, bis er letztlich schluckte. Einige Atemzüge ließ ich ihn Luft holen, anschließend hielt ich ihm wieder die Nase zu und goss eine kleine Menge Flüssigkeit in den Trichter. Ich ging langsam und behutsam vor. Es war wichtig, dass er nichts von dem Gift einatmete, das würde auffallen und Fragen aufwerfen.

Dreimal musste ich in den Trichter nachgießen, dann war die Tasse leer und Vaas grün im Gesicht.

Ich riss ihm das Klebeband ab.

»Sie Dreckschwein. Was war das?« Er versuchte auszuspucken, aber die erste Wirkung des Giftes hatte bereits eingesetzt: Der Speichelfluss versiegte.

»Das war Schierling. Du stirbst in guter Gesellschaft. Wer kann sich schon rühmen, in der Tradition von Sokrates diese Erde zu verlassen? Mit ein wenig Glück profitierst du post mortem von seinem guten Ruf.«

Er wollte etwas sagen, doch die Lähmung der Zunge hatte eingesetzt. Es musste sich anfühlen, als ob sich eine Made in der Mundhöhle wand. Offensichtlich hatte ich die korrekte Dosierung für seine Körperfülle gewählt. Ich hatte mit mehr Zeitaufwand gerechnet, die Sache ging erstaunlich schnell.

Ich fand, es sei an der Zeit, ihn darüber aufzuklären, was nun mit ihm geschehen würde. Im Gegensatz zur Überlieferung der altertümlichen Giftmischer hatte ich auf die Beimengung eines Opiates verzichtet. Bevor die Sinne schwanden, würde er seinen Abgang in allen Einzelheiten miterleben. Es war folglich nur fair, ihm vorher die einzelnen Stadien zu schildern.

»Wie du bemerkt hast, hat der Schierling eine Körperlähmung zur Folge. Deine Zunge ist bereits davon betroffen. Gleich wirst du anfangen, unkontrolliert zu sabbern. Tu mir bitte den Gefallen und erbrich dich nicht, sonst müssen wir die Prozedur wiederholen. Deine Blutgefäße verengen sich, was zu einer unschönen Blaufärbung der Extremitäten führen wird. Dir wird kalt, du wirst zittern, bis eine vollständige Gefühllosigkeit eintritt. Dann wird dein Herzschlag allmählich langsamer, und eine Lähmung der Muskulatur von den Beinen aufwärts wird deinen gesamten Körper erfassen. Bei deiner Statur würde ich schätzen, dass du in ungefähr einer Stunde beginnen wirst zu ersticken.«

Seine Augen drehten sich unnatürlich zur Seite, er war in Ohnmacht gefallen. Kurz überlegte ich, ob ich es ihm und mir einfacher machen und ihn im Dämmerschlaf sterben lassen sollte, entschied dann aber, ihn zurückzuholen. Ich schlug ihm ein paarmal sanft mit dem Handrücken gegen die Wangen, bis er die Augäpfel wieder nach vorne drehte, vermutlich sah er mich schon nicht mehr deutlich.

Ich schaute auf die Uhr; das war schneller gegangen als gedacht. Ich rutschte auf dem Parkett von seinem Körper weg, bis ich die Wand im Rücken spürte, und lehnte mich gemütlich an, damit ich jede Minute genießen konnte.

6

Kassel hüllte sich in blassen Staub und erschien mir trister als je zuvor. Die Tanknadel zitterte kurz über der Reserve, als ich in der einsetzenden Dämmerung vor Matts Lokal parkte. Ich ärgerte mich über mich selbst. »Montag: Ruhetag.« Den Weg hätte ich mir sparen können.

Matts Wohnung lag zwei Stockwerke über der Pizzeria. Ich überlegte, ob ich an der Haustür klingeln sollte, als ich Rosetta im Rückspiegel auf dem Bürgersteig entdeckte. Ihre Bewegung füllte den gesamten Spiegel aus. Alles an ihr wackelte, vor allem ihre gewaltigen Brüste, zwischen die ich schon so oft unfreiwillig meine Nase gedrückt hatte.

Sie erkannte den Wagen – oder mich, auf jeden Fall klopfte sie an die Scheibe. Widerspenstig senkte die schwergängige Kurbel in meiner Hand das Fenster. Sie würde sicher bei einer der nächsten Umdrehungen abfallen.

»Meinardo, wir habe heute zu.«

»Ich weiß. Ich war zufällig hier«, log ich.

»Willst du raufkomme? Matt musse ein paar Dinge erledige und ich bin allein mit die alte Sizilianer. Wir wolle Fernsehgucken und uns gefullte Salzzitronen backen.«

Es zog mir alles im Mund zusammen. Die Vorstellung, mit dem zahnlosen Greis Zitronen zu verspeisen, hatte etwas Widerliches. Dankend lehnte ich ab. »Beim nächsten Mal. Grüß Matt von mir und den alten Sizilianer auch.«

»Ciao, mio caro!« Rosetta winkte mir zu und verschwand in der Haustür.

Auf dem Bürgersteig schlurfte ein gekrümmter Mann vorbei, der laut mit sich selber sprach und dabei wild gestikulierte. Er haute mit der Hand an meinen Außenspiegel.

»Passen Sie doch auf!«, rief ich ihm durch die geöffnete Scheibe zu.

Er blieb stehen, auf der Suche nach dem Ursprung dieser Worte, schien mich aber nicht wahrzunehmen. »Rasputin!«, kreischte er. »Rasputin! Rette uns!« Dann zog er vor sich hin grummelnd ab, seine Schuhsohlen schleiften über den Asphalt. Was war nur aus den Menschen geworden? Allesamt irgendwie verkrüppelt an Körper oder Seele. Kaum noch einer heil.

Zu Hause schaltete ich den Fernseher ein und schaute Regionalnachrichten. Nichts Neues über den Tod von Franz Schuhmann, dafür die Meldung, dass der Überfall auf eine Frau in einer Kasseler Kneipe mit dem Diebstahl ihres Walkmans endete, gefolgt von der neuesten Statistik der Polizeigewerkschaft, die massiven Personalmangel beklagte. Mich wunderte allmählich nichts mehr, gelangweilt schaltete ich die Glotze aus. Ein Blick in den Kühlschrank fiel ernüchternd aus. Spontan entschied ich mich für einen kleinen Ausflug, um wenigstens meinen Wissensdurst zu stillen.

Auf halber Strecke signalisierte die Tankwarnleuchte, dass ich auf Reserve fuhr. Der Sprit würde gerade so für den Rückweg reichen. Mittlerweile war es dunkel geworden, und ich parkte den Wagen dieses Mal direkt vor Riva Levins Haus.

Nachdem ich geklingelt hatte, dauerte es keine Minute, bis der Summer ertönte und sich das Tor öffnete. Ich folgte dem beleuchteten Weg zu geöffneten Haustür. Dort traf ich auf Salvina. Sie trug Hut und Mantel und eine kleine schwarze Handtasche und ignorierte mich.

»Bis morgen!«, rief Riva ihr vom Treppenabsatz hinterher. »Komm hoch.« Das galt mir. Ich hatte mich immer noch nicht an das »Du« gewöhnt.

Sie hielt mir die Arme entgegen in der Erwartung, dass ich ihr den Trenchcoat gab. Ich dachte an das, was ich nach meinem letzten Besuch in den Taschen gefunden hatte und was danach geschehen war. Kurz überlegte ich, ob ich es ansprechen sollte, ließ es aber sein.

»Du hast Glück, ich bin gerade erst nach Hause gekommen. Ich habe mir einen Wein aufgemacht.«

Ich folgte ihr und landete in einer Küche, die aussah, als wäre sie noch nie benutzt worden. Aus dem Wohnzimmer klang sanfter Trompetenjazz. Die Art Musik, die man in den Bars spielte, in denen eine Frau wie Riva vermutlich verkehrte. Sie drehte mir den Rücken zu und holte ein Glas aus einem Oberschrank. Mit ihren hohen Hacken musste sie sich dafür nicht einmal auf die Zehenspitzen stellen. Ich merkte, dass ich ihren Hintern anstarrte, der sich unter den schwarzen Samtleggings wie zwei Äpfelchen abbildete. Als sie sich etwas zu unerwartet umdrehte, bemerkte sie, dass mein Blick an ihrer Körpermitte hängen geblieben war. Sie lächelte und schien das nicht ungewöhnlich zu finden.

Sie stellte das Glas neben eine Flasche Rotwein und ein weiteres halbvolles, an dem sich ein Lippenstiftrand abzeichnete. »Du bist nicht hier, um mit mir Wein zu trinken.«

»Nein. Ich war gerade bei Hans Vaas. Dort im Flur habe ich ein Foto von dir und deinem Mann gesehen. Kennt ihr euch gut?«

»Hans Vaas?« Sie schien zu überlegen. »Ach, der Opernsänger.«

»Genau der.«

»Ein grässlicher Mensch. Selbstverliebt bis in die Haarspitzen und Manieren wie ein Bauer.«

»Also kennst du ihn.«

»Nicht wirklich. Wir sind uns bei einigen Premieren begegnet. Ich mochte seine Stimme eigentlich nie, aber wenn es eine Veranstaltung von gesellschaftlicher Bedeutung war, sind wir hingegangen, Roman und ich. Das letzte Mal bin ich ihm auf der Beerdigung seiner Frau begegnet.«

»Ach, er ist Witwer?«

Auf ihrer Stirn zeigte sich eine Falte. »Nang ist seit beinahe drei Jahren tot. Nein, warte … seit vier Jahren schon. Wie die Zeit vergeht.«

»Nang? Klingt asiatisch.«

»Sie war Burmesin, wenn ich mich recht entsinne. Vaas tauchte eines Tages mit ihr nach einem Engagement in

Asien auf. Das arme Ding. Sie hat ihr Glück gesucht, aber hier hat sie es nicht gefunden.«

»Woran ist sie gestorben?«

»Sie ist mit ihrem Wagen ungebremst gegen einen Baum gefahren. Sah nach Absicht aus.«

Schon wieder. In letzter Zeit hörte ich das für meinen Geschmack zu oft.

Riva hob ihr Glas erwartungsvoll in die Höhe. »Trinken wir auf das Leben.«

Ich stieß mit ihr an. »Du scheinst mit dem Tod deines Mannes recht schnell deinen Frieden gemacht zu haben.« Ich glaube, ich wollte sie provozieren, keine Ahnung warum.

Sie reagierte allerdings nicht so, wie ich es erwartet hatte. Sie stellte ihren Wein ab, trat einen Schritt nach vorne, bis sie so dicht vor mir war, dass ich ihren Rotweinatem roch. Ganz nah an meinem wiegte sich ihr Körper sanft im Rhythmus der Musik, die aus dem Wohnzimmer seicht herüberplätscherte.

»Ich habe schon vor Jahren meinen Frieden mit Roman gemacht. Wir beide hatten eine Art Waffenstillstand. Sein Tod ist traurig, mein Leben geht weiter.« Sie musste sich kaum strecken, um mir einen Kuss auf die Lippen zu drücken.

Ich stand da wie ein Reh im Scheinwerferlicht. Der Plan, sie aus der Reserve zu locken, war gründlich in die Hose gegangen. Ich spürte den Alkohol in meinem nüchternen Magen Kapriolen schlagen und die Beine weich werden. Ich wollte mir einreden, dass der Wein, die Musik und ihr Duft schuld an dem waren, was ich als Nächstes tun würde, und nicht mein schwacher Charakter. Ich legte einen Unterarm um ihren Nacken und zog sie zu mir heran. Ihr warmer Mund schmeckte rotweinbitter. Sie presste ihn mit einem Selbstverständnis auf meinen, als küssten wir uns seit Jahren auf diese Weise. Unsere Lippen hatten sich gesucht und gefunden. Sie löste sich von mir, fasste mich am Ärmel und zog mich hinter sich her.

»Komm!«, sagte sie nur.

Ich folgte ihr, um herauszufinden, ob das, was für unsere Lippen galt, auch auf alle übrigen Körperteile zutraf.

7 AZRAEL

Ich hatte viel vor an diesem Tag, trotzdem war an diesem Morgen genügend Zeit, den vorangegangen Abend bei einer Tasse Kaffee in allen Einzelheiten vor meinem inneren Auge Revue passieren zu lassen.

Das Gefühl von Zufriedenheit blieb. Ohne Übertreibung konnte diese Inszenierung glatt als mein Meisterstück durchgehen. Ob ich doch etwas übersehen hatte, würde ich erst in den kommenden Tagen aus der Presse erfahren, aber ich war mir ziemlich sicher, dass mir kein gravierender Fehler unterlaufen war.

Vaas hatte nur knapp eine Stunde zum Sterben gebraucht. Der Mann war in einer miserablen Konstitution gewesen, sonst hätte es länger gedauert, doch bereits nach 40 Minuten bemerkte ich deutlich, dass sich der Brustkorb kaum noch hob und senkte. Die Lähmung hatte den Oberkörper erreicht. Ich konnte schon einmal in aller Ruhe die Fesseln lösen, den Klavierhocker aufrichten und im korrekten Abstand und Winkel zu Vaas' Körper positionieren. Es wirkte tatsächlich so, als sei er rücklings heruntergekippt und habe den Hocker dabei verschoben.

Ein wenig komplizierter stellte sich das Lösen der Fesseln an seinen Handgelenken dar. Er lag leider darauf. Also musste ich ihn mit vollem Körpereinsatz zur Seite rollen, um das Klebeband und die Bandagen darunter zu entfernen. Eine Hand baumelte lose am Gelenk, das er sich vermutlich beim Sturz gebrochen hatte. Kein Problem, das hätte auch ohne mein Zutun geschehen können, ebenso wie die Beule am Hinterkopf. Als ich ihn wieder auf den Rücken heruntersacken ließ, fiel mir der Sabberfleck auf, den Vaas in Seitenlage auf dem Parkett hinterlassen hatte, und wischte ihn sorgfältig weg.

Ich arrangierte die Szene so, wie ich es mir im Vorfeld ausgemalt hatte, und packte in Ruhe die mitgebrachten Utensilien ein, während Vaas seine letzten Atemzüge tat. Er war derart schlecht in Form, dass er sein Ableben nicht mitbekam. Keine zehn Minuten, nachdem ich ihm das Gift eingetrichtert hatte, war er ohnmächtig geworden und selbst ein paar aufmunternde Klatscher hatten daran nichts mehr ändern können. Nun gut, ich war ja nicht dort gewesen, um Rache zu üben, also nahm ich diese Abweichung von meinem Plan gelassen. Das Ergebnis zählte.

Ich überprüfte ein letztes Mal, ob ich das Badezimmerfenster wieder gekippt hatte, nahm einen von den Ersatzschlüsseln für die Haustür aus dem Schlüsselkästchen – in diesem Punkt war ein deutscher Haushalt einfach verlässlich. Ich schloss die Vordertür ab und steckte den Schlüssel ein.

Sehr entspannt war ich nach Hause zurückgekehrt, hatte mir eine Flasche Wein geöffnet, eine Platte aufgelegt und den Abend gebührend zu Ende gebracht.

In der Rückschau auf den gestrigen Tag kam ich nicht umhin, ein wenig Stolz zu empfinden, und ich war absolut gespannt, wie der Anwalt auf die guten Neuigkeiten reagieren würde.

8

Ich hatte einen abgestandenen Geschmack im Mund und gleichzeitig einen wunderbaren Geruch in der Nase, als ich am Morgen die Augen aufschlug. Ich sog eine Mischung aus Schweiß, Rivas Parfüm und dem Aroma überreifer Bananen ein – der Duft von Sex.

Sie war nicht da. Ich sah auf die Uhr. Neun. Erschöpft ließ ich mich in die Kissen fallen und schloss erneut die Augen. Ich war zu müde, um aufzustehen, und zu wach, um liegen zu bleiben. Außerdem war dies nicht mein Bett, und ich war mir nicht sicher, ob meine Anwesenheit hier länger erwünscht war. Andererseits war dies keine Nacht gewesen, nach der man sich klammheimlich aus der Tür stehlen musste. Dafür, dass ich aus der Übung war, hatte ich mich recht wacker geschlagen.

Langsam hievte ich den Körper auf die Bettkante und sammelte meine Kleidung ein. Beim Aufrichten stellte ich fest, dass ich nach wie vor leicht betrunken war. Mit ungelenken Bewegungen zog ich die Hose an und verlor dabei fast das Gleichgewicht, schaffte es am Ende aber doch, fast vollständig bekleidet das Schlafzimmer zu verlassen. Da es nicht nach Flucht aussehen sollte, ließ ich die Schuhe aus und begab mich auf Socken auf die Suche nach Riva.

Sie saß angezogen und geschminkt in der Küche und trank Kaffee. Die Art, wie sie mich anlächelte, gab mir zu verstehen, dass es mir nicht peinlich sein musste.

Ich überlegte, ob ich sie küssen konnte. Sie zwinkerte mir zu, als wolle sie sagen: Trau dich! Ich traute mich, bis mir einfiel, dass dieser Kuss für sie ein zweifelhaftes Vergnügen sein musste; ich hatte noch immer einen pelzigen Geschmack im Mund.

»Willst du Kaffee?« Sie schenkte mir ein, ohne eine Antwort abzuwarten. Sie sah einfach zu jeder Uhrzeit umwerfend aus. Ich wollte gar nicht wissen, was für ein Bild ich abgab.

»Tut mir leid, dass ich so unromantisch bin, aber ich muss gleich los. Ich habe einen Termin beim Friseur, und den kann ich nicht verschieben. Bert ist großartig. Der beste Friseur den Kassel hat. Dort wird dir jeder Wunsch erfüllt: Haare, Maniküre, Kosmetik. Hier, falls du auch mal Bedarf hast.«

Ich nahm die Visitenkarte, die sie mir hinhielt, und steckte sie in die Hosentasche. »Mal sehen«, sagte ich wenig überzeugt, während ich darüber nachdachte, ob das ein Wink mit dem Zaunpfahl gewesen war.

»Du kannst in Ruhe Kaffee trinken und dir etwas zu essen machen, wenn du magst. Ist alles im Kühlschrank. In einer Stunde kommt Salvina. Sie kann dir Eier mit Speck braten.«

Ich lächelte. Bevor Salvina eintreffen würde, wäre ich weg, so viel war sicher.

Riva drückte mir einen dicken Kuss auf die Wange, so als würden wir uns jeden Morgen auf diese Weise verabschieden.

»Vielleicht bis später?« Sie blickte mich an, als müsse meine Antwort einen Zweifel zerstreuen.

»Ganz bestimmt.« Aufrichtiger hätte ich nicht sein können.

Sie flatterte davon wie ein Schmetterling, griff im Laufen ihre Handtasche vom Küchenstuhl und winkte, ohne sich erneut umzudrehen. Ihren Duft glaubte ich noch in der Nase zu haben, als ich sie die Treppe zur Haustür hinuntergehen hörte.

Mit der Tasse in der Hand schlurfte ich auf Socken durch das Haus. An der Tür zum ehemaligen Arbeitszimmer von Roman Levin blieb ich stehen. Die Versuchung, hineinzugehen und zu stöbern war groß, aber ich hielt stand. Wenn ich es mir nicht mit Riva versauen wollte, sollte ich solche Dummheiten sein lassen. Ich nahm den Kaffee mit in das Badezimmer; ausgestattet wie in einem Luxushotel und blitzblank gewienert. Ich hätte das Gefühl gehabt, den Raum zu entweihen, wenn ich hier unter die Dusche stieg. Außerdem wusste ich nicht, ob Salvina vielleicht früher auftauchen würde, und ganz bestimmt wollte ich nicht nackt von ihr überrascht werden.

Ich brachte die Tasse zurück in die Küche und stellte sie in die Spüle. Auf dem Bett sitzend zog ich die Schuhe an, steckte meine Nase noch einmal kurz in die Kissen und verdrängte den Gedanken, dass ich mich mal wieder nicht im Griff gehabt hatte und das alles eine Riesendummheit gewesen war.

Ich nahm den Trenchcoat an der Garderobe vom Haken. Als ich die Haustür hinter mir zuzog, überlegte ich, wie ich das elektrische Gartentor öffnen sollte, und sah mich schon über die Mauer klettern. Gott sei Dank fand ich einen Schalter auf dem Weg zum Tor. Auf dem Bürgersteig zog ich den Trenchcoat über. Als ich in der Tasche nach meinem Autoschlüssel fischte, bekam ich ein Bündel Geldscheine zu fassen.

9

Ich hatte die Scheine aus der Manteltasche gezerrt und sie im Wagen in das Handschuhfach gestopft. Eine Flutwelle war über die angenehmen Gefühle der letzten Nacht geschwappt und hatte sie mit sich gerissen. Ich war bezahlt worden wie eine Nutte. Für was? Für Sex? Für Informationen? Mein Kopf gab den Entrüsteten, unterdessen blieb das miese Bauchgefühl aus. Die Anwesenheit des Geldes schien einem Teil von mir durchaus Befriedigung zu verschaffen. Dabei hätte ich ihr hinterherfahren und vor allen Leuten im Schönheitssalon die Scheine vor die Füße werfen sollen.

Stattdessen entschied ich mich, einzukaufen. Ich nahm einen Hunderter aus dem Handschuhfach und überschlug mit fachmännischem Blick, dass noch neun weitere Scheine übrig waren. Auf der Wilhelmshöher Allee hielt ich an einem Lebensmittelladen und tankte anschließend den Wagen voll. Dann legte ich die kurze Strecke zum Geschäftshaus von Ralf Knab zurück.

Doris öffnete die Tür und sah mich mit dem gleichen Gesichtsausdruck an wie bei meinem ersten Besuch am Samstag.

»Ich bin mir sicher, dass Herr Knab mit mir sprechen möchte«, sagte ich. Tatsächlich hatte ich meine Zweifel, ob er das wirklich wollte, aber ich hatte keine Lust, einen Grund an den Haaren herbeizuziehen.

Sie ließ mich warten und kehrte nach nicht mal zwei Minuten zurück. Wortlos hielt sie mir die Tür auf, und ich folgte ihr in Knabs Büro.

Der lümmelte gespielt lässig in seinem Bürostuhl herum und blickte mir herausfordernd entgegen. Er machte keine Anstalten, zur Begrüßung aufzustehen, also fand ich ein Nicken ausreichend und nahm ihm gegenüber Platz.

»Haben Sie über meine Frage nachgedacht?«, kam ich ohne Umschweife zum Thema.

»Wie genau lautete die noch mal?«

Knab versuchte, mich hinzuhalten. Gut, wenn er sich dumm stellen wollte – von mir aus.

»Ich hatte Sie gefragt, ob Sie allen Männern auf der Liste dieselbe fragwürdige Geldanlage vermittelt haben.«

»Sie haben mir deren Namen aber gar nicht genannt. Folglich konnte ich auch nicht darüber nachdenken.«

Er klang wie ein trotziges Kind. Dennoch musste ich zugeben, dass er recht hatte. Nach kurzer Überlegung kramte ich Sharps Zettel aus meiner Aktentasche und schob ihn über den Tisch.

Nach kurzem Zögern zog er ihn mit den Fingern zu sich. Die Nägel waren allesamt perfekt manikürt. Offenbar hatte der Fingernagelpolierer doch einen Termin für Ralfi erübrigen können.

Er schaute länger auf die Zeilen, als es dauerte, sie zu lesen. Mir fiel auf, dass seine Hand zitterte. Schließlich ließ er das Papier sinken. »Was wäre wenn?«

»Wenn was?«, fragte ich.

»Wenn ich allen dieselbe Geldanlage vermittelt hätte.«

»Dann ist dies eine Todesliste und Sie sind der Hauptprofiteur vom Ableben der Männer. Sie können sich vorstellen, was die Kripo mit Ihnen veranstaltet, wenn ich diese Information weiterleite.«

Er hatte sich nach vorne gelehnt, die Ellenbogen auf den Tisch gestützt und bearbeitete mit den Fingerspitzen seine Schläfen. Anschließend fuhr er sich durch das Gesicht und knetete die Haut. »Was muss ich tun, damit Sie nicht zur Polizei gehen?«

»Es gibt keinen Grund für mich, es nicht zu tun. Sie hocken auf einer Menge Kohle, die niemand zurückverlangen kann.«

»Tue ich nicht.« Knabs Zähne knirschten.

»Wie soll ich das verstehen?«

»So, wie ich es sage. Es gibt kein Geld. Die Anlage hat sich als Fake herausgestellt. Irgendwo auf den Cayman Islands macht es sich gerade jemand mit einer Million Mark gemütlich, und ich habe keinen Zugriff mehr darauf.«

»Wie bitte?«

»Ja, genau so ist es. Leider. Ich habe mich astrein über den Tisch ziehen lassen.«

»Und Sie wollen mir immer noch nicht verraten, wie es zu diesem Deal gekommen ist?«

Knab sah aus, als würde er am liebsten in die Tischplatte

beißen. Er stand auf, ging zu einem Sideboard, öffnete eine Klappe und holte eine Flasche heraus. »Auch einen?«

Ich winkte ab.

Er goss sich ein Glas voll mit dem, was ich für Cognac hielt, und kippte sich den Inhalt auf ex in den Rachen. Er hustete und füllte das Glas erneut. »Sicher?«, fragte er.

»Sicher«, antwortete ich.

Mit dem Cognac in der Hand kehrte er zum Schreibtisch zurück. »Wenn ich Ihnen sage, was ich weiß, bin ich ein toter Mann.«

Ich tippte auf die Liste, die zwischen uns auf dem Schreibtisch lag. »So tot wie die da?«

»Mindestens so tot.«

Zwar musste ich zugeben, ein wenig Mitleid mit ihm zu haben, allerdings war es nicht genug, um hier herumzusitzen und ihm das manikürte Händchen zu halten.

»Entweder sagen Sie es mir oder ich gehe zur Polizei. Das Ergebnis wird für Sie wohl ziemlich ähnlich sein. Davon abgesehen, dass ich – im Gegensatz zur Polizei – keine Anstalten machen werde, Ihren Ruf zu ruinieren. Ihre Chancen stehen ohnehin miserabel, trotz allem bin ich für Sie die bessere Wette auf die Zukunft.«

Knab forschte in meinem Gesicht nach einem Hinweis darauf, ob er mir trauen konnte. Er wurde offensichtlich fündig. »Bad«, sagte er.

»Bad?«

»Sahid Bahat. Ihm habe ich diesen Schlamassel zu verdanken. Er kam eines Tages an und erzählte mir von der perfekten Geldanlage: Risiko gleich null, Rendite utopisch. Ich war geblendet von seinen Versprechen.«

Vermutlich war auch eine Nase voll unverschnittenem Koks im Spiel gewesen. »Sie konnten sich nicht denken, dass es stinkt, wenn Bahat Ihnen ein Geschäft anträgt, aber nicht derjenige sein will, der den Kunden das Geld für die Nummer leiht?«

»Das war gar nicht möglich. Schwarzgeld in dieser Größenordnung kann nur einer wie Sharp flüssig machen. Das war von Anfang an Teil von Bads Plan, und ich war so blöd, dass ich das Offensichtliche nicht sehen wollte.«

»Und das wäre?«

»Bahat will einen Krieg im Kiez anzetteln. Die Karten neu mischen, um sich in die erste Reihe zu schieben.«

Das klang logisch, nach allem, was ich mittlerweile über das Verhältnis der beiden Kiezgrößen Bahat und Scharpinsky wusste. »Aber warum gibt er sich dann Sharp gegenüber nicht zu erkennen? Rache bringt ja nichts, wenn man nicht erfährt, wer sich an einem rächt.«

»Ich denke, er wollte sein Werk vollenden, bevor er Sharp unter die Nase reibt, wem er den Verlust von so viel Geld zu verdanken hat.«

»Bahat«, sagte ich betont langsam, vermutlich um mich an den Gedanken zu gewöhnen, wie brenzlig die Situation war, in die ich hineingeraten war.

»Bahat«, wiederholte Knab, der die Hosen offensichtlich gestrichen voll hatte.

Allmählich hatte ich eine Ahnung, worauf diese Geschichte hinauslaufen würde. Ich befand mich in einer Eins-a-Zwickmühle. Jetzt zu Sharp zu gehen und ihm von dieser Unterhaltung zu erzählen, würde den Anfang eines Kiezkrieges markieren, bei dem wir wohl alle unter die Räder kämen. Matts Unterhaltung mit Bahats Leuten kam mir in den Sinn. Es gab keine Garantie, dass Sharp diesen Krieg gewinnen würde, und was, wenn man am Ende auf der falschen Seite stand? Wenn Bahat sich den gesamten Kiez unter den Nagel riss, würde Kassel überschwemmt von einer Welle Zwangsprostituierter und Drogen – schlimmer, als es seit der Grenzöffnung eh schon der Fall war. Eine Frage drängte sich mir auf. »Bahat ist nicht der Typ, der einen perfiden Plan aushekt, nur damit er am Ende als das Unschuldslamm dasteht. Im Gegenteil, der will doch, dass ihn alle für den starken Macker halten.«

Knab nickte. »Ich habe ihn selbst unterschätzt. Ich glaube, die meisten unterschätzen ihn. Dieser Kerl ist genauso brutal, wie alle sagen. Und obendrein ist er ganz schön gerissen.«

Gedankenverloren sah ich durch Knab hindurch und überlegte, was diese Informationen für mich bedeuteten.

»Gehen Sie jetzt zur Polizei?«

Seine Frage riss mich aus den Gedanken. Zur Polizei gehen? Was sollte das bringen? »Nein«, antwortete ich, »noch nicht. Erst, wenn die Situation zu eskalieren droht. Vielleicht lässt sich ja das Schlimmste verhindern.«

Knab starrte mich an, als ob ich den Verstand verloren hätte. »Sie verhindern gar nichts mehr. Wenn Sie klug sind, ziehen Sie den Kopf ein und warten ab, bis der Wirbel vorbei ist.«

»Sie vergessen, dass in der Zwischenzeit Menschen sterben werden.« Ich deutete auf die Liste.

»Und um das zu verhindern, wollen Sie sich direkt in die Frontlinie stellen und darin umkommen?« Er prustete verächtlich.

»Abwarten«, sagte ich. »Abwarten.«

10

Ich stellte meine Einkäufe in der Küche ab und wog den Umschlag, den ich aus dem Briefkasten geholt hatte, in beiden Händen, als könne mir das Gewicht etwas über den Inhalt verraten. Die Handschrift auf dem Kuvert kannte ich leider zu gut, und ein dumpfes Unwohlsein kroch von den Zehen hinauf bis in die Haarspitzen.

Mit dem Zeigefinger riss ich den Umschlag auf und zog eine Karte heraus. »Glückwunsch...«, prangte in bunten Lettern auf der Außenseite, darunter eine Diddlmaus, die mir einen Strauß Blumen entgegenstreckte. Ich klappte die Karte auf. Darin stand in der altbekannten ungelenken Handschrift:

... zu Ihrer falschen Entscheidung. Sie hätten das verhindern können.

Ich starrte noch einen Moment auf die Worte, dann warf ich die Karte weg, griff meine Schlüssel und sprang die Treppe hinunter.

Während ich mich im dicksten Verkehr auf der Holländischen Straße im Schneckentempo vorwärtsbewegte, schimpfte ich mit mir selber. Du hättest einfach bei Vaas anrufen können. Aber wenn niemand rangegangen wäre, hätte ich mich ja doch persönlich vergewissern müssen, ob es ihm gutginge. Mach dir keine Sorgen, redete ich mir ein, Azrael blufft nur. Der ergötzt sich daran, dass du wie ein kopfloses Huhn losstürmst. Ungeduldig trommelte ich auf das Lenkrad. Im Berufsverkehr war diese Ampelschaltung eine bodenlose Frechheit.

Als ich endlich die Stadt hinter mir gelassen hatte und die Landstraße raus nach Ahnatal brauste, war bereits eine halbe Stunde vergangen. Ich überlegte, dass das, was ich von Knab erfahren hatte, nicht zu der seltsamen Art und Weise passte, wie die Morde angekündigt wurden. Ein Trittbrettfahrer, sagte ich zu mir selbst, ein erbärmliches Würstchen, das sich wichtigmachen will. Mehr war dieser Azrael nicht.

Als Vaas' Haus in Sichtweite kam, trat ich heftig auf die Bremse. Vor dem Grundstück standen zwei Streifen-, ein Rettungs- und ein Leichenwagen. Ich legte krachend den Rückwärtsgang ein und setzte zurück, bis ich in der nächsten Seitenstraße wenden konnte. Ich musste hier weg, bevor die Polizei auf mich aufmerksam wurde. Im Rückspiegel sah ich, dass die Gefahr gering war. Die waren viel zu sehr mit sich selbst beschäftigt.

Ein paar Straßenzüge weiter hielt ich an und stellte den Motor ab. Diesmal begann das Zittern direkt in der Magengrube. Ich öffnete die Tür und würgte, aber es kam nichts. Ein Kitzeln am ganzen Körper signalisierte, dass sich alle Härchen aufstellten. Gleich würde eine eiskalte Hand über meinen Rücken gleiten – allein die Erwartung ließ mich frösteln. Mir fiel ein, dass ich Zigaretten gekauft hatte, und ich fand die Schachtel in der Seitentasche der Fahrertür. Hastig zündete ich mir eine an und inhalierte, als sei ich dabei zu ersticken und der Rauch purer Sauerstoff. Das Flattern ebbte ab. Die ersten zusammenhängenden Gedanken kehrten zurück.

Matthias Frank war der Einzige mit Insiderwissen über den Tatort, den ich dazu befragen konnte, aber selbst der würde mir frühestens am nächsten Tag etwas über den Vorfall erzählen können; seit er sich in den Innendienst versetzen lassen hatte, dauerte es sicher, bis die Informationen zu ihm durchdrangen. Außerdem konnte ich erst dann mit den ersten Ergebnissen der Stimmanalyse rechnen. Ich musste wohl oder übel abwarten.

Untätigkeit lag mir gar nicht, und so begann ein Wahnsinnsplan Gestalt anzunehmen. Der Einzige, mit dem ich noch nicht gesprochen hatte, war Sahid Bahat. Hätte ich irgendjemanden gefragt, ob es eine gute Idee wäre, Bahat aufzusuchen, wenn man im Auftrag von Scharpinsky unterwegs war, hätte mir wohl jeder geantwortet, dass es vernünftiger sei, die A 7 zur Stoßzeit zu Fuß zu überqueren. Andererseits war sicher, dass Vernunft mich keinen Schritt weiter bringen würde. Bevor ich Bahat aufsuchte, brauchte ich was im Magen. Immerhin hatte sich auch ein kleiner Anwalt eine Henkersmahlzeit verdient.

Die Straßen Richtung Kassel waren ebenso verstopft wie die aus der Stadt heraus auf der Hinfahrt. Allerdings erschien mir die Strecke länger als vorhin, weil ich mit mir haderte. Mein Mut bröckelte mit jeder roten Ampel immer mehr. Als ich vor dem Vesuvio ankam, hatte ich den Plan schon fast in den Wind geschossen.

Der Laden machte den Eindruck, als hätte eine Bombe eingeschlagen. Rosetta bemühte sich mit hochrotem Gesicht, dem Chaos mit Tablett und Lappen Herr zu werden, von Matt weit und breit keine Spur.

Sie hob den Kopf und sah mich verzweifelt an. Es war der Ich-bring-ihn-um-Blick einer Ehefrau. Mit dem Daumen deutete sie hinter sich. Matt hatte sich demnach in das Büro verkrümelt und Rosetta im größten Ansturm allein gelassen. Manchmal benahm Matt sich wie ein sizilianischer Bilderbuchmacho.

Tatsächlich fand ich ihn über einen Stapel von Akten gebeugt. Stöhnend durchforstete er zahlreiche Belege.

»Warum bist du nicht vorn bei deiner Frau?«

»Abgabetermin Steuer. Dritte Aufforderung mit Strafgeldandrohung.«

»Und wieso nimmst du dir keinen Steuerberater?«

»Die Belege musse ich ja trotzdem sammeln und sortiere. Außerdem will ich nich, dass jemand mache in meine Geldangelegenheite rum.«

Durch die halb geöffnete Tür tönte Rosetta schrill: »Der Herr lasse lieber seine Lade die Bach weggehe, als dass er um Hilfe bittet. Und statt an seine freie Tag uber die Bucher zu hocke, treibt er sich in die Gegend rum und mache wer weiß was.«

Während ich die Tür zuschob, sah ich Matt ernst an. »Was soll das heißen?«

»Nichts.«

»Komm, Matt. Mach mir nichts vor. Was ist los?«

»Nichts, was ich nich allein in die Griff kriege.«

»Hat es etwas mit dem Besuch von Bahats Leuten neulich zu tun?«

Matt schaute mit hängendem Kopf auf seine Akten.

»Herrgott, was hast du mit Bad zu schaffen?«

»Das isse eine lange Geschichte.«

»Na dann ...« Ich setzte mich ihm gegenüber.

»Meinhard, du weiße doch selber, wie solche Sache laufe. Das fange ganz harmlos an und plotzlich hat dich die Satan bei die Eier.«

Natürlich wusste ich genau, wovon er sprach, und schwieg.

»Du erinners dich sicher an die Sommer vor vier Jahre, als diese Rockerbande im Kiez hat fur Ärger gesorgt?«

Ich erinnerte mich gut daran, dass ich einige Pflichtmandate hatte übernehmen müssen. Aus irgendeinem Grund hatten die Hells Angels damals entschieden, sich aus Kassel zurückzuziehen und stattdessen Frankfurt zu übernehmen. Ich nickte.

»Bad hat sich gekümmert, dass die Kerle nich mehr auftauche in meine Laden.«

»Du meinst, er hat die Gelegenheit genutzt, sich selber breitzumachen.«

»So kanns du auch sagen. Aber Sharp hat sich ja aus die ganze Ärger rausgehalten.«

Der Besuch auf dem Friedhof fiel mir ein. Das musste das Jahr gewesen sein, in dem Sharps Mutter gestorben war. Sicher hatte er da andere Sorgen gehabt.

»Eine Tage stande die Rocker hier in die Laden. Wollten alles kurz und klein schlage. Da zahlst du seit eine Ewigkeit Schutzgeld an Sharp, und dann haut dich ausgerechnet eine Inder aus die Scheiße.«

»Pakistani«, korrigierte ich ihn.

»Ist doch die Gleiche. Bads Leute haben die vertrieben, seitdem ich zahle doppelt. Und ich weiß gar nich, wo ich soll die ganze Schwarzgeld hernehmen, um Bad und Sharp zu futtern.«

Jetzt verstand ich, warum er mit hochrotem Kopf über seinen Büchern saß. Da musste einiges aus der Bilanz ausgebucht werden. Mir fiel Rosettas Einwurf ein, Matt habe sich am gestrigen Tag herumgetrieben, und mir kam ein Verdacht, den ich gar nicht mochte. »Matt, wo warst du gestern Abend?«

Seine Augen bettelten darum, dass ich die Frage zurückzog, und beinahe hätte ich es getan. Doch Matt war ein Freund, und da musste man auch mal hart bleiben. Er antwortete nicht.

»Hast du etwas für Bad erledigt?«, bohrte ich nach.

Matts Kinn sank wieder auf die Brust.

»Verdammt, Matt, mach bloß keinen Mist! Du bist doch kein Krimineller. Lass dich nicht in Bads dreckige Geschäfte reinziehen.«

»Ich hab nur eine Botengang für ihn erledigt. Mehr nich«, winselte Matt. »Ich musse einen Umschlag zu Sharp bringen, und das hab ich gemacht.«

»Ach du Schande. Weiß Sharp, dass du für Bad unterwegs warst?«

»Nein, ich hab die Umschlag abgelegt und niemand hat das bemerkt. Ganz sicher.«

»Schwörst du mir, dass es nur das gewesen ist?«

»Sag mal, spinns du? Warum soll ich denn schwören?«

»Gestern Abend hat sich schon wieder einer …«, die folgenden Worte setzte ich mit den Fingern in Gänsefüßchen, »das Leben genommen. Und wenn es stimmt, was mir dieser Geldhai Knab gerade verraten hat, steckt Bad in der Sache mit drin.«

Einen Augenblick lang starrte Matt mich mit offenem Mund an. »Du glaubs doch nich etwa, dass ich …?«

»Nein!« Ich wusste nicht mehr, was ich geglaubt hatte. Ich war nun mal Anwalt, ich musste solche Fragen stellen. Natürlich hatte Matt Vaas nicht getötet. Einen absurderen Gedanken konnte ich mir gar nicht vorstellen. Es lag alles nur an dieser verflucht verzwickten Situation.

Matt musste mir den Zweifel angesehen haben. »Du has geglaubt, ich wurde im Auftrag von Bad eine Mensch umbringe?« Er hatte sich zur doppelten Größe aufgepumpt.

»Jetzt komm mal wieder runter. Natürlich habe ich das nicht geglaubt. Ich musste trotzdem sichergehen.«

»Ach so. Sichergehe.« Er klang bitter, wie ich es noch nie von ihm gehört hatte. »Der Sizilianer is ja immer für eine Mord gut, vero?«

»Mach mal halblang. Ich habe nie gesagt, dass ich dir einen Mord zutrauen würde.«

»Aber du has gefragt!«

Ich seufzte. Ja, ich hatte gefragt. »Berufskrankheit«, versuchte ich abzuwiegeln.

Matt kniff ein Auge zu und legte den Kopf schief. »Warte kurz.« Er stand auf und ging hinaus. Aus dem Gastraum hörte ich Rosetta lamentieren. Einen Moment später war Matt zurück. Er stellte einen Korb mit fettigem Pizzabrot, eine Flasche Grappa und zwei Gläser auf den Tisch. »Ich finde, an solche Tage darf man vor die Abend trinken.« Er schenkte randvoll ein.

»Und Rosetta?« Ich begann mir Sorgen zu machen, ob es möglicherweise in wenigen Stunden einen Mordfall mit familiärem Hintergrund in einer Kasseler Pizzeria geben würde.

»Die beruhig sich bald.«

»Dein Wort in Gottes Ohr.«

»Der hat damit am allerwenigste zu tun.«

Nach dem dritten Grappa war der Wahnsinnsplan vom Nachmittag vor meinem inneren Auge auferstanden und sah durch den Alkoholnebel gar nicht mehr so wahnsinnig aus.

Vollgepumpt mit Adrenalin und Grappa machte ich mich auf den Weg in die Höhle des Löwen.

Als ich vor dem Eingang zum Boxclub von Sahid Bahat ankam, tauchte kurz der Gedanke auf, dass es möglicherweise besser gewesen wäre, einen derart bedeutsamen Schritt nüchtern zu gehen. Gleichzeitig flüsterte eine

Stimme, dass ich ohne den Grappa den Schwanz sowieso längst eingezogen hätte.

Es war nicht übermäßig verwunderlich, dass Bahat in einem Boxclub residierte. Ich war ihm noch nie persönlich begegnet, aber im Kiez war allgemein bekannt, dass Bahat einst am Beginn einer aussichtsreichen Karriere als Boxer gestanden hatte, bis ihn etwas aus der Bahn warf, was offiziell als Unfall eingestuft worden war. Unter der Hand kursierte das Gerücht, Bahat habe sich der Frau eines anderen Boxers mehr als erlaubt genähert und das mit einem monatelangen Klinikaufenthalt in der Abteilung für schwere Verbrennungen bezahlt.

BBC – Bahat Boxing Club –, das unscheinbare Schild an einer Häuserfront, die schon bessere Tage gesehen hatte, zeigte an, dass ich mein Ziel in der Reuterstraße erreicht hatte. Ein Pfeil auf dem Schild wies mir den Weg durch die Einfahrt. Nachdem ich den düsteren Durchgang passiert hatte, erreichte ich einen zugewucherten Innenhof mit einem zusammengeschusterten Bau aus Wellblech. Eine Treppe führte auf eine Rampe und die wiederum zu einem halbgeöffneten Rolltor, das als Eingang diente. Der Boxclub musste früher eine Lagerhalle gewesen sein.

Während ich die Stufen zur Rampe erklomm, hörte ich durch das Tor lautes Stöhnen und aufpeitschende Rufe. Bereits hier draußen roch es nach Schweißfüßen und Klostein. Ich wollte mich gerade unter dem Tor hindurchducken, als sich mir ein Schrank von einem Mann in ballonseidenem Trainingsanzug, mit kurzrasierten Haaren und kantigem Gesicht in den Weg stellte.

»Was willst du?«, fragte er von oben herab. Ich sah, dass er genau abcheckte, ob sich unter meiner Kleidung eine Waffe abzeichnete.

»Ich muss Herrn Bahat sprechen.«

»Bad muss aber nicht mit dir sprechen.«

»Mein Name ist Meinhard Petri. Ich bin Anwalt. Vielleicht sagen Sie Herrn Bahat, dass ich vor ein paar Tagen einen Ihrer Kollegen vor Gericht vertreten habe.«

Der Schrank guckte plötzlich verkniffen und knetete sich die Hände. »Bad trainiert. Dabei möchte er nicht gestört werden.«

»Dann komme ich gern noch mal, wenn Herr Bahat Zeit für mich hat.« Ich wandte mich ab, machte einen Schritt von ihm weg und drehte meinen Oberkörper halb zurück. »Ach, richten Sie ihm schöne Grüße von Ralf Knab aus.«

Der Kerl rieb sich das Kinn. »Warte«, knurrte er und verschwand gebückt unter dem Rolltor.

Ich spürte den Impuls, auf dem Absatz kehrtzumachen und davonzulaufen. Warum auch immer – ich blieb stehen. Was Grappa doch anrichten konnte.

Wenige Minuten später war der Schrank wieder da. »Hinter mir her!«

Wie befohlen hängte ich mich an ihn dran. In seinem Windschatten passierte ich eine Gasse schlanker Stahlspinde, aus denen es roch, als würden Tiere darin verwesen.

Dann betraten wir eine Halle, in der ohrenbetäubender Lärm herrschte. Knirschende Boxhandschuhe droschen auf Sandsäcke ein, während schwitzenden Männern mit gebrüllten Befehlen noch weiter eingeheizt wurde. Flitzende Fäuste ließen Boxbirnen sirren. In der Mitte der ehemaligen Lagerhalle waren zwei Boxringe aufgebaut worden, an der Decke hing eine ausrangierte rostige Laufkatze. Der linke Ring war leer, in dem anderen prügelte ein Mann, der noch riesiger wirkte als der,

der mich hineingeführt hatte, auf seinen bedauernswerten Gegner ein, der sich kaum mehr auf den Beinen halten konnte.

Der Riese musste Sahid Bahat sein. Von Weitem erkannte ich bereits den vernarbten Oberkörper. Gnadenlos drosch er auf den anderen ein. Es wirkte beinahe, als wolle er mir demonstrieren, was er mit mir anstellen würde, wenn ihm die Botschaft nicht gefiele, die ich im Gepäck hatte.

Der Sparringspartner ging zu Boden und blieb reglos liegen. Bahat stupste ihn mit der Fußspitze an, doch der Mann bewegte sich nicht.

»Fati!«, brüllte Bahat.

Aus einer Ecke des Raumes wieselte ein dürrer Mann heran.

»Stell den wieder auf die Beine und setz ihn vor die Tür. Der taugt nicht mal für nen langsamen Walzer.«

Ich hatte nicht erwartet, dass Bahat akzentfreies Deutsch sprach. Er ließ sich betont viel Zeit dabei, sich zu mir umzudrehen und mich zu mustern. Offensichtlich genoss er es, von oben auf mich herunterzusehen, und pumpte seine Brust zu beeindruckender Größe auf. Von hier unten erinnerte er mich an ein Reptil. Sein gesamter Oberkörper war vom Bauchnabel bis zum Unterkiefer überzogen mit dickem Narbengewebe. Die einst braune Haut wirkte, als sei sie zu dickflüssiger Lava geschmolzen und dann in rosa Wülsten und Schlieren erstarrt. Bahats Gesicht passte nicht zum Oberkörper, die Züge waren beinahe zu hübsch für einen Mann seiner Statur. Außerdem fiel mir die extrem wohlgeformte Nase ins Auge, – so eine hatte ich bei einem Boxer noch nie vorher gesehen. Bahat schien sich stets sorgfältig geschützt zu haben.

Er stützte sich auf die Seile des Rings und beugte sich vor. »Ich hoffe, du hast einen guten Grund, mich beim Training zu unterbrechen.«

Schweigend zuckte ich die Achseln. Was sollte ich darauf auch entgegnen?

»Fati!«, brüllte Bahat durch den Raum.

Der Dürre wieselte erneut heran, ich rechnete beinahe damit, dass er sich vor Bahat auf den Boden warf, doch ein gesenkter Kopf war wohl die vereinbarte Geste der Unterwerfung.

»Hilf mir mal hier raus.« Bahat streckte die Boxhandschuhe nach vorne, und Fati fummelte fahrig daran herum, bis er sie letztlich von den Händen ziehen konnte. Darunter kamen mit Gewebeband verschnürte Fäuste zum Vorschein. Bahat wickelte das Band ab, er schüttelte die rechte ausgiebig aus, während die linke Hand keine Anstalten machte, ihre verkrümmte Haltung zu lockern. Mir fiel auf, dass Narbengewebe die Finger in ihrer Position fixierte.

Bahat schnappte sich einen gestreiften Frotteebademantel und warf ihn sich über. Der Mantel war mindestens drei Nummern zu klein, ging ihm gerade bis zu den Knien und ließ sich nie und nimmer schließen. Ich ertappte mich dabei, wie ich auf Bahats vernarbte Brust starrte und mich fragte, was wohl mit seinen Brustwarzen geschehen war.

Natürlich bemerkte er meinen Blick und sah mich an, als wolle er sagen: Wag es nicht zu fragen, sonst mache ich dich kalt. »Was hast du mit Knab zu schaffen?«, fragte er stattdessen.

»Am liebsten gar nichts«, antwortete ich wahrheitsgemäß. »Er hat sich als Dreh- und Angelpunkt einer recht unerfreulichen Geschichte herausgestellt, die einigen Männern das Leben gekostet hat.«

Bahat musterte mich ausgiebig. »Gehen wir!«, befahl er schließlich.

Ich folgte ihm. Keinen halben Meter hinter mir stapfte der Schrank, der mich am Eingang in Empfang genommen hatte, ich konnte seine Knoblauchfahne riechen. Ich war zwischen den beiden eingeklemmt, und mir wurde klar, dass es mit Sicherheit eine ziemlich dämliche Idee gewesen war, allein hierherzukommen. Jetzt war es zu spät.

Ein als Büro eingerichteter Glaskasten, der einst eine Vorabeiterbude gewesen sein musste, entpuppte sich als Bahats Ziel. Er fläzte sich im Bademantel breitbeinig auf einen durchgesessenen Chefsessel, der unter seinem Gewicht verdächtig ächzte. Der Schrank bezog in meinem Rücken vor der Tür Posten. Es war schon verrückt, wie sich die Situationen ähnelten, in die ich mich in letzter Zeit manövrierte. Es war wirklich notwendig, darüber nachzudenken, was mit meinem Leben nicht stimmte.

»Du meinst die Kerle, die sich umgebracht haben.«

»Sie wissen, dass es nicht so war. Erst heute Nacht ist einer gestorben, der mir gestern noch sehr lebendig gegenübersaß, und wenn Sie mich fragen, hatte der alles Mögliche vor, aber keinen Selbstmord.«

Bahat nickte. Er rieb sich die Narben am Hals. Der Kontrast zwischen der wulstigen Haut und seiner perfekt gepflegten rechten Hand hätte nicht größer sein können. »Und was habe ich damit zu tun?«

»Wenn ich richtig informiert bin, haben Sie Herrn Knab einen Tipp gegeben, der dazu führte, dass die Männer viel Geld investierten, das ihnen nicht gehörte.« Ich war von meiner spontanen Eloquenz überrascht, zumal ich nach wie vor einigermaßen betrunken war.

Bahat kniff die Augen zusammen. »Du würdest mir ohnehin nicht glauben, wenn ich behaupte, dass ich mit den Todesfällen nichts zu tun habe, oder?«

Ich überlegte, was man auf eine solche Frage antworten sollte, und wog lediglich die Handfläche.

»Es ist nicht so, dass ich es nicht gut finde. Ziemlich gut sogar. Aber warum sollte ich mir die Mühe machen, es wie Selbstmord aussehen zu lassen?«

Da war etwas Wahres dran. Bahat war nicht gerade für filigrane Racheakte bekannt. Wenn er im Zusammenhang mit einem Mord genannt wurde, dann handelte es sich in der Regel um wahre Gemetzel. Der Gedanke erzeugte mir eine Gänsehaut, und ich wog meine nächsten Worte sorgfältig ab.

»Trotzdem kommt es Ihnen doch sehr gelegen, nicht wahr?«

»Ja, das kann man so sagen. Aber mir hätte es schon gereicht, dass Sharp auf seinen Schulden sitzen bleibt, ohne dass die alle ins Gras beißen. Die Geldanlage hat sich – wie Sie sicherlich wissen – als heiße Luft entpuppt.« Er grinste zufrieden.

Die Zufriedenheit, dass sein Teil des Planes funktioniert hatte, stand ihm ins Gesicht geschrieben. Er hatte Sharp Schaden zufügen wollen, und das war gelungen.

»Schon mal drüber nachgedacht, dass Sharp selber Hand angelegt hat, um den Druck auf die anderen zu erhöhen und sie zum Zahlen zu überreden?«

Sharp die Schuld in die Schuhe zu schieben, war bloß ein plumpes Ablenkungsmanöver, denn mittlerweile war ja kaum einer übrig, der noch zahlen konnte. Allerdings war ich nicht so wahnsinnig, Bahats Erzfeind in Schutz zu nehmen.

»Vielleicht«, antwortete ich. »Vielleicht auch nicht.«

»Pass auf, Anwalt.« Bahat beugte sich über den Tisch. »Wenn ich etwas höre, lasse ich es dich wissen.« Er klang so freundschaftlich, dass es mir eiskalt den Rücken herunterlief. »Du treibst dich doch immer bei diesem Itaker rum. Ich finde dich also, wenn ich will.«

Davon war ich überzeugt.

Es kam mir vor, als wäre ich zum großen Bruder gerannt, um mich auszuheulen. Sharp sah aber leider ganz und gar nicht so aus, als wäre er in der Stimmung, mich zu trösten. Er saß hinter seinem Schreibtisch und guckte, als hätte ihm jemand mit Anlauf in den Magen getreten.

»Nachrichten gehört?«, fragte er.

Es war glasklar, dass er auf Vaas anspielte, und ich nickte.

»Mann, Petri, ich frage mich allmählich, ob ich mit Ihnen auf das richtige Pferd gesetzt habe.«

»Ich hatte ihn gewarnt. Er wollte nicht auf mich hören.«

Sharp zählte fünf Finger ab. »Sie haben 10.000 mehr auf dem Deckel. Sie sollten beim Letzten überzeugender sein.«

»Irgendeinen Vorschlag, wie ich das anstellen soll?« Ich merkte, dass ich trotzig klang, und das war in dieser Situation irgendwie albern.

»Vielleicht so.« Er öffnete die Schublade und kramte darin herum.

Ich rechnete damit, dass er eine Waffe auf den Tisch knallen würde. Stattdessen holte er einen großen braunen Umschlag hervor und legte ihn auf die Tischplatte. Er gab dem Kuvert einen kräftigen Schubs, trotzdem rutschte es nur bis zur Hälfte. Ich musste mich nach vorne beugen, um danach zu angeln.

»Der lag gestern vor der Eingangstür des Fleur, als wir geöffnet haben.«

Mein Arm stockte auf halbem Weg.

Matt. Das war Matts Botendienst gewesen.

Ich war mir nicht sicher, ob ich wirklich nach dem Umschlag greifen wollte.

»Nur zu.« Sharp wedelte mit der Hand. Dann griff er sich routiniert ins Gesicht und ließ das Glasauge herausspringen. Er lehnte sich zurück und fixierte mich mit einem Auge und einer leeren Höhle.

Ich wusste gar nicht, wohin ich gucken sollte. Im Rücken hörte ich das schwere Atmen von Sergej. Unschlüssig zog ich das Kuvert näher heran, ließ es aber auf dem Tisch liegen. Langsam hob ich die Lasche an und linste hinein. Sofort schob ich den Umschlag von mir weg. Wenn ich es richtig erfasst hatte, handelte es sich bei dem Inhalt um einen Finger und ein Ohr.

»Ein kleiner Gruß aus der Küche«, sagte Sharp. »Das sind Stücke des Mandanten, den Sie am Montag verteidigt haben.«

»Warum?« Ich war mir bewusst, dass das eine dämliche Frage war.

»Bad möchte mir auf seine charmante Art klarmachen, dass der Junge nicht für mich arbeiten wird.«

»Bad hat seinen eigenen Mann verstümmeln lassen?« Mir wurde schlecht, und gleichzeitig wurde mir klar, was für ein naiver Idiot ich gewesen war. Naiv, weil ich Bahat aufgesucht hatte, ohne zu überlegen, und Idiot, weil ich ihm geglaubt hatte, dass er bei den Todesfällen nicht irgendwie seine Finger im Spiel gehabt hatte.

»Ach, Petri, seien Sie doch nicht so blöd. Der Hintern dieses Kerls gehört seit Montag mir, und Bad weiß das. Er wollte mir beweisen, dass er sich zurückholt, was ihm gehört – zur Not in Stückchen.«

Ich spürte, wie sich der Boden unter mir auftat. Keine Ahnung, wie ich in diese Situation geraten war, aber ich gehörte hier nicht hin. Schlagartig wurde mir bewusst, dass ich zur Hölle gefahren war und mit dem Teufel Geschäfte machte. Und Matt steckte auch schon mittendrin. Die Lage war derart verzwickt, dass ich mich etwas sagen hörte, was ich besser für mich behalten hätte. »Bad hat die Geschichte mit dem Geld angezettelt.«

Sharp nickte bedächtig.

Er stopfte das Glasauge zurück in die Höhle. »Danke«, sagte er. »Sie können jetzt gehen.«

11

Es fühlte sich so unerträglich halbherzig an. Nur mit Widerwillen konnte ich mich dazu durchringen, den Telefonhörer zur Hand zu nehmen, um den Letzten auf Sharps Liste anzurufen. Dabei ging es um nicht weniger, als ein Menschenleben. In Drömers Büro sprang der Anrufbeantworter an. Erleichtert hörte ich, dass er erst in zwei Wochen aus dem Urlaub zurückkehren würde.

Drömer prahlte zu gern mit seinem Segelboot. Wenn er im Urlaub war, dann war er sicher nicht in Deutschland, sondern dümpelte irgendwo auf dem Mittelmeer herum und frönte gleichzeitig seinem zweitliebsten Hobby, nämlich bildschöne, blutjunge Frauen.

Bei jeder offiziellen Gelegenheit tauchte Drömer mit einer anderen Dame auf, die höchstens halb so alt war wie er. Ihn schien das Gerede nicht zu interessieren. Im Gegenteil, es wirkte, also ob er sich am Neid der anderen ergötzte. Und letztlich schlug ihm in der Regel genau das entgegen: purer Neid.

Für mich bedeutete die Nachricht auf dem Anrufbeantworter zwei Wochen Aufschub. Außerdem konnte ich mir nicht vorstellen, dass Azrael derart schnell glaubhaft einen weiteren Selbstmord inszenieren konnte. Oder machte ich mir etwas vor, um meine Untätigkeit zu rechtfertigen? Ich fühlte mich so unendlich ausgelaugt und müde, wollte mir am liebsten die Decke über die Ohren ziehen und die ganze Geschichte vergessen. In diesem Moment hasste ich die Kargheit meiner Wohnung. Nirgendwo ein geschützter Winkel, um mich vor der Welt zu verstecken.

Mit einer Tasse Kaffee setzte ich mich auf den Fernsehsessel, zog die Beine an und wickelte eine Decke um den Körper, als könne die mich vor meiner eigenen Dummheit beschützen.

Während ich die letzten Tage Revue passieren ließ, fragte ich mich, an welchem Punkt ich hätte aussteigen sollen. Die Antwort lag so glasklar vor mir wie Wodka: vor Jahren. Ich hätte mich spätestens dann ausklinken müssen, als die Lügen aufhörten, peinlich zu sein. Der letzte Wendepunkt war überschritten, als ich mich sagen hörte: »Nur noch dieses eine Mal« – um keine Sekunden später an einem Wechselschalter Geld gegen Jetons zu tauschen. Ich saß knietief in der Scheiße, und das Problem war: Das hier war kein Spiel. Auch wenn dieser Verrückte, der sich »Azrael« nannte, es als solches verstand, der Einsatz war viel zu hoch. Wie ich es drehte und wendete, ich musste dem ein Ende setzen und zur Polizei gehen. Die Grenze war schon lange überschritten, ich war nicht im Entferntesten der geeignete Mann, um ein solches Problem zu lösen. Ich war es vom ersten Augenblick an nicht gewesen.

Nachdem selbst die stramme Umwicklung der Decke kein besseres Gefühl brachte, entschied ich mich zu tun, was ich als Anwalt nun mal gut können sollte: meinen Verstand zu gebrauchen. Ich holte Sharps Liste aus der Aktentasche und mein Notizbuch mit Kalender. In Letzterem notierte ich auf einer freien Seite die einzelnen Vorkommnisse mit Datum, Ort und Beteiligten und allem, was mir dazu einfiel. Keine Frage, Azrael hatte Gefallen an seinem Spiel gefunden, und meine dürftigen Kenntnisse in Psychologie verrieten mir, dass er nicht aufhören würde. Wenn ich in der Uni richtig aufgepasst hatte, war es ihm wahrscheinlich längst egal, ob er für den Kick, den ihm das Töten verschaffte, von seinem Plan abweichen musste. Aber wer zum Teufel war Azrael? Knab? Wohl kaum. Wenn ich darüber nachdachte, wie dem die Nerven geflattert hatten, als er mir verraten hatte, dass er Bad die Nüsse kraulte, fiel der aus der Rechnung. Viel zu leicht zu beeindrucken. Blieb also nur einer von Bads Leuten. Bad erledigte die Drecksarbeit längst nicht mehr selbst, genauso wenig wie Sharp. Dafür gab es Kerle mit Freude an der Gewalt wie Sergej oder arme Würstchen wie mich oder Matt. Was hatte ich mir bloß dabei gedacht, ihn zu verdächtigen? Meinen einzigen Freund. Die Antwort lag direkt vor mir. Sie starrte mich von der Liste an. Alle vermeintlichen Selbstmorde waren an einem Montag begangen worden. Und für das Vesuvio galt: Montag – Ruhetag!

Ich sprang aus dem Sessel. Was für ein Unsinn. Matt war offensichtlich in der Lage, einen Umschlag mit ein paar Körperteilen abzuliefern – aber einen Mord zu begehen? Selbst wenn Bad ihn dazu zwang: Solch ein perfides Spiel zu spielen, war nichts, was man mal eben so nebenbei erledigte, während man abends Pizza in den Ofen schob.

Rastlos lief ich im Wohnzimmer hin und her und versuchte, die Gedanken zu sortieren, die mir wild durch den Kopf schossen. Mir fiel die Szene im Hinterhof ein. Was, wenn sich alles ganz anders zugetragen hatte, als ich es mir vorstellte? Was, wenn nicht Matt das Opfer war, sondern sich jemand zur Wehr gesetzt hatte, und Matt mich glauben ließ, er sei zusammengeschlagen worden?

»Anwalt«, sagte ich laut zu mir selbst, »jetzt geht die Fantasie mit dir durch.« Um diese absurde Vorstellung zu zerstreuen, würde ich Matt in die Augen sehen müssen.

Ich nahm den Trenchcoat von der Garderobe und wollte ihn gerade überwerfen, als mich ein Klopfen an der Wohnungstür in der Bewegung verharren ließ. Sergej? Nein, ich war ja gerade erst bei Sharp gewesen. Einer von Bads Leuten? Bestimmt nicht. Der würde erst dann mein Problem werden, wenn Sharp ihn ins Visier nahm.

Es klopfte erneut. Ich hörte eine weibliche Stimme: »Meinhard?«

Riva! Erleichtert und geschockt zugleich schlich ich zur Tür und erstarrte kurz davor. Besuch von Riva in meiner Bude zu haben, war auf einmal die absurdeste Vorstellung aller Zeiten.

Ich öffnete einen Spalt und sagte: »Warte, ich komme raus.«

Hastig schloss ich die Tür wieder von innen und atmete tief durch. Der flüchtige Blick, den ich auf sie geworfen hatte, hatte genügt, um das Ergebnis ihres Salonbesuchs zu bemerken. Ihr Haar strahlte in golden aufgeplusterten, feinen Locken. Das Gesicht erinnerte mich an das einer Porzellanpuppe. Ich konnte den Geruch von den Chemikalien der Dauerwelle selbst durch die geschlossene Tür riechen. Mit Schwung öffnete ich sie erneut und machte einen beherzten Schritt nach draußen. »Ich habe Hunger, lass uns was essen gehen.«

Sie sah mich verwirrt an. Vermutlich hatte sie eine herzlichere Begrüßung erwartet, aber sie in dem muffigen Flur zu küssen, widerstrebte mir.

Gleichgültig zuckte sie die Schultern. »Gut. Wenn du meinst.« Sie streckte mir einen Brief entgegen. Auf dem Kuvert erkannte ich die Handschrift, die mir so vertraut war. Ihre Nägel zeigten wie rote Warnpfeile auf die Mitte des Umschlags. »Der lag auf der Fußmatte«, sagte sie.

Mir ging in diesem Augenblick so viel durch den Kopf, dass ich die Gedanken nicht sortiert bekam. Die wunderschöne Riva. Der Umschlag. Azrael, der sich bis vor meine Haustür getraut hatte. Was, wenn er das nächste Mal nicht davor haltmachte? Was, wenn er sich gerne einmal persönlich vorstellen wollte? Ich spürte das Zittern im Innern wie ein seichtes Vorbeben. Ich nahm ihr den Brief ab, steckte ihn in die Manteltasche und sagte: »Danke. Komm!«

Mir war klar, dass Matts Pizzeria nicht die Art Lokal war, in denen Riva für gewöhnlich verkehrte, aber es war der einzige Ort, an dem ich die Rechnung nicht mit dem Geld bezahlen musste, das sie mir zugesteckt hatte, sondern anschreiben konnte. Außerdem brannte diese Frage in mir, die ich Matt stellen wollte.

Vor dem Haus parkte neben dem verkohlten Mülleimer ein schwarzer Sportflitzer. Er passte mindestens genauso gut zu Riva wie die senfgelbe Schrottkarre zu mir. Ich überlegte, ob wir die paar Schritte zu Fuß gehen sollten, hielt es jedoch für sicherer, den schicken Wagen in dieser Gegend nicht unbeaufsichtigt stehen zu lassen.

Sie chauffierte uns schweigend die zwei Straßenzüge bis zu Matts Laden. Nachdem sie ausgestiegen war, sah sie sich um.

»Ist Italienisch in Ordnung?«, fragte ich.

»Ja«, sagte sie, »sehr.« Sie ging mit einer Entschlossenheit auf die Eingangstür zu, als hätte sie sich seit Tagen auf einen Besuch im Vesuvio gefreut. Ihr Haar strahlte übernatürlich vor der dreckig grauen Fassade.

Während ich ihr folgte, war ich mir gar nicht mehr sicher, ob es eine gute Idee gewesen war, sie ausgerechnet hierher zu bringen. Die Befürchtung bestätigte sich. Sofort nach unserem Eintreten wurde Riva von Rosetta ins Visier genommen. In Zeitlupe verfolgte ich, wie Rosetta sie von oben nach unten abschätzig musterte, dann rümpfte sie die Nase; ihr Urteil war gefallen.

Sie eilte uns entgegen und begrüßte mich herzlich wie immer. »Meinardo, um diese Zeit? Es ist früh zum Abendessen. Matt hat der Ofen noch nich eingeheizt. Is gerade kurz unterwegs, was erledigen.« Sie drehte den Kopf zu Riva. »Und wer ist deine reizende Begleitung?«

»Riva Levin«, kam Riva mir zuvor. Sie hielt Rosetta die manikürte Hand entgegen.

Rosetta packte und schüttelte sie, als wollte sie sie ihr ausreißen. »Setzt euch an die Tisch neben die Theke. Matt ist sicher gleich zurück. Eine Wein?«

»Für mich bitte eine Cola light«, sagte Riva.

Rosetta rümpfte erneut die Nase. »Cola light. Aber fur dich eine Wein, oder?«

Ich fühlte mich gezwungen, mit Riva solidarisch zu sein. »Gib mir auch eine Cola. Eine normale.«

Mit einem schnippischen Geräusch dampfte Rosetta ab.

»Ich bin gleich wieder da«, sagte ich zu Riva. »Rosetta ist nett, wenn man sie erst mal kennengelernt hat. Lass dich von ihr nicht in Bockshorn jagen.«

»Keine Sorge, Meinhard. Ich bin schon ein großes Mädchen.« Sie lächelte tapfer.

Mit einigermaßen schlechtem Gewissen ging ich in den Keller. Im Klo schloss ich mich in einer Kabine ein, setzte mich auf den Klodeckel und öffnete den Brief. Auf der Vorderseite der Karte eine Mickey Maus als Zauberer, drin die Worte:

Sie sollten noch einmal über mein Angebot nachdenken. Es muss niemand mehr sterben. Ich kontaktiere Sie.

Zwei Nachrichten an einem Tag. Azrael zog das Tempo an. Mir war diese Taktik wohlbekannt, wandte ich sie doch selbst bei Zeugen an, die vor Gericht ins Stocken gerieten. Die Taktzahl erhöhen, dieselbe Frage immer und immer wieder stellen. »Ich kontaktiere Sie.« Mir wurde ganz anders bei dieser Vorstellung. Er hatte bereits vor meiner Tür gestanden. Wie lange würde es noch dauern, bis ich Azrael von Angesicht zu Angesicht begegnete?

Einen Moment blieb ich auf dem Klodeckel sitzen und wartete, bis das pulsierende Beben in meinem Innern zu gleichmäßigen Wellen abebbte. Es war nur eine Frage der Zeit, bis mir die Nerven durchgingen, soviel stand fest. Ich stopfte die Karte samt Umschlag zurück in den Mantel und verließ das Klo. Im schummrigen Kellerflur stieß ich mit Matt zusammen.

Der sah mich erschrocken an. »Meinardo?«

Ich packte ihn am Kragen und zerrte ihn bis in den Innenhof hinter mir her, genau zu der Stelle, an der er verprügelt worden war. Ich hatte ihn härter angefasst als beabsichtigt.

»Sage mal, spinns du?«, protestierte Matt, als ich ihn endlich losließ.

»Erzähl mir bitte nicht, dass du eben schon wieder einen Botendienst für Bad erledigt hast.«

»Nein.«

»Sicher? Sicher, dass du nicht zufällig etwas vor meiner Wohnungstür abgelegt hast?«

»Wer hat dir denn in der Hirn geschisse? Ich habe keine Lust auf so eine Mist.«

Matt wollte sich an mir vorbeidrücken, doch ich hielt ihn am Arm fest.

»Was glaubs du eigentlich, wer du bist?«, zischte er.

»Weißt du, was du da gestern zu Sharp gebracht hast?«

Matt schnellte zu mir herum. Er schien zu überlegen, woher ich wissen konnte, was in dem Umschlag gewesen war, dann zuckte er die Schultern.

»Erinnerst du dich an den Mann von Bad, den ich vor Gericht vertreten habe?«

Matt nickte.

»Bad hat Sharp einen kleinen Gruß von ihm zukommen lassen. Einen Finger und ein Ohr.«

»Das war seine eigene Mann!«, sagte Matt und wurde bleich.

»Nein, nicht mehr nachdem Sharp ihn vor Gericht rausgeboxt hat. Verstehst du, mit wem du da ins Bett gestiegen bist? Bad kennt keine Freunde. Wenn du ihm lästig wirst, wird er dich eiskalt abservieren. Und wenn Bad es nicht tut, erledigt Sharp das.«

Matt sank vor mir auf die Knie.

»Versprich mir, dass du heute nichts bei mir vor die Wohnungstür gelegt hast.« Es tat mir beinahe körperlich weh, so nachzubohren, trotzdem musste ich Gewissheit haben.

»Ich schwore es.« Mit gesenktem Kopf hob Matt die Hand zum Schwur.

Wie ich so über ihm stand, fühlte ich mich wie ein Richter, der über eine Begnadigung zu entscheiden hatte. Ich war erleichtert, Gnade walten zu lassen, und fühlte mich trotzdem unwohl. Es waren nicht alle Zweifel ausgeräumt. Aber es war doch Matt, der vor mir kniete. Mein alter Freund Matt.

»Ich hatte wirklich keine Ahnung«, jammerte er.

Ich hielt ihm die ausgestreckten Arme hin und half ihm etwas zu schwungvoll hoch. Der kleine Italiener machte einen komischen Hüpfer, dann sah er mich ernst an. »Ehrlich, Meinardo, wenn ich gewusst hatte, was ich da abgegeben hab …«

»Dann was?«

»Ich weiß nich.« Er sah so unglücklich aus, dass ich ihn am liebsten in den Arm genommen hätte, aber ich spürte einen Rest Wut, der das verhinderte. Stattdessen schlug ich ihm auf die Schulter. »Lass uns hochgehen. Ich will dir jemanden vorstellen.«

Ich weiß nicht, was ich erwartet hatte, als ich die Tür zum Gastraum öffnete, doch bestimmt nicht das, was sich am Tisch abspielte, an dem ich Riva zurückgelassen hatte. Ihr gegenüber saß Rosetta, den Kopf in die Hände gestützt, die Ellenbogen und die Brüste auf dem Tisch abgelegt, vertieft in eine Plauderei mit Riva, wie sie unter besten Freundinnen üblich war.

»Komme her ihr zwei und setze euch. Ob ihr es glaube oder nich, Rivas Mama und ich habe zusamme gearbeite!«

Ich war mir unsicher, was mich mehr verwunderte: Der offensichtliche Sinneswandel, der sich in Rosetta vollzogen hatte, oder die Geschwindigkeit, in der sie an Informationen gekommen war, die ich vermutlich erst nach Wochen erfahren hätte.

Schweigend rutschte ich neben Riva an den Tisch und wartete ab, wie sich die Sache entwickeln würde.

»Matteo, das isse Riva Levin. Weiß du noch, damals, als wir die Restaurant eroffnet hatte und das Geld nich reichte, da bin ich oft nachts putzen gegange. Rivas Mama Laima und ich habe dieselbe Etage in der Commerzbank sauber gemach.«

Wie viele Überraschungen würde dieser Tag wohl noch für mich bereithalten? Bis eben war ich fest überzeugt gewesen, dass die mondäne Dame, die neben mir saß, aus einer wohlhabenden Familie stammte. Riva wirkte gelassen, und ich sah ihr an, dass ihr diese Enthüllung gleichgültig war.

»Wir waren gerade aus Vilnius nach Deutschland gekommen. Ich war zehn damals. Meine Mutter war so froh, Arbeit gefunden zu haben. Und dann die netten Kolleginnen. Ich erinnere mich, wie oft sie betont hat, dass das der Grund war, weshalb sie dabei geblieben ist.«

»Und wie gehe ihr?« Rosetta guckte ganz selig.

Eine Pause entstand. »Sie ist tot«, hauchte Riva schließlich.

»Oh«, der glückliche Ausdruck auf Rosettas Gesicht schmolz. »Das tut mir leid. Sie musse kaum älter als ich gewese sein.« Sie griff nach Rivas Hand und patschte tröstend darauf herum. Riva revanchierte sich mit einem dankbaren Lächeln.

»Matteo, sitz nicht dumm rum. Hol unsere Gäste was zu essen. Jetzt brauchen wir alle eine doppelte Grappa.« Rosetta scheuchte Matteo vom Platz neben sich auf wie ein unwilliges Huhn und drängelte sich hinter ihm Richtung Theke.

Eine peinliche Stille blieb über uns hängen.

»Das hättest du nicht gedacht, oder?«, fragte Riva. »Vermutlich fragst du dich, wie so jemand wie ich in diesen erlauchten Kreis einheiraten konnte.«

»Nun, es ist zumindest nicht alltäglich. Geld heiratet gerne unter sich. So sagt man doch.«

»Ja, so sagt man. Meine Mutter hat sich krummgeschuftet, um mir einen guten Start zu ermöglich. Sie hätte sonst was getan, damit ich es einmal besser habe.«

Ich spürte, dass ihr das Thema auf der Seele lag, und schwieg.

Rosetta kehrte mit einer Flasche sowie Gläsern zurück und schenkte ein. »Das ist unsere beste Grappa«, verkündete sie stolz, »den hab ich fur eine Moment wie diese aufgehobe.«

Matt balancierte eine Platte mit einem Berg ölig glänzender Vorspeisen in der einen Hand und in der anderen trug er einen Korb mit Brot. »Esst schon mal. Pizza komme gleich.«

Wieder am Tisch angekommen, hielt Rosetta ihr Glas hoch. »Auf die gluckliche Zusammentreffe!«

Ich kippte den Grappa hinunter, Rosetta hatte nicht zu viel versprochen. Seit meiner Unterhaltung mit Matt am Mittag hatte ich nichts mehr gegessen, und es war, als ob der Grappa meinen Körper daran erinnerte, dass es noch einen Rest Alkohol gab, mit dem er sich verbrüdern konnte. Hungrig bediente ich mich an den öligen Vorspeisen. Beinahe augenblicklich beruhigte sich mein Magen.

»Und wie habe ihr euch kennegelernt?«, fragte Rosetta und lehnte sich dabei so weit vor, dass ihr Vorbau wie zwei dicke Knödel auf der Tischplatte lag. Der Jesus am Kreuz war dazwischen abgetaucht.

Ich war dankbar, dass Riva mir die Antwort abnahm.

»Mein Mann Roman hat sich vor einigen Wochen das Leben genommen. Meinhard kam zu mir, weil mein Mann Geschäfte mit einem Klienten gemacht hatte, für den er arbeitet.«

Rosetta hob den Oberkörper und bekreuzigte sich. »Dio mio. Wie habe Sie das bloß verkraftet?«

»Roman und ich führten keine sehr innige Beziehung. Als er ging, war es nicht anders, als hätte er die Scheidung eingereicht, nur endgültiger.«

Sie hatte gesagt »als er ging«, nicht »als er starb«. Sie schien immer noch davon auszugehen, dass er den Tod freiwillig gewählt hatte. Ich überlegte, wann ich ihr sagen musste, dass es wahrscheinlich nicht so gewesen war. Mir fielen die Scheine ein, die sie mir dafür zugesteckt hatte, damit ich genau das tat: ihr zu sagen, was ich wusste. Überdeutlich spürte ich, dass ich es nicht konnte. Ohne darüber nachzudenken, legte ich unter dem Tisch eine Hand auf ihren Oberschenkel.

Sie blickte mich von der Seite an. Auch wenn ihre Worte nicht sehr traurig geklungen hatten, konnte ich ein leichtes Glitzern in ihren Augen erkennen.

»Ich muss mich kurz frischmachen«, sagte sie und stand auf.

Rosetta erhob sich ebenfalls. »Ich zeige Ihnen der Toilette.«

Matt setzte sich mir gegenüber und goss Grappa nach. »Was machs du da, Meinhard?«

Ich sah ihm geradewegs in die Augen. »Scheint so, als müssten wir beide unseren Kopf wieder klar bekommen.« Dann schüttete ich den Grappa hinunter.

Wir verließen Matts Lokal. In der Zwischenzeit war es dunkel geworden. Der Kiez hatte sich gefüllt, ungewöhnlich für einen Dienstagabend. Es musste daran liegen, dass die Tage milder wurden und der bissige Wind die Straßen nicht mehr leerfegte. Auf den Bürgersteigen vor den Kneipen drängten sich Menschen, die wild durcheinanderquatschten. Durch die geöffneten Türen drang Gegröle. Aus einem kleinen Laden, in dem man von der Batterie bis zum Kondom alles nur Erdenkliche erstehen konnte, plärrte orientalische Musik. Eine Gruppe Rausschmeißer hatte ihre schützenden Eingänge verlassen und stand rauchend und mit großspurigen Gesten diskutierend halb auf der Straße. Die bunten Buchstaben der Leuchtreklamen tauchten sie in unwirkliches Licht, wie Schauspieler, denen nicht bewusst war, dass sie auf einer Bühne agierten.

Als wir zu Rivas Wagen schlenderten, griff ich nach ihrem Arm. Nicht aus Höflichkeit oder weil ich ihre Nähe suchte, sondern weil ich das Gefühl hatte, dass das nicht der Ort war, an dem wir beide sein sollten. Ich nicht und sie schon gar nicht.

Mein Glück, dass sie direkt ihren Sportwagen ansteuerte, die Entscheidung über unser Ziel traf und Richtung Wilhelmshöhe fuhr. Ich war nicht scharf darauf gewesen, sie in meine Wohnung mitzunehmen, und auf keinen Fall wollte ich riskieren, dass Azrael seine Drohung wahrmachte und womöglich bei mir auftauchte, solange Riva da war.

Das Gefühl, am falschen Ort zu sein, wurde deutlicher, als wir in die Einfahrt zu Rivas Haus einbogen. Gab es überhaupt einen Ort, an den ich gehörte? Das Bild eines Einfamilienhauses mit Kindern, die johlend mit dem Bobbycar die Einfahrt runterpesten, tauchte in mir auf und zerbröselte im gleichen Moment, als sich das Tor der Garage elektrisch hob und Riva den Wagen hineinlenkte.

Während ich ihr ins Haus folgte, fühlte ich mich, als ob sie mich aufgelesen und mitgenommen hatte, weil ich ihr leidtat. Wie einen streunenden Hund. Ich schüttelte den Gedanken ab, hängte meinen Mantel auf und ging ihr hinterher in das Wohnzimmer.

Sie stand da wie ein Gemälde, und ich hatte das grundlose Bedürfnis, dieses perfekte Bild zu zerstören. Ich fasste mit beiden Händen in ihr Haar und küsste sie. Sie presste ihren Körper an meinen. Nicht mal ein Heiliger hätte unter diesen Umständen keinen Steifen bekommen. Für einen Atemzug ging ich auf Abstand, dann drückte ich ihn an sie. Sollte sie ruhig spüren, was sie anrichtete. Ihre Hand wanderte meinen Rücken hinunter bis zum Hintern. Was hatte ich gerade gedacht? Egal! In meinem Hirn herrschte gähnende Leere.

Sie streifte sich die Pumps von den Füßen und war plötzlich einen halben Kopf kleiner, aber immer noch größer als die meisten Frauen. Auf Zehenspitzen schlang sie beide Arme um meinen Nacken. Ich wusste, was sie von mir erwartete, also packte ich sie mir und hob sie hoch. Sie lag in meinem Arm wie ein erlegtes Reh. Ich steckte meine Nase in ihr Haar. Erst kroch mir der chemische Geruch ihrer frischen Dauerwelle in die Nase, dahinter erschnüffelte ich ihr Parfüm.

Sie sah mich an, als wollte sie sagen: »Lass uns vergessen.« Vielleicht mochte ich auch einfach glauben, dass ihr Blick mir das sagte, denn schon wieder meldete sich das schlechte Gewissen. Wie gern wollte ich vergessen und wusste doch, dass es nur für einen Augenblick sein würde.

Wir kamen nicht weit. Kaum war die Schlafzimmertür in Sichtweite, klingelte das Telefon.

Ich blieb stehen. »Willst du rangehen?«, fragte ich.

Sie kaute auf ihrer Unterlippe und schien abzuwarten, ob das Klingeln von selber aufhörte. Das tat es nicht. Also nickte sie und ich ließ sie herunter.

Als sie in der Küche verschwand, folgte ich ihr.

An der Wand neben dem Kühlschrank war ein Telefon an die Wand montiert, wie man es aus amerikanischen Serien kannte. Sie ging dran, meldete sich und lauschte. Dann hielt sie mir den Hörer hin.

»Für dich«, sagte sie. »Ich lass dich mal besser allein.«

12 AZRAEL

Zu gerne hätte ich das Gesicht des Anwalts gesehen, aber ich konnte es mir gut vorstellen. Sah förmlich vor mir, wie ihm die Gesichtszüge entglitten, als ihm klar wurde, dass er keine Chance hatte, mir zu entkommen. Er tat so, als würde er sich durch nichts aus der Ruhe bringen lassen, doch ich hörte das Flattern in seiner Stimme, das er selbst vermutlich gar nicht wahrnahm. Er fragte mich tatsächlich, woher ich die Nummer hatte und woher ich wusste, wo er war? Ob ich ihm hinterherspioniere? Er hielt mich immer noch für einen Anfänger, dabei war ich ihm stets einen Schritt voraus.

»Sie haben sich erkundigt und glauben nun, Sie hätten eine Schonfrist, weil der Richter im Urlaub ist. Wer sagt Ihnen, dass ich ihm nicht hinterherreise?«

»Das sagt mir niemand. Und ich bin nicht so naiv zu glauben, dass Sie mir eine Schonfrist gönnen.«

Er klang ärgerlich, also hatte ich ins Schwarze getroffen. »Sie müssen sich nicht diesem Druck aussetzen. Sie können jederzeit aussteigen.«

Ich hörte seine Gedanken im Kopf dröhnen, als seien es meine eigenen: Kann ich nicht! Ich kann nicht aussteigen! Tja, offenbar saßen wir beide im selben Boot. »Haben Sie nachgedacht?«, fragte ich ihn.

»Sie haben mir kein Angebot unterbreitet, über das ich nachdenken müsste«, antwortete er.

»So? Dann haben Sie also kein Problem damit, dass weitere Männer sterben werden?«

»Männer? Auf der Liste steht nur noch einer.«

Ich musste lachen. »Ach bitte! Die Liste interessiert niemanden.«

Er fing sich erstaunlich schnell. »Ich töte keine Menschen, sondern Sie tun das. Folglich sind Sie selbst der Einzige, der weitere Morde verhindern kann.«

»Oh, das klingt nach Tiefenpsychologie. Ich finde, wir sollten solche Spielchen lassen.«

»Wer hat denn ein Spiel daraus gemacht? Ich kann nichts tun, um zu verhindern, dass Menschen sterben. Ich kann die potenziellen Opfer warnen, aber wenn sie nicht auf mich hören, bin ich machtlos. Ich habe nichts, was der Polizei weiterhelfen würde. Seien Sie doch ehrlich, Sie hören selbst dann nicht auf, wenn ich Ihnen alles liefere, was ich weiß. Sie nicht.«

Zugegeben, er hatte mich durchschaut. Und ich rechnete ihm den Mut hoch an, nicht lange um den heißen Brei herumzureden. »Stimmt«, sagte ich. »Eigentlich geht es nur noch darum, ob Sie auch in meinem Plan vorkommen werden.«

»Ich?«

»Keine Sorge, ich habe kein Interesse daran, Ihnen das Leben zu nehmen. Ich biete Ihnen eine einmalige Chance, und es liegt an Ihnen, ob Sie sie wahrnehmen.« Ich fand, das waren detailliertere Information, als man einem Spieler am Tisch eigentlich geben durfte, und außerdem war mein Angebot mehr als großzügig, es war geradezu mildtätig.

»Sie können mir nichts bieten, was all das rechtfertigen würde.«

Er verstand es immer noch nicht. Ich musste deutlicher werden. »Sharp wird sie nicht freigeben, selbst wenn Sie ihm meinen Kopf auf einem Silbertablett liefern, und das wissen Sie genau. Wenn er einmal jemandem im Genick gepackt hat, lässt er nicht wieder los. Er ist der Terrier und Sie sind der Dachs, und es liegt an Ihnen zu entscheiden, wer den Bau lebendig verlässt. Ich wage eine Prognose, wer das sein wird. Sharp hat unendlich große Erfahrung darin, sich die Dienste von Abhängigen zu sichern.« Ich hatte den doppeldeutigen Begriff »Abhängige« bewusst gewählt und die lange Pause am anderen Ende verriet mir, dass der Anwalt ahnte, worauf ich hinauswollte. Ich legte nach. »Um es unmissverständlich auszudrücken: Sollten Sie mich zur Strecke bringen, wird Sharp Ihnen die Schulden erlassen. Und dann wird der Tag kommen – vielleicht erst in einem halben Jahr, vielleicht auch schon in einer

Woche – und Sie werden bei Sharp im Büro stehen, er wird sein Hinterteil entblößen und Sie werden sich hinknien, um es zu küssen. Irgendwann wird es Ihnen so vorkommen, als sei Sharps haariger Arsch eine Offenbarung. Ihre Erlösung. Von diesem Punkt aus gibt es keinen Weg zurück. Denken Sie darüber nach.« Ich fand, das musste reichen und legte auf.

13

Ich hielt den Hörer noch am Ohr, dabei hatte Azrael längst aufgelegt. Mein Atem rasselte panisch, beinahe hatte ich das Gefühl zu ertrinken.

Riva war verschwunden und hatte mich mit Azrael allein gelassen, und jetzt stand ich hier und drohte die Fassung zu verlieren. Die Gedanken schossen kreuz und quer durch mein Hirn, und am liebsten wäre ich einfach weggelaufen. Weil sonst nichts da war, woran ich mich festhalten konnte, krallte ich mich an den Telefonhörer. Ich bekam kaum Luft, denn auf halbem Wege machten die Lungenflügel dicht, mir wurde schwindlig. Keuchend hängte ich den Hörer ein, wankte zum Küchentresen und fand einen Barhocker, der mich stützte.

Ich hing mit dem Gesicht über einer polierten Marmorplatte, die mein Spiegelbild verzerrt zurückwarf. Das war es: Azrael hatte mir einen Spiegel vorgehalten, ich hatte mitten hineingeschaut und fühlte mich getroffen, weil er genau wusste, wovon er sprach. Nie zuvor hatte jemand gewagt, mir die Wahrheit so offen und schonungslos zu sagen. Es war, als hätte Azrael eine Taschenlampe in mein Leben gehalten und mit dem Lichtkegel auf jenen Punkt gezielt, der vor mir selbst im Dunkeln lag. Es gab tausend Menschen, von denen ich mir gewünscht hätte, dass sie dazu imstande gewesen wären, und dann kam ausgerechnet ein durchgeknallter Mörder daher. Das war an Zynismus kaum zu überbieten. Obendrein hatte er vollkommen recht. Jedes seiner Worte war ein Ausblick auf meine Zukunft gewesen. So präzise, als wisse er, wovon er sprach.

Ich riss die Augen auf. Das war es: Er wusste, wovon er sprach!

Mit einem Mal tat sich unter mir ein Loch auf und ich stürzte ins Bodenlose. Mir wurde schwarz vor Augen, und ich krallte mich an der Marmorplatte fest, um nicht vom Hocker zu kippen. Die Situation blätterte sich vor mir auf wie ein Buch. Geschrieben mit Blut, besiegelt mit Blut. Azrael und ich. Zwei Teile eines Ganzen. So wie die Spielsucht und ich. Es war, als sähe ich meinem bösen Zwillingsbruder beim Morden zu und konnte nichts dagegen unternehmen, weil ich sonst einen Teil von mir hätte abtrennen müssen, der mich vermeintlich am Leben hielt. Das Spiel. Meine Rettung. Mein Anker. Der einzige Grund, am Morgen aufzustehen. Der einzige Grund, um weiterzuleben. Ich sah es glockenklar vor mir: Ich zockte zu gerne, um diesem mörderischen Spiel wirklich ein Ende setzen zu wollen. Azraels Diagnose hätte präziser kaum sein können, und einer wie Sharp durchschaute mich erst recht mit links. Er wusste, dass ich verloren war und dass er mich benutzen konnte, wie es ihm beliebte. Wie hatte Sharp es auf dem Friedhof formuliert: Am Ende bekommt man jeden auf die eigene Seite, es war nur eine Frage von stichhaltigen Argumenten.

Plötzlich verstand ich, welches Angebot Azrael mir unterbreitet hatte. Es ging nicht darum, ihm Informationen zu verschaffen oder mich rauszuhalten. Er wollte mich zum Komplizen machen und sein Preis wäre kein Geringerer als meine Freiheit. Er wollte mich zu seinem Waffenbruder machen, in einem gemeinsamen Kampf gegen – ja, gegen wen eigentlich? Ich spürte, dass ich Azrael nahe war. Näher als mir lieb sein konnte. Nicht, dass ich das Gefühl hatte ihn zu kennen, es war eher so, als wären wir Seelenverwandte, die sich auf dem Weg durch das Leben aus den Augen verloren hatten. Mit einem Mal spürte ich den Drang, allein zu sein.

Ich begab mich auf die Suche nach Riva und fand sie im Schlafzimmer. Sie lag bäuchlings auf dem Bett, den Kopf in die Hände gestützt, die Beine angewinkelt. Nackt.

Plötzlich kam sie mir vor wie ein Tier. Eines, das mich verschlänge, wenn ich nicht schnell das Weite suchte. Unter normalen Umständen hätte ich eine solche Gelegenheit niemals ausgelassen, allein um die Gedanken zum Schweigen zu bringen. Doch in diesem Moment war die Welt aus den Fugen geraten. Nichts war mehr so, wie es noch vor wenigen Stunden gewesen war.

»Ich muss gehen«, sagte ich.

Sie blinzelte verwirrt. »Ist etwas geschehen?«

»Nein. Aber es wird geschehen, und ich kann nichts dagegen tun.«

»Willst du nicht lieber erst mal einen Kaffee trinken? Du wirkst ja ganz verstört.« Sie hatte sich aufgesetzt. Ungeniert saß sie mir gegenüber auf dem Bett. Ich sah ihre

Brüste und ihren Bauch, ihre wundervollen Beine und musste plötzlich an Geldscheine denken.

»Ich muss gehen«, wiederholte ich, als ob ich mich selbst dazu überreden müsse.

»Du hast kein Auto hier. Soll ich dir nicht wenigstens ein Taxi rufen?«

»Ich muss …«, ich war schon halb auf dem Treppenabsatz angekommen, »gehen.« Eilig schnappte ich mir meinen Mantel und rannte aus dem Haus.

Auf der Straße atmete ich tief die frische Nachtluft ein. Es war wärmer geworden und ein laues Lüftchen wehte, das den Trenchcoat aufblähte. Kurz überlegte ich, dann machte ich mich zu Fuß auf den Weg.

Ich beobachtete meine Füße, wie sie abwechselnd den Asphalt berührten, und versuchte, an nichts zu denken, doch es gelang mir nicht. Immer wenn ich den Blick schweifen ließ, drängte sich Azrael in den Vordergrund. Bisher hatte ich es vermieden, mir über seine Motive den Kopf zu zerbrechen. Vielleicht, weil es mich ihm näher brachte, als ich ihm kommen wollte. Nun gab es kein Entrinnen mehr. Es war zu leicht gewesen, ihn als Verrückten mit Racheplan abzustempeln, das wurde mir nun klar. Er zog nicht nur äußerst präzise seinen Plan durch, sondern war über jeden meiner Schritte bestens informiert. Woher sonst hätte er wissen können, wo ich war, als er zum Telefonhörer griff? In dieser Sekunde hatte ich den Eindruck, dass mir jemand folgte. Ich drehte mich um, weit und breit war niemand. In dieser Gegend parkten kaum Autos auf der Straße. Alles war ruhig. Ich hörte nur meine Schritte und meinen Atem und sah meinen Schatten, der von einem Lichtkegel der Straßenbeleuchtung zum nächsten wanderte. Wenn Azrael mir auf den Fersen war, verstand er es mit Sicherheit, nicht aufzufallen. Andererseits war ich nicht eines seiner Opfer, das hatte er selbst gesagt. Er hatte es nicht auf mich abgesehen und ich stellte keine Gefahr für ihn dar. Jedenfalls nicht im Moment. Die Selbstberuhigung funktionierte einigermaßen.

So spät am Abend würde ich hier nirgendwo ein Taxi auftreiben können und weit und breit war keine Telefonzelle. Ich ließ mich bergab treiben, bis ich auf die nächste Hauptstraße gelangte. Weitere 20 Minuten später nahmen die Geräusche von Motoren zu. Ich näherte mich der Wilhelmshöher Allee. Mich hier per Anhalter mitnehmen zu lassen wäre leicht gewesen, aber ich zitterte am ganzen Körper und zog einen Spaziergang vor. Das Gehen tat mir gut. Das Flattern ließ nach, und klare Gedanken kehrten zurück. Ich passierte den neuen Bahnhof, an dessen Anblick ich mich noch gewöhnen musste. Wie aus dem Nichts schien dieser Säulenvorbau aus Stahl und Beton aus dem Boden gewachsen zu sein. Die Kasseler waren ja schon immer kreativ dabei, sich Namen für neue Bauwerke auszudenken. In diesem Fall waren »Beton-Reinhardswald« oder »Palast der Winde« wenig schmeichelhaft ausgefallen, jedoch unglaublich treffend.

Ich ließ den Bahnhof hinter mir. Die Wilhelmshöher Allee zog sich scheinbar endlos. Nur alle paar Minuten passierte mich ein Auto, und außer mir schien kein Mensch zu Fuß unterwegs zu sein. Ich hatte Zeit zum Nachdenken, Zeit, um eine Schicht des Problems abzupellen, um an die darunterliegende zu gelangen. Unter dem Offensichtlichen lag etwas verborgen, über das ich mir bisher nicht allzu viel Gedanken gemacht hatte. Es gab eine Gemeinsamkeit all dieser Personen, die über ihre Schulden bei Sharp und die Geldanlage bei Knab hinausreichen musste, und ich sah sie nicht. Die einzige Verbindung, die ich kannte, war das Dreieck Knab, Bad und Azrael. Es würde mir nichts anderes übrig bleiben, als genau dort noch einmal anzusetzen.

Kurz bevor die Allee Richtung Innenstadt abbog, tauchte eine Straßenbahn auf und ich sprang hinein. Mangels Kleingeld fuhr ich schwarz bis in die Nordstadt.

Einigermaßen erleichtert darüber, dass weder im Briefkasten noch auf meiner Fußmatte eine weitere Nachricht von Azrael auf mich wartete, schloss ich die Wohnungstür auf.

Im Flur atmete ich tief durch. Morgen früh würde mein erster Weg zu Matthias Frank in das Polizeipräsidium führen.

TEIL III

1

Übermüdet kochte ich Kaffee. Mehrmals war ich in der Nacht aufgeschreckt, weil ich das Telefon hatte klingeln hören. Es stellte sich jedes Mal als Sinnestäuschung heraus.

Der Blick in den Spiegel fiel ernüchternd aus. Ich rieb mir über die Bartstoppeln, die ein kratzendes Geräusch machten. Ich sah aus, wie jemand, der dringend einen Termin beim Friseur brauchte. Mir fiel die Karte des sagenumwobenen Figaros ein, die Riva mir gegeben hatte. Mein Geld reichte nicht mal für den türkischen Barbier um die Ecke. Ich seufzte mein Spiegelbild an.

In der Hoffnung, dass Matthias Frank mir etwas über das Tonband und möglicherweise über die Ermittlungen im Fall Vaas sagen konnte, fuhr ich zum Altmarkt.

Ich fand Frank im selben abgedunkelten Raum wie am Montag. Unsere letzte Begegnung hatte mich ordentlich ins Schleudern gebracht, heute fühlte ich mich besser gewappnet. Eine weitere Konfrontation mit der Vergangenheit konnte nicht halb so verstörend werden, wie es die Gegenwart war, redete ich mir ein. Ich räusperte mich laut, als ich den Raum betrat.

Frank, der vertieft mit krummem Buckel über einem Foto hing, das er in den Lichtkegel einer Schreibtischlampe gerückt hatte wie einen Verdächtigen im Verhör, erschrak trotzdem. Er kniff die Augen zusammen und blinzelte in das Gegenlicht, das aus dem Flur in den Raum fiel.

Ich schloss die Tür. »Ich bin's, Meinhard.«
»Meinhard. Ich hatte früher mit dir gerechnet.«
»Du hast gesagt Mittwoch.«

»Ja, trotzdem bin ich erstaunt, dass du deine Neugier so lange zügeln konntest.«

»Konnte ich nicht, aber ich hatte Ablenkung.«

Frank nickte. »Vaas, nicht wahr? Ich werd noch verrückt, wenn wir nicht bald was Handfestes in die Finger bekommen. Komm her und setz dich.«

Die Art, wie er das sagte, ließ meine Hoffnung schwinden, dass das Tonband Klarheit in die trübe Suppe brachte, in der ich knietief watete.

»Ich habe die ersten Ergebnisse vom Tatort Vaas.« Er sah mich an und legte den Kopf schief. »Eigentlich darf ich darüber gar nicht mit dir reden.«

»Fang mit der Karte und dem Tonband an und dann sehen wir weiter.«

»Die Karte. Tja, wie ich es vermutet habe. Die kannst du überall in Kassel in jedem Schreibwarenladen kaufen. Übliche Glückwunschkarte mit Comicmotiv. Gerade groß in Mode. Geschrieben wurde von einem Rechtshänder mit links. Deshalb die ungelenke Schrift. Keine orthografischen Eigenarten wie wiederkehrende Schreibfehler oder dergleichen. Keine Fingerabdrücke auf dem Glanzpapier außer deine und meine.«

»Ihr habt meine Fingerabdrücke in eurer Kartei?«

»Bisher noch nicht.« Frank zwinkerte. »Wenn Azrael so dumm wäre, Fingerabdrücke zu hinterlassen, hätten wir ihn längst, und nur du und ich haben die Karte sonst angefasst, oder? Aber lass uns über das Tonband sprechen. Die Stimme gab leider nicht viel her, die war derart verfremdet, dass eine Frequenzanalyse sinnlos wäre. Ich kann dir noch nicht mal sagen, ob sie einem Mann oder einer Frau gehört. Und da war noch dieses Hintergrundgeräusch. Du erinnerst dich?«

»Ja, klar.«

»Dazu hab ich was gefunden.« Frank brachte ein schiefes Lächeln zustande. Ich sah den Stolz förmlich aus seinen Augen springen. Er holte das Band hervor, steckte es in ein Abspielgerät und stellte den Ton laut. »Der Anrufer hat ein Handtuch oder Ähnliches vor die Muschel des Hörers gehalten. Daher der dumpfe Brei. Da … da! Hörst du das?«

Ich hörte etwas, aber wie Frank sagte: kaum mehr als dumpfen Brei. Außerdem lenkte mich die Stimme von Azrael ab. Fragend guckte ich Frank an.

Sein Lächeln breitete sich über das ganze Gesicht aus. »Trompete«, sagte er. »Da spielt jemand Trompete. Und ich konnte sogar eine markante Tonfolge isolieren. Die hab ich mit bekannten Trompetenstücken verglichen.« Er lehnte sich im Stuhl zurück und strahlte. »Dein Anrufer hat Miles Davis gehört, während er mit dir telefonierte.«

Trompetenmusik. Der letzte Abend bei Riva.

Sie hatte gesagt, sie sei unterwegs gewesen, bevor ich zu ihr gekommen war. Ein Teil von mir weigerte sich, diesen Gedanken zu Ende zu denken, trotzdem musste ich nachhaken. »Um welche Uhrzeit ist Vaas gestorben?«

»Genau kann ich dir das nicht sagen, aber irgendwann zwischen 18 und 20 Uhr. Wieso fragst du?«

Ich ging auf seine Frage bewusst nicht ein, weil die Antwort meine Überlegungen nur weiter in eine Ecke geführt hätte, in die ich mich nicht begeben wollte. »Hat Vaas Selbstmord begangen?«

Frank kaute auf seiner Unterlippe herum. Er zögerte diesen entscheidenden Moment zu lange heraus, als dass seine Antwort ein klares »Nein« hätte werden können.

»Also habt ihr etwas?«

»Weißt du, das ist alles nicht bestätigt.«

»Du musst mir keine Einzelheiten verraten. Aber mich interessiert, ob ihr jemandem auf der Spur seid.«

»In der Tat haben wir noch immer nichts, was uns zu einem Täter führen würde. Aber es gibt ein Indiz dafür, dass Vaas nicht wirklich freiwillig aus dem Leben geschieden ist.«

»Nämlich?«

»Er hat sich mit Schierlingskraut ge… Ach, was soll das! Hören wir doch auf, so zu tun, als wären das Suizide, also: Er wurde vergiftet. Mit Schierling. Qualvoller Tod, langer Todeskampf inklusive. Hat man das Gift erst mal intus, gibt es keinen Weg zurück. Eigentlich die perfekte Art, Suizid zu begehen. One-Way-Ticket, wenn du verstehst. Die Inszenierung war filmreif. Er hat das Leben am Fuß seines Flügels ausgehaucht oder wahrscheinlich eher ausgeröchelt. Er ist vom Klavierhocker nach hinten umgekippt, hat sich das Handgelenk gebrochen und eine mächtige Beule am Hinterkopf zugezogen. Könnte sich alles im Rahmen einer Selbsttötung abgespielt haben, aber wenn du mich fragst, wurde er aufs Kreuz gelegt, um ihm das Gift besser einzuflößen. Das können wir nur leider nicht nachweisen. Lediglich ein winziges Indiz weist darauf hin, dass er nicht von selbst gefallen ist.«

»Und das wäre?« Frank hatte meine gesamte Aufmerksamkeit.

»Der Flügel hat frische Kratzspuren auf dem Parkett hinterlassen.«

»Wäre es möglich, dass er ihn im Fallen verschoben hat oder dass er versucht hat, sich wieder aufzurichten, und sich am Flügel festgehalten hat?«

»Die Kratzspuren führen vom Körper weg, nicht zu ihm hin. Also kein Versuch, sich aufzurichten. Nachdem er auf dem Rücken gelandet war, hat sich die Lage des Körpers auch nicht mehr großartig verändert. Hast du mal versucht, einen Flügel zu bewegen? Dafür musst du dich schon mächtig ins Zeug legen. Um ihn mehrere Zentimeter über das Parkett zu schieben, braucht es eine größere Krafteinwirkung.«

»Was glaubst du, ist geschehen?«

»Ich stelle mir das so vor: Jemand hat sich am Flügel abgestützt und Vaas mitsamt dem Hocker nach hinten getreten.«

»Und? Habt ihr Spuren am Hocker gefunden?«

»Keine Fingerabdrücke, keine Fasern, keine Fußspuren, außer denen von Vaas. Wer auch immer da zu Werke geht, versteht sein Handwerk.«

»Gibt es wenigstens Verdächtige?«

»Hör mal, ich hab dir schon mehr erzählt, als ich durfte. Du erwartest doch nicht ernsthaft, dass ich dir Namen nenne?«

»Ich will nur wissen, ob ihr jemanden im Visier habt.«

»Du kennst unsere Kartei genauso gut wie ich. Die Menge an potenziellen Kandidaten ist beinahe unendlich groß.«

»Wenn ich mich an alle vergangenen Fälle hier in Kassel erinnere, passt keine Serie auf die aktuelle. Von den einschlägig bekannten Mördern tötet keiner so …«, mir fiel kein besseres Wort ein, »so elegant. Könnte der Täter auch eine Frau sein?«

Frank schnalzte mit der Zunge. »Wenn du so nachfragst, denkst du an eine bestimmte, oder?«

Ich schüttelte seine Frage ab. »Wäre es möglich?«

»Ja, das wäre möglich. Die Gewalteinwirkung hielt sich in allen Fällen in Grenzen, da ging jemand sehr geschickt und perfide vor, um die Opfer in die jeweilige Situation zu bringen. Wir gehen davon aus, dass Opfer und Täter sich ...« Er stockte.

»Hätte eine Frau Vaas aufs Kreuz legen können?«

»Du kanntest den Mann, oder? Das hätte einer enormen Kraftanstrengung bedurft. Aber möglich wäre es, ja.«

»Ihr habt doch bestimmt die Alibis aller Angehörigen der Opfer geprüft, oder?«

Frank kniff ein Auge zu. »Sag mal, auf was willst du eigentlich hinaus?«

»Ihr habt echt keinen Hauptverdächtigen?«

Frank schüttelte den Kopf. »Wir haben noch einen Vermittler von Geldanlagen im Auge, aber der scheint eher ein Mittelsmann zu sein.«

Aha, also hatten sie Knab schon im Visier. Gut so, dann musste ich ihn wenigstens nicht ans Messer liefern.

»Und die Verbindung zwischen den Opfern, seid ihr da weitergekommen?«

»Gemeinsam ist denen das dicke finanzielle Polster. Das waren allesamt Männer, die kaum Selbstmord wegen Überschuldung begehen würden.« Er schürzte die Lippen. »'tschuldige, war nicht persönlich gemeint.«

»Geschenkt. Aber das kann doch nicht alles sein.«

»Na ja, ich will es mal so ausdrücken: Die hatten recht bizarre Hobbys. Oder um es anders zu sagen: Es gab einschlägige Kontakte in die Welt der käuflichen Liebe.«

»Auch Roman Levin?« Ich konnte mir die Frage nicht verkneifen.

»Nun, genauso wie Sandro Ratstetter hatte Levin eher

einen Hang zu männlichen Prostituierten. Und das bei der Ehefrau.« Frank formte mit beiden Händen Kurven.

Ich versuchte, diese Geste zu ignorieren. »Er war bisexuell?«

»Möglicherweise brauchte er ein Familienleben, um im konservativen Verlagsgeschäft nicht unangenehm aufzufallen.«

Diese Information rückte Rivas Worte »Roman und ich führten keine sehr innige Beziehung. Als er ging, war es nicht anders, als hätte er die Scheidung eingereicht« in ein ganz anderes Licht. »Dann gibt es doch eine Gemeinsamkeit, die zumindest den Kreis der Verdächtigen einengt. Vielleicht will jemand Rache üben. Für erlittenes Unrecht.«

»Ja, da könntest du richtig liegen. Leider ist die Auswahl an Personen mit einem derartigen Motiv selbst im kleinen Kassel ziemlich groß.«

Frank räusperte sich umständlich. »Im Übrigen habe ich die Information an die Soko weitergeleitet, dass du möglicherweise vom Täter kontaktiert wurdest. Du wirst also beschattet, sobald die Leute dafür abstellen können.«

Also war ich nicht so einsam, wie ich gedacht hatte. Ich überlegte, ob ich entrüstet sein sollte, dann fiel mir ein, dass ein paar Beschützer in der Nähe vielleicht nicht das Schlechteste waren. »Rechtsanwälte zu beschatten ist eine heikle Sache.«

»Das ist mir klar. Deswegen geht das auch nicht so schnell, das muss ein Richter absegnen, und die sind unterbesetzt, weil Drömer im Urlaub ist.«

»Weißt du, ob er wie üblich durch das Mittelmeer schippert?«

»Nein, der hat sich was Luxuriöseres gegönnt: Malediven.«

»Das ist sehr weit weg.«

Ich musste irgendwie erleichtert gewirkt haben, weil Frank mich schief ansah. »Sollten wir auf den etwa auch aufpassen?«

»Das solltet ihr, sobald er wieder in Kassel ist.«

»Er würde in das Opferprofil passen. Ich meine, es ist kein Geheimnis, was er in seiner Freizeit treibt – außer segeln.«

Ich nickte. »Sorg einfach dafür, dass die Kollegen ein Auge auf ihn haben.«

»Einen Richter zu beschatten ist noch heikler als einen Anwalt. Außerdem könnten wir Dinge über ihn erfahren, die wir alle nicht wissen wollen. Was dich angeht: Du bist dir jetzt im Klaren darüber, dass du möglicherweise bald einen Schatten hast. Sei bitte vorsichtig.«

Erst dachte ich, er mache sich Sorgen um mein Wohlergehen. Dann verstand ich, dass er mir sagen wollte, ich sollte mich in nächster Zeit nicht gerade in irgendwelchen illegalen Zockerkellern rumtreiben, wenn mir Beamte auf den Fersen waren. »Ich werde keinen Mist machen.«

»Gut.« Er schlug mit den Handflächen auf die Tischplatte und erhob sich. »Ich muss weiterarbeiten. Wenn du Neuigkeiten hast, melde dich bitte. Wenn ich neue Erkenntnisse über dein Band oder die Karte habe, erfährst du sie als Erster.«

Ich stand auf und reichte ihm die Hand. Er hielt sie länger als nötig fest und sah mir tief in die Augen. Er holte Luft, als wolle er etwas sagen, doch stattdessen ließ er meine Hand los. Vielleicht hatte er sich daran erinnert, dass ich ihm 20 Mark schuldete, und es war ihm unangenehm. Ich ging zur Tür und öffnete sie.

»Meinhard«, rief Frank hinter mir her. Hatte er sich also endlich durchgerungen. Ich drehte mich zu seinem Schatten in dem verdunkelten Raum um.

»Ich habe mit Conny gesprochen.«
Mir wurde heiß.
»Ihr geht es gut. Sie sagt, wenn du die Kinder sehen willst, musst du dich vorher mit ihr treffen. Sie will nur sichergehen …«
Ohne ein weiteres Wort schlüpfte ich durch die Tür und zog sie hinter mir zu. Das Herz schlug mir bis zum Hals. Fluchtartig passierte ich den Ausgang des Gebäudes und hetzte zu meinem Fahrzeug. Mein Kopf dröhnte und drohte zu zerplatzen.
Am Scheibenwischer klemmte ein Umschlag.

2

Sie haben einen Termin bei ihrem Investmentberater. 12 Uhr.

Das stand auf der Innenseite der Karte mit Superman drauf, die ich unter dem Scheibenwischer herausgezogen hatte. Für einen Augenblick haderte ich damit, ob ich sofort in die Kriminaltechnik zurückkehren, die Karte zeigen und mit einer Streife im Schlepptau zu Knab fahren sollte. Ich konnte einfach nicht. Jetzt zu Frank zu gehen, erschien mir schwieriger, als mich dem zu stellen, was mich bei Knab vermutlich erwartete. Mein Leben glich einem verminten Trümmerfeld, deutlicher hätte ich es nicht vor mir sehen können.

Also machte ich mich allein auf den Weg zu Knab. Mein Bauchgefühl riet mir, auf das Schlimmste vorbereitet zu sein.

Ich hatte keine Ahnung, wovon ich ausgegangen war, aber das, was ich vorfand, überstieg meine naive Vorstellungswelt bei Weitem.

Die Tür zu seinem Haus war offen, dessen Inneres glich einem Schlachtfeld. Im Flur lag Doris mit weit aufgerissenen Augen und einem dritten Auge auf der Stirn, aus dem ein blutiger Faden die Wange hinunterlief. Die Wand, vor der es sie erwischt hatte, war mit einem abstrakten Muster in Rot gesprenkelt. Es musste sehr schnell gegangen sein, der Tod hatte einen überraschten Ausdruck auf ihrem Gesicht verewigt. Um Hilfe zu rufen, war es längst zu spät, trotzdem presste ich pflichtbewusst zwei Finger auf ihren Hals. Kein Puls, aber ihre Haut war warm. Sie konnte noch nicht lange so daliegen.

Ich stand wie angewurzelt im Flur und bemühte mich um Fassung. Natürlich kannte ich Szenen wie diese und sogar weitaus brutalere von den unzähligen Tatortfotos, die ich hatte sichten müssen. Aber sich leibhaftig an einem Tatort zu befinden, war eine andere Sache. Meine Fantasie versagte völlig, als ich mir auszumalen versuchte, was in Knabs Büro auf mich wartete.

Langsam öffnete ich die Tür einen Spaltbreit, linste hinein und schloss sie sofort wieder.

Knab hing wie eine Marionette, der man die Fäden durchtrennt hatte, in seinem Schreibtischstuhl. Der gesamte Raum war von Blut getränkt. Ich atmete tief durch. »Stell dir vor, es ist ein Foto«, sagte ich laut zu mir selbst.

Zögerlich trat ich in das Büro. Ich stellte mir vor, wie die Spurensicherung das, was ich vor mir sah, später in nüchterne Fakten zwischen zwei Aktendeckel pressen würde, dann erst konnte ich den Anblick einigermaßen ertragen.

Jemand hatte Knab fein säuberlich zerhackt. Der Körper auf dem Bürostuhl machte den Eindruck, als habe er in einem Mixer gesteckt. Rohes Fleisch und Knochen, seine Eingeweide hatten sich auf den Schreibtisch ergossen. Ich kannte beinahe jede Tötungsmethode, aber wie man ein derartiges Gemetzel veranstalten konnte, entzog sich meiner Vorstellungskraft. Es musste eine Waffe wie eine Machete im Spiel gewesen sein.

Bad, schoss es mir durch den Kopf. Das hier war nicht die fein ziselierte Rache eines Azrael, das war ein Exempel, wie man es in Kiezkreisen statuierte. Die Rache des verratenen Gottvaters. Bad hatte seine Leute ausgeschickt, um jedem Kleinkriminellen im Umkreis zu signalisieren: Das mache ich mit Verrätern. Ich dachte an Matt, der mindestens genauso knietief in der Scheiße steckte wie ich.

Ich hatte im Eingang verharrt, bis mein Magen mir zu verstehen gab, dass ich weiter an das Gemetzel herangehen konnte, ohne mich in die Blumenkübel zu erbrechen. Wackelig trat ich einen Schritt nach vorne.

Je näher ich dem Blutbad am Schreibtisch kam, desto unwirklicher erschien mir das alles. Selbst in einem Schlachthof wurde sauberer gearbeitet. Man hatte Knab noch nicht mal die Würde zuteilwerden lassen, die man einem Schwein gönnte. Ich spürte, wie in mir alles auf Distanz zu der Szene ging, wie meine Seele sich verkrümelte in eine Ecke, in der sie der Anblick nicht berührte. So ging es mir immer, wenn ich die Bilder von misshandelten Kindern ansehen musste, um anschließend als Pflichtverteidiger anzutreten. Es gab einen Ort in mir, in den all das Grauen nicht eindrang. Einen sicheren Raum, eine hermetisch abgeriegelte Zelle, und in diesem Augenblick wurde mir klar, dass ich für diesen Zufluchtsort Miete zahlte, indem ich jeden Pfennig, den ich besaß, im Rausch verzockte.

Seltsam, was einem so durch den Kopf geht, wenn man vor 70 Kilo Hackfleisch steht, dachte ich. Nein, mein Leben war kein Trümmerfeld – in meinem Leben tobte ein Krieg.

Beim nächsten Gedanken fing mein Verstand wieder an zu arbeiten: Ich musste die Polizei rufen. Dass ich am Tatort war, würde kein Problem darstellen. Die Spuren, die ich hinterlassen hatte, waren zu erklären, und als diese Morde geschahen, saß ich gerade bei Frank in der Kriminaltechnik.

Ein morbider Reiz zwang mich jedoch, vorher noch etwas genauer hinzuschauen, und das konnte später bei der Spurensicherung Fragen aufwerfen. Ich ging das Risiko ein und trat an den Schreibtisch. Obenauf lag aufgeschlagen ein Terminkalender. Die Seiten waren blutgetränkt, direkt daneben schwammen Knabs Eingeweide. Ich drehte den Kalender mit der Zeigefingerkuppe um. Für diese Woche waren jede Menge Termine eingetragen. Keiner der Namen kam mir bekannt vor. Für diesen Tag fand ich für 16 Uhr einen Eintrag, der mich ins Grübeln brachte. »Gil«, stand dort. Den Namen hatte ich schon einmal gesehen. Ich durchforstete meine Erinnerung, aber vor dieser bizarren Kulisse spielte mein Gedächtnis nicht mit. Vorsichtig schob ich den Terminkalender in seine ursprüngliche Position zurück, wobei er eine blutige Schleifspur auf der Tischplatte hinterließ. Dafür musste ich mir eine gute Erklärung einfallen lassen, die einen Ermittler überzeugte. Apropos: Auch wenn ich mir damit einen unendlich scheinenden Nachmittag im Präsidium einhandelte, konnte ich eine Meldung nicht länger aufschieben. Den blutverklebten Apparat im Büro zu benutzen, brachte ich nicht über mich, also begab ich mich auf die Suche nach einem Nebenanschluss.

In Doris' Büro wurde ich fündig. Sie hatte weniger nobel residiert als ihr Chef. Der Raum hatte gerade mal die Größe einer Abstellkammer, aber immerhin ein eigenes Telefon.

Nicht mal fünf Minuten später fuhr ein Einsatzwagen vor dem Haus vor. Ohne Blaulicht und Tamtam; offensichtlich traute man der Geschichte nicht, die ich am Telefon geschildert hatte. Entsprechend entgleisten die Gesichtszüge der Beamten, als sie das Haus betraten. Einer stürzte würgend nach draußen, ein anderer rannte zum Fahrzeug, um Verstärkung zu rufen. Ich musste warten, bis die Kripo eintraf.

Wenig später erreichte ein Zivilfahrzeug den Tatort. Matthias Frank stieg aus, Richard Sachs verließ den Wagen auf der Beifahrerseite.

Frank sah mich auf eine Art an, die jede freundschaftliche Begrüßung im Keim erstickte.

»Ich dachte, du arbeitest nur noch im Innendienst?« Die Frage konnte ich mir nicht verkneifen.

»Und ich dachte, wir waren uns darüber einig, dass du aufpasst, wohin du gehst.« Er ließ mich einfach stehen und folgte den Polizisten ins Haus. Wie sonst auch schlich Sachs in Franks Windschatten hinterher. In seiner Miene war deutlich zu lesen, dass er die erneute Einmischung von Frank zum Kotzen fand und den Schuldigen dafür bereits ausgemacht hatte. Er gönnte mir ein verächtliches Schnauben.

Ein Beamter nahm meine Personalien auf und bat mich, im Einsatzwagen zu warten.

Nachdem Frank aus dem Haus zurückgekehrt war, bedachte er mich mit einem Blick, als würde er mit mir am liebsten dasselbe anstellen, was man Knab angetan hatte.
»Du kommst mit ins Präsidium.«
»Darf ich mit meinem eigenen …?«
»Nein, du fährst mit uns.«
Er drehte sich zu dem Beamten, der meine Personalien aufgenommen hatte. »Sie bringen Herrn Petri ins Präsidium. Und er wartet dort so lange, bis wir Zeit für ihn haben.«

Wie ich es mir gedacht hatte, wurde es ein langer Nachmittag auf dem Flur der Wache des Polizeipräsidiums I. Das Präsidium am Altmarkt war Dreh- und Angelpunkt aller bekannten Vergehen, die in der Innenstadt verübt wurden, und das waren eine Menge. Die Wachstube wimmelte von schrägen Vögeln, lamentierenden Geschädigten und abgewichsten Junkies.

Der lange, kalte Flur ließ alle, die hier warteten, auf derselben Stufe der Hierarchie ankommen. Abgesessene Stuhlreihen und davor das Linoleum von unruhigen Schuhsohlen stumpf gewetzt. Jedes Geräusch schien in diesem Tunnel des Unglücks doppelt so laut zu sein, wie man es gewohnt war, und wer sich im Griff hatte, versuchte möglichst, keinen Mucks von sich zu geben oder zu flüstern.

Frank hatte sich einigermaßen beruhigt. Er steckte mir sogar mehrere Markstücke für den Kaffeeautomaten zu und meinte, dass ich mich auf einen langen Tag einrichten könne. Nachdem er dem eingeschalteten Staatsanwalt verklickert hatte, dass ich zur Tatzeit in seinem Büro gesessen hatte, verzichtete der großzügig darauf, mich wie einen Tatverdächtigen zu behandeln. Ich durfte ohne Bewachung im hinteren Ende des Flurs auf meine Befragung warten.

Während ich drei schlechte Kaffee aus dem Automaten trank, hatte ich Zeit zum Nachdenken. Knabs Mord ging eindeutig nicht auf das Konto von Azrael. Solch ein Gemetzel anzurichten, schien nicht sein Stil zu sein. Entweder hatte Sharp oder Bad seine Leute geschickt. Mein Tipp fiel auf Bad, denn mit Knab war die letzte Möglichkeit vernichtet worden, dass Sharp sein Geld je wiedersehen würde. Der Tatort sah viel zu sehr nach verletzter Ehre aus, also stand Bad weit vorne auf meiner persönlichen Liste der Verdächtigen. Dennoch hatte Azrael mich dorthin gelotst. Er war demnach in Bads Pläne eingeweiht, wenn nicht sogar irgendwie daran beteiligt. Folglich musste es einen weiteren Knotenpunkt zwischen den Opfern, Sharp, Bad und Azrael geben. Ich grübelte und zermarterte mir das Hirn, doch dort spukten die Bilder des Tatorts und ließen jeden klaren Gedanken in Blut verschwimmen. Die Realität war eben nicht zu vergleichen mit ein paar Fotos.

Ich starrte die weiße Wand mir gegenüber an, auf der sich Flecken von den Hinterköpfen der Wartenden über den Rückenlehnen der Stühle neben Schmierereien verewigt hatten. Jeder hinterließ eine Spur. Selbst Azrael hatte sich mit einem Kratzer im Parkett verewigt. Da musste mehr sein. Ich wusste, dass es vor mir lag und Verstecken mit mir spielte. Die verrückte Idee, dass Riva etwas damit zu tun haben könnte, wollte ich nicht zulassen. Ich war bei ihr gewesen, als Azrael mich angerufen hatte. Demnach konnte sie nicht die Stimme am anderen Ende der Leitung gewesen sein. Oder doch? Wäre es möglich, dass sie den Anruf fingiert und von einem anderen Apparat im Haus aus mit mir gesprochen hatte? Möglich? Ja! Aber wahrscheinlich? Dennoch ließ sich der Gedanke nicht beiseiteschieben, dass sie irgendwie in die Sache verwickelt war.

Eine Frau setzte sich auf einen Stuhl mir gegenüber. Sie hielt eine überdimensionale Ledertasche auf dem Schoß und wühlte darin herum. Ihre Arme verschwanden bis zu den Ellenbogen im Innern der Tasche. Der Inhalt erzeugte Geräusche von klirrendem Metall und raschelndem Papier, schließlich nahm sie einen Schminkspiegel hervor und einen Lippenstift und zog sich gedankenverloren den Mund nach. Kräftiges Rot. Leuchtend, glänzend. Plötzlich hatte ich den Geruch von Knabs Gedärmen in der Nase. Die Bilder des Tages würden mich lange nicht mehr loslassen. Sie prüfte das Ergebnis im Spiegel, packte die Utensilien wieder ein und kramte erneut. Als Nächstes holte sie ein Büchlein hervor und blätterte wild darin herum. Ihr Terminkalender schien nicht gerade überschaubar, so wie sie die Seiten hin und her schlug und die Stirn in Falten legte. Terminkalender. Mir fiel der Eintrag »Gil« ein, den ich für diesen Nachmittag bei Knab bemerkt hatte. Die drei Buchstaben hinterließen in meinem Hirn ein Echo. Ich lauschte, erhielt aber keine Antwort. Ganz sicher hatte ich sie schon einmal gesehen, erinnerte mich jedoch nicht daran, wo. Ich schloss die Augen. Ging in Gedanken die letzten Tage durch. Dann fiel es mir ein.

Das erste Mal hatte ich den Namen auf der Kurzwahltaste des Telefons in Sandro Ratstetters Arbeitszimmer gesehen. Und beim zweiten Mal … Ich kramte in meiner Manteltasche und zog die Visitenkarte hervor, die Riva mir zugesteckt hatte. »Gil's« prangte oben, darunter: »Haare, Nägel, Beauty und mehr … Inhaber Gilbert Dietschmons.«

Adrenalin flutete meinen Körper mit einer Überdosis. Die Karte zitterte zwischen meinen Fingern. Die Frau gegenüber guckte skeptisch. Ich erinnerte mich an den ersten unangekündigten Besuch bei Knab. Ein Mann hatte ihm die Finger maniküre. Knab hatte erwähnt, dass er Bert überredet hatte, den Fingernagelpolierer zu schicken. Und Riva hatte gemeint, Bert sei der beste Friseur im ganzen Umkreis. Gil und Bert. Der Salon war das verbindende Element. Wenn mich nicht alles täuschte, würde ich bei jeder Witwe ein Visitenkärtchen mit demselben Aufdruck finden. Ich erinnerte mich an Rivas Antwort auf die Frage, ob sie die Frau von Hans Vaas gekannt hatte. Man sei sich im Schönheitssalon begegnet, hatte sie gesagt. Ich starrte auf den Namen Gil und versuchte, einen Haltepunkt in meinem Gedankenkarussell zu finden. Da war keiner. In Endlosschleife kreisten die Bilder durch meinen Schädel.

Ralf Knab würde seinen Termin im Salon von Gilbert Dietschmons um 16 Uhr nun ja nicht mehr wahrnehmen können. Also überlegte ich nicht lange und verließ fluchtartig das Präsidium. In einer halben Stunde musste ich beim Friseur sein.

3 AZRAEL

Ich wusste, dass er kommen würde. Es war Zeit. Ich sah ihn um die Ecke biegen und sich dem Eingang nähern. Schnell instruierte ich die Empfangsdame und zog mich in den Aufenthaltsraum zurück. Jetzt war es endlich so weit. Der Moment, auf den ich so lange hingearbeitet hatte. Nach all den Mühen würden wir uns kennenlernen.

Der Anwalt war allein, alles andere würde nicht zu ihm passen. Ich hätte mein gesamtes Hab und Gut darauf verwettet, dass er niemandem gesagt hatte, wohin er ging, denn noch haderte er wahrscheinlich damit, ob seine Vermutung, was mich anging, den Tatsachen entsprach. Trotzdem traute er sich, hier aufzutauchen. Ich zog innerlich den Hut vor ihm. Der Anwalt verfügte über etwas, was all die nicht besaßen, die ich getötet hatte: Rückgrat. Immerhin wagte er sich in die Nähe eines Mörders. Auch wenn er im vollen Salon einigermaßen sicher sein konnte, dass ihm nichts geschah, fand ich es mehr als mutig. Insgeheim ahnte ich, dass er nicht anders konnte. Ihn trieb dasselbe voran wie mich: eine Kraft, die sich nicht erklären ließ, die ihn alle Vorsicht in den Wind schlagen ließ, sobald es galt, einen Gewinn einzufahren. Die Freude am Spiel. Der Sog. Der Kitzel. Der Anwalt hatte bereits an meinem Haken gebaumelt, da hatte er nicht einmal geahnt, dass wir miteinander spielten.

Insgeheim war ich Sharp dankbar dafür, dass er sich für den Anwalt entschieden hatte. Das hatte meinen Plan sogleich in den Olymp der großen Taten erhoben. Sharp hatte mir, ohne es zu wissen, einen ebenbürtigen Mitspieler geschenkt, und ich gab es ungern zu, aber Sharp hatte klug gewählt.

Der Tag der Abrechnung war angebrochen. Als ich erfahren hatte, dass Bad sich höchstpersönlich zu Knab fahren ließ, wusste ich, was die Stunde geschlagen hatte. Ich konnte mir gut vorstellen, was er und seine Männer hinterlassen hatten, als sie mit einem Gleichmut aus Knabs Haus traten, als hätten sie gerade einen guten Abschluss getätigt. Sie sahen zufrieden aus, ein Funkeln in den Augen und Genugtuung auf den Mienen. Doris tat mir leid, aber wenn man sich mit Ratten einließ, konnte es passieren, dass man an Rattengift verstarb.

Den Anwalt dazu zu rufen war pures Kalkül. Ich hielt ihn für schlau genug, die richtigen Schlüsse zu ziehen, und ich brannte auf das Ende unserer Geschichte.

Es war alles bis ins kleinste Detail vorbereitet. Jetzt musste nur noch das Timing stimmen. Und das tat es: Petri betrat um Punkt 16 Uhr meinen Laden. Besser hätte es gar nicht laufen können.

4

Mein Wagen parkte noch vor Knabs Haus. Die wenigen Schritte vom Polizeipräsidium bis zum Königsplatz war ich zu Fuß gegangen.

In der Hochglanzwelt der Kurfürsten Galerie fand ich die überdimensionale Schaufensterfront von »Gil's«. Dieser Bert musste viel Geld verdienen, um sich die Miete für einen Laden in dieser schicken neuen Bude leisten zu können.

Am Eingang stand unter den üblichen Öffnungszeiten der Vermerk: »Montags: Ruhetag«.

Der weitläufige Salon empfing mich mit einer eigenartigen Mischung aus Chemie und Parfüm in einer Konzentration, die mir beinahe den Atem raubte. Ich ging auf eine pikiert dreinschauende Dame hinter einem Empfangstresen zu. Zunächst starrte sie mich an, als sei ich ein Außerirdischer, dann legte sie trotzig den Kopf mit fragendem Blick schief.

»Mein Name ist Ralf Knab. Ich habe um 16 Uhr einen Termin.«

Sie senkte das Kinn und schaute mich von unten an. »So? Na ja. Dann gehen Sie mal mit Jörg mit. Der wird Sie vorbereiten.« Sie wedelte mit dem Arm durch die Luft. »Jörg, Schätzchen, nimm doch den Herrn bitte mit. Bert wird gleich bei ihm sein.«

Bert. Über der Tür hatte der Name »Gil's« geleuchtet. Der gleiche Schriftzug wie auf der Visitenkarte. Und trotzdem ließ er sich »Bert« nennen. Ein Mann mit zwei Gesichtern. Ich spürte, dass ich richtig war.

Jörg blieb einige Meter vor mir stehen und musterte mich. Es war der junge Mann, der Knab die Fingernägel poliert hatte. Er schien mich zu erkennen, und trotzdem spielte er das Spiel mit. »Folgen Sie mir bitte, *Herr Knab*.«

Beim Gehen schlenkerte Jörg mit allen Extremitäten, als gehörten sie nicht zu seinem Körper. Während ich ihm zu einem Frisierstuhl hinterherging, sah ich mich um. Die Damen und Herren, die sich hier verschönern ließen, waren die Sorte Menschen, die es eigentlich gar nicht nötig hatten; bereits geschniegelt bis ins letzte Härchen. In diesem Salon zu sitzen, musste weniger Pflicht als mehr Kür sein, wenn man in gewissen Kreisen dazugehören wollte. Ich gehörte nicht dazu, das wusste ich selbst und las es deutlich in Jörgs Augen.

Er verschränkte die Hände ineinander und hielt sie mit verknoteten Armen unter das Kinn, während er darauf wartete, dass ich mich setzte. Anschließend würgte er mir einen weißen Kreppkragen um den Hals und darüber einen schwarzen Umhang. »Nicht zu eng?«, fragte er.

Es war zu eng, trotzdem schüttelte ich den Kopf.

»Darf es etwas zu trinken sein? Sie sehen aus, als könnten Sie ein Sektchen vertragen.«

»Ein Kaffee wäre prima.«

»Kaffee«, näselte Jörg und wackelte davon.

Ich beobachtete die Szenerie im Spiegel, der mir schamloses Gaffen in den wuseligen Raum in meinem Rücken erlaubte. Alle Stühle waren besetzt. In der Regel von Frauen, die umschwärmt wurden wie Bienen. Aufgetakelte Angestellte wuselten mit affektierten Gesten um die Damen, schnippelten, bürsteten, sprühten und quatschten ohne Unterlass. Tatsächlich kam mir der Vergleich mit einem Bienenstock immer passender vor. Ich konnte meine Neugierde kaum noch im Zaum halten und wollte ihn endlich kennenlernen. Gilbert. Azrael. Wollte wissen, ob ich richtig lag. Natürlich konnte ich mir nicht sicher sein, weil ich nicht wusste, wie er aussah. Doch ich war davon überzeugt, dass er sich selbst zu erkennen geben würde. Während ich überlegte, wie dieser Moment wohl vonstattenginge, fasste ich mir unbewusst an den kneifenden Kreppkragen. Der klemmte mir nicht nur die Luft ab, sondern kratzte obendrein höllisch.

Aus dem Durchgang trat ein Mann und näherte sich meinem Platz. Groß, schlank, muskulös. Er blieb hinter mir stehen und legte mir seine Hände auf die Schultern. Über den Spiegel sah ich in sein Gesicht und er in meins. Einen scheinbar endlosen Moment lang musterten wir uns so, bis er schließlich sagte: »Herr Knab, Sie haben ja noch gar nichts zu trinken.«

Immerhin spielte er mein Spiel mit der unrechtmäßig angeeigneten Identität genauso mit wie Jörg. Seine

Stimme leierte, und seine Aussprache und Betonung wirkten aufgesetzt. Ich fand, es klang einstudiert.

»Jörg besorgt gerade etwas«, antwortete ich.

»Gut.« Er zog sich einen schwarzen Hocker auf Rollen heran und setzte sich darauf, dann rollte er in mein Blickfeld. »Ts, ts, ts. Da haben wir aber viel Arbeit vor uns.« Er musterte meine Frisur und den Bart und fing an, an meinen Haaren herumzuzupfen. »Was haben Sie sich denn vorgestellt?«

»Das würde ich Ihnen überlassen.«

Er lächelte. Wäre ich nicht seit Langem Anwalt, hätte ich mir beim besten Willen nicht vorstellen können, dass jemand, der so freundlich und sympathisch wirkte, in der Lage wäre, einen Menschen an einen Strick zu binden und den Stuhl wegzutreten. Aber ich hatte so oft schon in der U-Haft Typen gegenübergesessen, die nicht aussahen, als könnten sie einer Fliege was zuleide tun, und trotzdem hatten sie zum Teil Bestialisches verübt. Die Leidenschaft trieb die Menschen zu den unglaublichsten Taten, das hatte ich gelernt in all den Jahren. Ich suchte in Gilberts Gesicht nach einem Funken dieser Triebfeder. Er lächelte mich weiter jovial an und schien zu überlegen, an welchem Teilstück meiner Großbaustelle er anfangen sollte. Vielleicht hatte ich mich geirrt, und er war nicht der, für den ich ihn hielt.

Nachdenklich rieb er sich das Kinn. »Sie sind doch ein mutiger Mann, nicht wahr?«

Ich hatte mich nicht geirrt. Ich nickte verhalten.

»Dann würden wir einfach mal loslegen.« Er sprang vom Hocker auf und zerrte einen Wagen neben sich, auf dem sich Lockenwickler und Bürsten stapelten.

Jörg kam mit dem Kaffee um die Ecke, den er vor mir abstellte.

»Jörg, Schatz, sei so gut und wasch Herrn Knab die Haare. Wir machen erst den Kopf und danach den Bart.« Er legte mir von hinten eine Hand auf die Schulter, drückte sie sanft und sagte an mich gewandt: »Ich bin gleich wieder bei Ihnen.«

»Beine hoch!«, befahl Jörg, löste eine Bremse an meinem Stuhl und schob mich rasant in die Mitte des Raumes zu den Waschbecken.

»So angenehm?«, fragte er, nachdem er mir die Haare nass gemacht hatte und anfing, die Kopfhaut mit Shampoo zu massieren. Normalerweise wäre dies ein Moment, um eine wohlige Gänsehaut auszubrüten. In der Tat stellten sich sämtliche Härchen an meinem Körper auf, doch das lag nicht an den sanften Händen von Jörg. Der Grund dafür war, dass im selben Augenblick, als Jörg mir den Schaum aus den Ohren rieb, der seichte Klang von Miles Davis' Trompete durch den Salon waberte. Schlagartig wurde mir bewusst, in was für eine Situation ich mich gebracht hatte. Nicht dass ich ernsthaft fürchten musste, dass mir etwas geschah. Aber ich war den entscheidenden Schritt zu weit gegangen, um jemandem glaubhaft versichern zu können, dass ich in der ganzen Geschichte nur eine Komparsenrolle spielte. Mir fiel ein, dass Frank gesagt hatte, man würde Beamte auf mich ansetzen. Allerdings konnte es mehrere Tage dauern, bis bei der Polizei jemand abkömmlich war, um sich an die Fersen eines unbedeutenden Anwalts zu heften. Und bisher war mir niemand aufgefallen, der mir folgte – das hätte ich gemerkt, ich kannte die Tricks –, ich war also auf mich allein gestellt.

Deutlich größeres Kopfzerbrechen bereitete mir, was ich später auf die Fragen der Polizei antworten sollte. »Was haben Sie sich dabei gedacht, Kontakt mit dem Täter aufzunehmen?« Mir war klar, dass die sich mit einem Hinweis auf meine Tätigkeit als Anwalt niemals zufriedengeben würden. Für derartige Schritte besaß ich weder ein Mandat noch war es erlaubt, sich über die Maßen in die Ermittlungstätigkeit der Polizei einzumischen, und schon gar nicht, ihr zuvorzukommen oder wichtige Informationen für sich zu behalten. Was auch immer ich hier gerade tat: Es würde mich in Teufels Küche bringen – in seinem Friseursalon saß ich ja bereits.

Schwungvoll wurde ich zu meinem Platz zurückgeschoben, und Jörg rubbelte mir recht ruppig den Schopf. Er legte mir ein Handtuch um die Schultern und fuhr mir mit einem Kamm durch die Zotteln. Obwohl es höllisch ziepte, verzog ich keine Miene. Der Mann mochte schwul wie eine Kompanie Balletttänzer sein, genauso gefühlvoll war er auf keinen Fall.

»Danke, Jörg, den Rest übernehme ich.«

Gilbert war aufgetaucht und betrachtete das nasse Gestrüpp auf meinem Kopf. Er zog es mit dem Kamm mal in die eine Richtung, mal in die andere, dann schien er eine rettende Idee zu haben. Er nahm eine Schere aus einem Halfter, das er sich um die Hüfte geschnallt hatte, und begann, wild draufloszuschnippeln. »Sie hätten früher kommen sollen, Herr Knab«, sagte er so leise, dass ich ihn durch das allgemeine Summen und die Musik im Raum kaum verstand.

»Ich fand die Zeit für einen Haarschnitt noch nicht reif«, antwortete ich.

»Doch, doch. Sie waren überfällig. Sie haben meine Erinnerungen sicherlich erhalten, oder?«

Jetzt war es raus. Er hatte zugelassen, dass wir einander erkannten. Plötzlich sah ich den Mann, der mit einer skalpellscharfen Schere in der Nähe meines Ohres herumfuhrwerkte mit anderen Augen. Ich konnte weder nicken noch den Kopf schütteln, ohne einen Kollateralschaden zu riskieren, und außerdem wusste ich gar nicht, was ich antworten sollte. Wie weit durfte ich mich aus der Deckung wagen? Deckung? Seltsame Formulierung, wo ich doch eingezwängt in einen Frisierumhang wehrlos einem Serienmörder mit einer Schere in der Hand gegenübersaß.

Er schien meine Gedanken zu lesen. »Lassen Sie es gut sein. Ich verstehe das. Die meisten kommen erst, wenn sie seit Langem überfällig sind, und ich darf dann retten, was zu retten ist.« Er lachte derart sympathisch, dass ich schon wieder zu zweifeln begann. Aber wer hatte behauptet, dass Serienmörder unsympathisch sein mussten? Wenn das hier Azrael war, war es zumindest der am geschmackvollsten gekleidete, am besten frisierte und – mit Verlaub – kultivierteste Serienmörder, der mir bis dato begegnet war. Ich traute mich erst jetzt, ihn zu mustern. Ein nach gängigen Maßstäben gutaussehender Mann. Markante und gleichzeitig wohlgeformte Gesichtszüge, freundliche Augen mit mehrfarbig gesprenkelter Iris, die je nach Lichteinfall mal gelb, mal grün, mal grau schimmerte. Der Dreitagebart war sauber gestutzt und kein Zufallsprodukt wie meiner. Die Ränder wie mit dem Lineal ausrasiert. Er trug eine Fönwelle mit blondierten Strähnen und langem Pony, der ihm ins Gesicht fiel. Das weite Hemd hing lässig über den Hosenbund einer knallengen Levis, aus den Hosenbeinen guckten teure Cowboystiefel. Er sah aus wie der nette Nachbar, der liebe Schwiegersohn, der beste Freund. Wenn ich im Laufe der Jahre eins gelernt hatte, dann: Das Biest steckte nun mal in jedem von uns, in den meisten schlief es jedoch ein Leben lang. Was es in den anderen zum Aufwachen brachte, blieb mir trotz aller Erfahrung ein Rätsel. Und ob es sich am Ende gegen einen selbst oder gegen andere richtete, schien auch keiner Regel zu folgen, einmal erwacht, begann es, ein Eigenleben zu entwickeln, das sich jeder Kontrolle entzog. Ich spürte das Zittern. Diesmal begann es im rechten Bein. Schnell versuchte ich, mich abzulenken.

»Was ist denn noch zu retten?«, fragte ich hoffnungsvoll.

Gilbert umrundete mich nachdenklich, während er ungeduldig mit der Schere klapperte. »Ach, alles halb so wild. Die Haare haben wir bald im Griff, dann kümmern wir uns um den Bart, und in einer guten Stunde kann ich Sie wieder auf die Menschheit loslassen. Möchten Sie eine Maniküre?«

Ich lehnte ab. Er erschien mir so unbekümmert, als sei dies eine Schönheitsbehandlung wie jede andere. Und möglicherweise war es das für ihn auch. Es wurde Zeit, ihn ein wenig aus der Reserve zu locken. »Geschieht es häufiger, dass Ihre Kunden in den Urlaub fahren und einen Termin verpassen?«

Er lächelte. »Nein, das ist noch nie passiert. Termine bei mir sind mehr wert als ein Urlaub auf den Malediven.«

Verdammt! Er wusste, wo sich Richter Drömer aufhielt, und Drömer stand nach wie vor auf seiner Liste. »Was ist das Geheimnis Ihres Erfolges?«

»Sehen Sie, das ist ganz einfach: Natürlich erhalten die Kunden bei mir auch nur einen Haarschnitt und eine Maniküre. Das bekämen sie in jedem besseren Geschäft genauso gut. Aber bei mir gibt es etwas obendrauf, was man ihnen nirgendwo anders bietet.« Er legte eine bedeutungsschwangere Pause ein. »Ich gebe Ihnen das Gefühl, jemand Besonderes zu sein.«

»Und wie machen Sie das?«

»Ich höre ihnen zu. Also wirklich. Nicht wie die meisten Friseure, die das, was die Kunden erzählen in Wirklichkeit nur an sich vorbeiplätschern lassen. Ich nehme die Worte auf, die Geschichten. Und da ist allerhand dabei, das kann ich Ihnen sagen.«

»Was denn zum Beispiel?«

»Oft genug sitzen Frauen vor mir, die sehen aus, als seien sie in Marmor gemeißelt. Dann kratzt man an einer Stelle und plötzlich beginnt es zu bröckeln. Und am Ende haben Sie einen See aus Tränen freigelegt.«

»So wie bei Nang Vaas? Ich habe in der Zeitung gelesen, dass sie Selbstmord begangen hat.«

»Ja, eine äußerst tragische Person, eine moderne Madame Butterfly.«

»Scheint Herrn Vaas sehr nahegegangen zu sein, der Tod seiner Frau. Haben Sie gehört, dass er sich vergiftet hat?« Jetzt hatte ich ihn genau dort, wo ich ihn wollte, doch es fühlte sich nicht annähernd so gut an, wie ich erwartet hatte.

»Natürlich. Es stand ja in allen Zeitungen. Eine ganz große Geste, sich am Flügel zu vergiften, um der Liebsten nachzufolgen. Finden Sie nicht auch?«

»Für meinen Geschmack zu dick aufgetragen.«

»Wirklich? Gibt es etwas, womit ein Opernsänger zu dick auftragen könnte?« Er hielt im Schneiden inne und schaute sinnierend an die Decke, dann sah er mich stechend im Spiegel an. »Ich finde nicht, dass für Vaas irgendeine Art der Übertreibung unpassend gewesen wäre. Der Mann war die Affektiertheit in Person.« Seine Stimme hatte einen bissigen Unterton angenommen, offensichtlich schätzte er Kritik an seinem Vorgehen nicht.

»Sie kannten ihn gut?«, fragte ich.

»Ich weiß nur das, was über ihn geschrieben wurde.«

»Und das, was Ihnen seine Ehefrau erzählt hat.«

»Richtig. Auch das.«

»Und das war ein anderer Mensch als der Hans Vaas, der von den Zeitungen beschrieben wurde, nicht wahr?« Ich hätte eine Wette darauf abgeschlossen, dass ich auf einer heißen Fährte war.

»Nein, nicht einfach ein anderer. Der Mensch, der diese großartige Frau, diese Dame, in ein Häufchen Elend verwandelt hatte, hatte mit dem aus der Presse nicht das Geringste gemeinsam.«

»Was hat er getan?«

»Ich bitte Sie. Sie ist zwar tot, dennoch darf sie als meine Kundin auf absolute Diskretion zählen.«

»Egal. Auf jeden Fall scheint ein solcher Mensch sich nicht mit den Selbstzweifeln plagen zu müssen, die ihn letztlich in den Selbstmord treiben. Doch nicht so einer wie Vaas. Oder wie Schuhmann.«

»Schuhmann?«

»Franz Schuhmann. Sie haben bestimmt davon gehört. Noch so ein bedeutungsvoller Selbstmord vor ausgewählter Kulisse.«

»Frau Schuhmann ist ebenfalls meine Kundin. Ich glaube kaum, dass sie, nachdem sie die Wahrheit über ihren Mann erfahren hatte, auch nur einen Augenblick an seinem Motiv für den Selbstmord gezweifelt hat.«

»So? Was hat sie denn erfahren?«

Gilbert schmunzelte. »Diskretion, Herr Anwalt, Diskretion.« Seine Miene versteinerte. Er hatte mich »Anwalt« genannt. Jetzt waren wir auf einer Ebene unseres Gesprächs angelangt, auf der es für uns beide kein Zurück mehr gab.

»War Schuhmann so einer wie Vaas?«, löste ich die Beklemmung auf.

»Selbe Waffe, anderes Kaliber.«

Den Vergleich fand ich auf verstörende Art zutreffend.

»So, die Frisur hätten wir. Jetzt zum Bart.« Gilbert wirbelte mit einem breiten Dachshaarpinsel in meinem Nacken herum, flatterte mit dem Blick noch einmal scheinbar über jedes Härchen und guckte zufrieden. Dann nahm er ein Schälchen mit Pinsel und Seife vom Wagen und betätigte einen Hebel am Stuhl. Ich sackte nach hinten. »Und nun lehnen Sie sich entspannt zurück.«

Er schäumte mir großzügig das Gesicht ein, sah mir tief in die Augen und sagte: »Sie sollten möglichst still sitzen.« Er zückte ein glänzendes Rasiermesser, setzte sich hinter mich und umfasste mit der Linken mein Kinn. Mit der Rechten hielt er das Messer so, wie man es aus dem Kino kannte: abgewinkelt zwischen Daumen und Ringfinger, den kleinen Finger weit abgespreizt. Er hob die Klinge vor meine Augen, beugte sich neben mein Ohr und flüsterte: »Ich habe gehört, Sie wetten gerne. Wollen wir wetten, dass am Ende dieses Tages ein weiteres Dreckschwein diese Erde verlassen hat?«

Ich hielt krampfhaft still, während sich meine Gedanken überschlugen. Wie konnte das sein? Drömer war im Urlaub, weit weg auf den Malediven. Wie um alles in der Welt wollte Gilbert das hinbekommen, auf die Distanz einen Mord zu begehen, der obendrein noch wie ein astreiner Selbstmord wirkte? Das Rasiermesser glitt über meine Wange wie ein Streicheln, und ich stellte mir vor, wie unter dem weißen Schaum glatte rosa Haut auftauchte. Mit dem Ding hätte man ein Seidentuch in der Luft zerschneiden können. Ich schluckte und sah aus dem Augenwinkel die Bewegung meines Adamsapfels im Spiegel.

Gilbert beugte sich erneut neben mein Ohr. »Ich nenne Ihnen den Einsatz: Wenn ich unrecht habe, stelle ich mich noch heute der Polizei. Wenn nicht, lassen Sie mich ziehen, ich begleiche Ihre Schulden bei Sharp und zahle Ihnen obendrauf die gleiche Summe.«

Was war das für eine seltsame Wette? In beiden Fällen gewann ich. Der Unterschied lag lediglich darin, wer verlor: nämlich entweder Gilbert seine Freiheit oder ein anderer sein Leben.

»Ah, ich sehe, Sie fragen sich, ob ich das ernst meine. Durchaus! Sie können nur gewinnen. Ist es nicht das, wovon Sie stets überzeugt sind, wenn Sie an einen Spieltisch treten? Dass Sie gar nicht verlieren können? Dass Ihnen das Glück an jenem Tag besonders hold sein wird? Dass es das letztes Mal wäre und es gut gehen wird?«

Das Rasiermesser glitt in unerträglicher Langsamkeit über meinen Hals.

»Sie glauben, ich bin es, der die Realität verzerrt wahrnimmt. Mag sein. Meine Realität hat sich in Luft aufgelöst, da war ich 14 Jahre alt. Seitdem wache ich jeden Tag auf und versuche 24 Stunden lang, nicht den Boden unter den Füßen zu verlieren. Eine Zeitlang war ich darin sehr schlecht. Da war ich wie Sie. Ich hätte beinahe alles getan, um den schlechten Gefühlen zu entkommen. Aber ich versichere Ihnen: Mein Spiel ist erst beendet, wenn nichts mehr geht. Rien ne va plus. Die Frage ist, ob Sie vorher noch Ihren Einsatz bringen wollen?«

Ich blickte ihn stumm an. Das Schlimmste an dieser Situation war nicht, einem Verrückten mit einem Rasiermesser in der Hand ausgeliefert zu sein. Das Schlimmste daran war, dass er recht hatte.

»Sie haben nicht allzu viel Zeit, um darüber nachzudenken. Lassen Sie sich am Empfang einen neuen Termin geben. Wir sehen uns.« Mit diesen Worten stand er auf und verschwand durch die Tür, durch die die ganze Zeit Personal hin- und hergelaufen war. Ich hätte aufspringen, den Umhang abreißen und ihm folgen können, doch ich wusste, dass es sinnlos war. Er hatte mit Sicherheit einen Wagen in der Nähe des Hintereingangs geparkt, ich hingegen war zu Fuß unterwegs. Außerdem hatte sich Jörg schon hinter mir aufgebaut.

»Ich mach dann mal fertig«, brummte er weinerlich. Mit einem dampfenden Tuch wischte er mir den restlichen Schaum aus dem Gesicht, betrachtete das Werk seines Meisters und schnalzte anerkennend. Anschließend arbeitete er mit tippelnden Fingerspitzen eine nach Moschus riechende Lotion in meine Haut ein und zog den Umhang von mir wie ein Magier. Er näselte: »Erstaunlich, was da noch rauszuholen war.«

5

Ich war auf der verzweifelten Suche nach einer Telefonzelle, bei der der Hörer nicht abgeschnitten auf dem Boden lag oder das Tastenfeld mit Kaugummi verklebt worden war. In der Tasche trug ich eine Botschaft von Azrael, die dieser am Empfang seines Ladens für mich hinterlegt hatte. Ich wunderte mich, dass er wieder »Azrael« für mich war. Jetzt, nachdem ich ihn kennengelernt hatte, hielt ich Gilbert Dietschmons und Azrael für zwei unterschiedliche Personen, die sich zufällig im selben Körper begegnet waren. Umso schwieriger, ein Rezept dafür zu finden, wie ich ihm beikommen konnte.

Die Nachricht von Azrael bestand aus dem üblichen Friseurvordruck mit der Aufschrift »Ihr nächster Friseurtermin« und dem handschriftlichen Vermerk: »Heute Abend, 20 Uhr. Den Ort erfahren Sie von Ihrem Freund Matteo.«

Clever gemacht. Mit dem Zettel zur Polizei zu gehen, war komplett sinnlos. Natürlich war mir bewusst, dass ich unverzüglich zum Polizeipräsidium hätte zurückkehren und melden müssen, dass ich wusste, wer Azrael war. Doch dann würde ich dort stundenlang festsitzen, schon allein, weil ich mich der Befragung zu Knabs Ermordung entzogen hatte und weil Frank mich mit Sicherheit nicht ein weiteres Mal so leicht ziehen ließe, nachdem er sich beim Staatsanwalt für mich eingesetzt hatte.

Obendrein hatte Matt nun zumindest eine Komparsenrolle in Azraels perfidem Spiel erhalten, und ich konnte ihn unmöglich damit allein lassen. Ein Anruf bei der Polizei mit einem anonymen Hinweis musste fürs Erste ausreichen.

Die vierte Telefonzelle auf dem Fußweg zurück zur Nordstadt war endlich funktionsfähig. Während ich in einiger Entfernung von meinem Ohr das Tuten aus dem Hörer vernahm, hielt ich den Atem an und merkte schnell, dass das sinnlos war: Die Luft hier drin schmeckte sogar nach Urin. Ich fand noch ein Markstück in der Tasche. Nachdem es zum dritten Mal wieder im Ausgabeschacht gelandet war, probierte ich den Zaubertrick und rieb die Münze am Gehäuse des Fernsprechers. Die Stelle war schon ganz blankgerubbelt, weil es vor mir andere ebenfalls versucht hatten. Beim vierten Versuch schluckte der Apparat die Münze endlich. Widerwillig hielt ich den Hörer ein Stück von meinem Ohr entfernt, weit genug, um die Stimme eines Beamten am anderen Ende zu hören. Ich fasste mich kurz.

»Der Mann, den Sie im Zusammenhang mit der Selbstmordserie suchen, heißt Gilbert Dietschmons. Besitzer des Schönheitssalons ›Gil's‹. Für eine Beschreibung habe ich jetzt keine Zeit, Fotos finden Sie bestimmt in den Regionalgazetten. Das wars.« Ich legte auf und verließ eilig die stinkende gelbe Blechbüchse.

Im Laufschritt nahm ich den Weg zum Vesuvio. Dort traf ich auf Rosetta, die völlig abgekämpft durch die Tischreihen walzte.

»Ist Matt da?«, fragte ich sie.

Ihr Blick sprach Bände. »Der soll sich bloß hertraue. Isse seit heute Nachmittag verschwunde. Hat gesagt, er wär um halb acht wieder hier.«

»Halb acht? Himmel, das ist viel zu spät.«

»Das kann ich dir sage.«

»Und du hast keine Ahnung, wo er ist?«

»Ich schwör dir, wenn ich es wusste, wurde ich hingehe und ihn an die Ohre in seine Pizzeria schleifen.«

Das glaubte ich ihr sofort. »Ich komme um halb acht wieder«, sagte ich, nicht ohne schlechtes Gewissen, Rosetta in dem Chaos allein zu lassen.

Ich war schon beinahe draußen, da kam mir eine Frage in den Sinn, die bei all den drängenden Problemen so völlig belanglos erschien, dass ich sie gerade deshalb beachtete. In den vielen Jahren als Anwalt hatte ich gelernt, dass es die nebensächlichen Antworten waren, die dich der Wahrheit ein Stück näher brachten, denn auf die bedeutsamen Fragen erhielt man in der Regel eh nur Lügen aufgetischt.

»Sag mal, wie hieß Riva Levins Mutter noch mal?«

»Ich habe doch schon gesagt, oder? Laima.«

»Und mit Nachnamen?«

Rosetta dachte einen Augenblick nach. »Diep... oder Dittmann, nein, Dietschmons. Genau, Laima Dietschmons.«

Mein Herz setzte einen Schlag lang aus. Ich hatte zwar geahnt, dass Riva irgendwie mit drinsteckte, aber ich hatte es nicht wahrhaben wollen.

»Was isse mit dir? Du bisse ganz blass«

Ich schaute in Rosettas beunruhigtes Gesicht. Sie hatte schon genug Sorgen mit Matt, also beendete ich schnell das Gespräch. »Danke, Rosetta, bist ein Schatz.« Hastig drückte ich ihr einen Kuss auf die verschwitzte Wange.

Auf dem Bürgersteig vor dem Vesuvio musste ich ein paarmal tief durchatmen und meine Gedanken sortieren. Mittlerweile war es halb sechs. Mir blieben also noch zwei Stunden, bis ich Matt im Vesuvio treffen würde. Ich nahm mir ein Taxi zu Knabs Haus, in der Hoffnung, dass die Polizei den alten Ford nicht hatte abschleppen lassen. Direkt vor Knabs Grundstück hätte er eigentlich Teil der polizeilichen Ermittlung werden müssen. Aber niemand hatte sich für ihn interessiert, was einem Wunder glich, denn ein senfgelber schrottreifer Ford Taunus fiel in dieser gediegenen Gegend genauso wenig auf wie eine fliegende Untertasse.

Ich war erleichtert, dass er da stand, wo ich ihn geparkt hatte, weil im Handschuhfach das Geld steckte, das ich brauchte, um den Taxifahrer zu bezahlen. Der schaute erst skeptisch, als ich zu meinem Auto ging, und dann erstaunt, als ich ihm einen Hunderter hinhielt.

Auf dem Beifahrersitz lag die Schachtel Zigaretten. Ich zündete mir eine an und überlegte, ob das, was ich vorhatte, wirklich eine gute Idee war. Doch ich musste die zwei Stunden Galgenfrist nutzen. Außerdem brauchte ich Ablenkung. Ich startete den Wagen und fuhr nach Wilhelmshöhe zum Mulang.

Am Tor begegnete ich Salvina. Wortlos nickte sie mir zu und ging an mir vorbei. Riva hatte die Tür mit dem Summer geöffnet und wartete oben auf dem Treppenabsatz auf mich. Sie sah atemberaubend aus. Ein dunkelblaues Etwas aus Seide floss über ihren Körper und gewährte einen tiefen Einblick. Offensichtlich trug sie keinen BH und es wirkte fast, als ob ihre langen blonden Haare sich Mühe gaben, das Nötigste zu verdecken.

»Du warst neulich so schnell verschwunden. Was war denn los?«

Ich war bei ihr angekommen. Sie duftete verheißungsvoll. »Du weißt ganz genau, was los war.« Ich konnte meine Wut nicht verbergen, und ich wollte es auch gar nicht. »Du hast ihm verraten, dass ich bei dir bin, stimmts? Und die Karte neulich, die lag gar nicht auf der Fußmatte vor meiner Tür, die hast du mitgebracht.«

Den Blick, den sie mir zuwarf, kannte ich zu gut. Mehr nach innen gerichtet als nach außen. Leer. Starr, nachdenklich. Der Moment, in dem die Luft dünn wird, weil sich keine Lüge mehr lohnt. In etlichen Verhören hatte ich diesen Ausdruck bei meinen Mandanten bemerkt und ihnen anschließend geraten, die Wahrheit zu sagen. Jetzt stand ich hier, hielt den Mund und wartete ab.

»Ich brauche was zu trinken.« Sie drehte sich auf dem Absatz um und verschwand in der Küche. Ich folgte ihr.

Zielstrebig griff sie eine Whiskeykaraffe. Sie goss zwei

Gläser halbvoll, stellte eins vor mich auf den Tresen und kippte sich den Inhalt des anderen in den Mund.

»Riva Dietschmons. So war dein Name, bevor du geheiratet hast. Wer ist er? Dein Bruder?«

Sie nickte und trat einen Schritt auf mich zu. Dann legte sie den Arm um meinen Hals. Ich roch ihren Schnapsatem, den das teure Parfüm nicht überdecken konnte. »Gilbert ist mein kleiner Bruder. Es tut mir leid, ich konnte nicht anders.«

Es war keine Wut, die in mir aufstieg, sondern Ekel. »Du konntest nicht anders«, konstatierte ich überflüssigerweise. »Du hast mich ins offene Messer laufen lassen und von vorne bis hinten belogen. Aber du konntest nicht anders?« Ich hob ihren Arm von meiner Schulter und ließ ihn fallen.

»Du verstehst das nicht. Du siehst das hier«, sie deutete auf die Einrichtung, »und denkst: Die verwöhnte Millionärsgattin spielt Spielchen aus lauter Langeweile.«

»Dann klär mich doch bitte auf.« Ich schnappte mir das andere Glas und nahm einen Schluck. Whiskey. Samtig und erdig, edler Tropfen, genau das, was ich jetzt brauchte. Wer wusste schon, ob ich so etwas Gutes je wieder trinken würde, wenn dieser Tag zu Ende war.

»Du erinnerst dich an das, was Rosetta erzählte? Sie sei mit meiner Mutter putzen gegangen, hat sie gesagt. Ich habe nicht immer so gelebt.« Sie hatte die Flasche in die Hand genommen und schwenkte sie herum. Anschließend goss sie uns beiden erneut ein. »Meine Mutter war mit uns durch den Eisernen Vorhang geschlüpft. Sie war so erleichtert, dass es geklappt hat. Und als eine freundliche Frau ihr einen gefälschten Pass, eine kleine Wohnung und eine Stelle in ihrer Putzkolonne anbot, schien alles gut zu werden. Die Frau war Victoria Scharpinsky. Sie fragte meine Mutter, ob sie sich den Verdienst im Fleur ein wenig aufbessern wollte. Als sie ablehnte, hat Victoria Scharpinsky sie erpresst. Hat ihr gedroht, sie bei den Behörden anzuschwärzen. Unsere Mutter hat keine andere Möglichkeit gesehen, als zu tun, was sie wollte.«

»Also hat Sharp den Laden von seiner Mutter übernommen.«

Riva nickte. »Er hat alles von seiner Mutter gelernt. Die hat ihm gezeigt, wie das geht: aus Menschen Gebrauchsgegenstände zu machen.« Ihre Stimme brach. Sie kippte sich Whiskey in den Mund und schien damit etwas herunterzuspülen, doch das Blitzen in ihren Augen blieb. Jetzt erst fiel mir auf, dass sie dieselbe wechselfarbene Iris hatte wie ihr Bruder. Im indirekten Licht der Küchenbeleuchtung schimmerten ihre Augen grün, oder lag das an den Tränen, die ihre Lider unter Wasser setzten?

»Unsere Mutter hat Selbstmord begangen. Sie hat sich in die Badewanne gelegt und Schlaftabletten genommen. Gilbert war 14, ich 16. Wir landeten in einem Heim. Das ist etwas anderes, als liebevoll von der eigenen Mutter durch die Pubertät geführt zu werden, das kann ich dir sagen. Daran ist Gilbert zerbrochen. Es fing alles harmlos an, mit Hasch. Dann kam Koks, später Heroin. Obwohl wir Geschwister sind, habe ich eine andere Lehre aus dieser Erfahrung gezogen. Ich hatte mir geschworen, nie so arm zu sein, dass man mich zum Opfer machen konnte. Irgendwann lernte ich Roman kennen. Auch wenn du es nicht glaubst, aber er war ein anständiger Kerl. Er hat Gilbert geholfen. Hat ihn aus dem Sumpf gezerrt, ihm Geld gegeben für eine Ausbildung, hat ihn sogar dabei unterstützt, den ersten eigenen Laden einzurichten.«

»Und zum Dank bringt dein Bruder seinen Gönner um?«
»Nein, so war das nicht. Roman hat tatsächlich Selbstmord begangen. Ich hab dir seinen Arbeitsplatz gezeigt. Er war so müde geworden, so traurig. Es gab keinen Tag mehr, an dem er nicht aus dem Fenster starrte. Und ich wusste genau, was in ihm vorging. Gilbert hat es auch bemerkt und mir auf den Kopf zugesagt, was geschehen würde, und ich konnte nichts dagegen unternehmen. Genauso wie ich nur zusehen konnte, wie Gilbert sich veränderte.«

»Also hat dein Bruder mit dem nächsten Mord abgewartet, bis Roman sich umgebracht hat, damit die Reihenfolge auf Sharps Liste stimmt? Deswegen die große zeitliche Lücke. Er hat sich gedacht, warum soll ich mir die Finger schmutzig machen, wenn ich auch einfach Geduld haben kann? Das ist nicht nur verrückt, das ist krank.«

Sie blickte mich an, und ihre Augen sagten »Ja«, während ihr Mund flüsterte: »Mein Gott, er ist doch mein Bruder.«

»Er hat vier Menschen getötet und ganz nebenbei noch einen Krieg im Kiez angezettelt, der weitere Opfer fordern wird.«

»Er hat was?«

Ich nahm ihr die Überraschung ab. »Wenn ich eins und eins zusammenzähle, hat er sehr bewusst ausgewählt, welche Personen auf seiner Selbstmordliste stehen. Knab war Kunde bei ihm im Salon. Vermutlich hat dein Bruder ihm die Ehemänner seiner Kundinnen angedient; und zwar ausgesuchter Kundinnen. Allesamt Männer, die moralisch zweifelhafte Hobbys pflegten, um es mal vorsichtig auszudrücken. Warum dein Mann Roman auf dieser Liste gelandet ist, weißt du sicher am allerbesten. Denn wie sich die Sache zugetragen hat, werden wir von Knab nicht mehr erfahren, der wurde heute von Bahat aus dem Verkehr gezogen.«

»Meine Güte, wieso das?«

»Knab hatte mir gesteckt, dass Bahat ihm den Tipp für die Geldanlage gegeben hat. Bad hatte seine Chance gewittert, Scharpinsky eins auszuwischen. Und auch da bin ich mir sicher, dass dein Bruder mit einer gezielten Information nachgeholfen hat.« Mir fiel die perfekt manikürte rechte Hand von Bahat ein. Ungewöhnlich gepflegt für einen Boxer. »Wenn wir suchen, finden wir mit Sicherheit einen Sahid Bahat auf der Kundenliste deines Bruders. Auf jeden Fall hat der Knabs Verrat auf die übliche Art und Weise geahndet.«

»Dann hat Gilbert das alles inszeniert, damit die sich am Ende gegenseitig umbringen?«

»Mehrere Fliegen mit einer Klappe: eine Handvoll menschlicher Dreckmaden entsorgt und gleichzeitig im Kiez ein wenig aufgeräumt. Wenn du mich fragst, ist dein Bruder sehr effektiv unterwegs.«

Sie stand kreidebleich da, krallte sich mit einer Hand am Küchentresen fest, die andere hielt sie sich vor den Mund.

»Und du willst mir wirklich ernsthaft weismachen, dass du von all dem nichts wusstest?«

Sie schüttelte den Kopf und schaute stumpf in den Raum. »Ich hab etwas geahnt, aber doch nicht das. Ich dachte, du würdest …« Sie ließ den Satz unbeendet.

»Was würde ich? Aus deiner Ahnung eine Gewissheit machen? Du hättest es mir sagen müssen. Mich ahnungslos deinem Bruder in die Arme zu treiben. Hast du überhaupt eine Vorstellung, was du angerichtet hast? Wenigstens zwei Menschen hätten nicht sterben müssen, und was heute Abend geschieht, will ich mir gar nicht ausmalen.«

»Was ist heute Abend?«, hauchte sie.

»Hier«, ich zeigte ihr den Zettel mit dem Termin.

Sie las ihn ungläubig. »Du musst zur Polizei gehen«, sagte sie schließlich.

»Nein«, widersprach ich hart. »Du wirst zur Polizei gehen. Du wirst denen alles erzählen. Ich kann nicht. Matt steckt da in irgendwas mit drin, und ich kann ihn nicht ans Messer liefern.«

»Damit bringt ihr zwei euch in Lebensgefahr.«

»So? Du hast dich bisher einen Teufel darum geschert, dass ich deinem Bruder gefährlich nah auf die Pelle gerückt bin. Warum soll es jetzt plötzlich so viel tödlicher sein?«

»Du weißt, wie es ist, wenn die Luft dünn wird, und du weißt, dass man dann Dinge tut, die man für gewöhnlich nicht getan hätte.«

Mir war, als spiele sie auf den Grund meines Schuldenbergs an, ich ignorierte diesen Gedanken. »Nun, wenn man für gewöhnlich Menschen tötet, kann das, was passiert, wenn die Luft dünn wird, so viel schlimmer nicht werden, oder? Mir ist bewusst, worauf ich mich einlasse.«

Meiner Meinung nach war alles gesagt. Die Zeit war fortgeschritten, und ich musste Matt auflesen. Außerdem hatte ich in Erfahrung gebracht, was ich hatte wissen wollen.

Riva begleitete mich zum Ausgang. Anders als sonst schritt sie nicht selbstbewusst aus, sie schlich geradezu. Am Treppenabsatz hob sie den Kopf und blickte mir tief in die Augen. »Beinahe jede Nacht habe ich denselben Traum«, sagte sie leise. »Ich träume, dass ich die Badezimmertür öffne und meine Mutter in der Badewanne liegt. Und dass ich zu ihr gehe, sie berühre und sie aufwacht, mich ansieht und mir sanft das Haar aus dem Gesicht streicht, wie sie es immer getan hat. Dann spüre ich die

Realität mit eiskalten Fingern in den Traum eingreifen. ›Es ist nur eine Illusion‹, sagt sie. Bevor es anfängt wehzutun, wache ich auf.«

Sie ließ meine Hand los, drehte sich um und ging durch den Flur davon. Sie war mir noch nie so klein und zart vorgekommen.

Als ich das Vesuvio erreichte, hörte ich sie durch die geschlossene Eingangstür streiten. Rosetta musste wahrhaft in Rage sein, sie fluchte auf Deutsch und Matt schimpfte in seiner Muttersprache zurück.

Zwei Pärchen hatten in der Pizzeria ausgeharrt und ignorierten bemüht das Geschrei vom Tresen. Als Rosetta mich bemerkte, warf sie mir hilfesuchende Blicke zu. Matt ebenfalls. Ich steckte ganz schön in der Zwickmühle.

»Sag die sture Esel, dass er hierbleibe musse. Ich kann unmöglich schon wieder allein die Laden schmeiße.«

»Du has doch nich der leiseste Ahnung, um was es geht!« Matt hatte sich auf die Stufe hinter dem Tresen gestellt, um wenigstens auf Augenhöhe mit ihr streiten zu können.

»Ach nein? Solle ich dir was sage? Wenn du jetzt gehst durch diese Tur, werde ich nich mehr da sein, wenn du wiederkomms. Dann sitze ich in eine Flieger nach Sizilia, und du und deine alte Herr ihr konnt selber schaue, wie ihr kommt ohne mich klar.«

Ich kannte sie gut genug, um zu wissen, dass sie es ernst meinte und zugleich auch wieder nicht. »Rosetta«, sagte ich beschwichtigend, »Matt muss mich begleiten. Ich kann das nicht ohne ihn machen. Aber wenn wir zurück sind, packen wir beide mit an.«

»Ach, dann falle du mir ebenfalls in die Rucken? Viele Dank! Wisse ihr was? Verpisse euch doch. So was wie euch brauche keine Frau von die Welt!« Sie stapfte in die Küche und knalle die Tür hinter sich zu.

Matt seufzte. So unglücklich hatte ich ihn noch nie zuvor gesehen.

»Meinardo, mein Freund«, sagte er, »wir zwei sind ziemlich in die Arsch.«

»Verrätst du mir, was vor sich geht?«

»Ich habe keine Ahnung. Ich weiß nur, dass wir eine Verabredung mit Bad haben. In eine Viertelstunde. Und bei Bad ist man besser punktlich, also lass uns gehe.« Er stieg von seiner Stufe herunter und wollte sich an mir vorbeidrücken.

Ich hielt ihn an der Schulter fest. »Hast du eine Vermutung, was er von uns will?«

»Nein, ich hab eine Nachricht erhalte, dass wir beide musse dort erscheine. Und die hier komme mit.« Er zog eine Pistole unter dem Tresen hervor, die aussah wie ein Modell aus dem Krieg.

»Liegt die schon immer da?«, fragte ich.

Matt nickte. »Das ist die, mit der die alte Herr fur die Resistenza gekämpft hat. Isse seit Jahre nich abgefeuert worde.«

Die Waffe war also so alt, wie sie wirkte – nicht gerade eine beruhigende Feststellung. Und eine Pistole in Matts Händen zu wissen, milderte das schlechte Gefühl keinen Deut.

»Ich weiß nicht, Matt, lass sie lieber hier. Wenn die uns filzen, haben wir ein dickes Problem.«

»Eine kleine Italiener fasse niemand in der Hose«, sagte Matt und versuchte sich an einem Schmunzeln, während die Knarre in seinem Hosenbund verschwand. Ich hoffte ernsthaft, dass die Waffe gesichert war.

6

»Mittwochs um dieser Uhrzeit isse Bad mit seine Aufpasser allein und kummert sich um der Buchhaltung.« Matt malte mit Zeige- und Mittelfinger Gänsefüßchen in die Luft.

Ich wollte gar nicht darüber nachdenken, woher er wusste, was Bad für gewöhnlich um diese Uhrzeit trieb.

Bei meinem letzten Besuch war der Hinterhof, in dem Bads Boxclub lag, schon eine ungemütliche Kulisse gewesen, heute Abend lag er totenstill da. Eine flackernde Neonfunzel brachte die Schatten der umliegenden Häuser zum Tanzen. Das Rolltor am Eingang war bis auf einen Spalt von höchstens einem halben Meter heruntergelassen.

Matt und ich näherten uns vorsichtig und lauschten. Kein Geräusch drang aus dem Innern, leider auch kein Fetzen Licht.

Matt zog ein Feuerzeug aus der Tasche und leuchtete unter das Tor. »Die Lichtschalter isse da vorn«, sagte er. »Wir mussen hier drunter durch.« Er brauchte sich nur wenig zu bücken, um auf die andere Seite des Tores zu krabbeln, und war schnell halb darunter verschwunden.

»Matt, mir gefällt das nicht.« Ich packte ihn am Hosenbein. »Wir sollten die Polizei rufen. Das ist eine Nummer zu groß für uns.«

Matt linste unter dem Tor durch und hielt sich das Feuerzeug vor das Gesicht. Er sah aus wie ein Dämon. »Bisse verruckt? Was sollen wir der Polizei sagen? Wir sind zufällig bei eine Abendspaziergang an die Boxclub vorbeigekommen? Da drin liege Haufe von Beweise, dass meine Buchhaltung isse nich sauber. Wenn ich eine hier gar nicht gebrauche kann, dann sind es Bullen. Außerdem is ganz normal, dass isse so ruhig. Und jetzt los.«

Schon war er hinter dem Tor verschwunden. Mir blieb keine Wahl. Ich schaute mich ein letztes Mal um und kroch auf allen vieren hinter ihm her.

Matt stand bereits wieder und betätigte den Lichtschalter. Nichts geschah.

»Kaputt«, konstatierte er und ging, das Feuerzeug vor sich haltend, vorbei an der Reihe Stahlspinde.

Ich folgte ihm mit einem Gefühl im Magen, als hätte ich verdorbenen Fisch gegessen.

Bevor wir die Boxhalle betraten, hielt Matt inne und lauschte. »Hörs du das?«, wisperte er.

»Ja«, flüsterte ich zurück. Aus der Halle kam ein Gurgeln, das an einen verstopften Abfluss erinnerte.

Wir tasteten uns Schritt für Schritt vorwärts, als Matt abrupt stehen blieb. Ich war auf den Fußboden vor meinen Füßen konzentriert gewesen und prallte gegen ihn.

»Du kannst doch nicht einfach so …« Der Rest des Satzes versickerte mit der Luft, die sich aus meiner Lunge presste.

Die rostige Laufkatze an der Decke war mit ihrem schweren Metallhaken über den linken Boxring gezogen worden. Ein blindes Oberlicht tauchte die Mitte des Rings in Schummerlicht, jenseits davon herrschte Dunkelheit. Mit einer beinahe unerträglich langsamen Bewegung schwang das, was am Haken hing, von rechts nach links. Wie in Zeitlupe bewegte sich der Körper durch den dreckigen Schein des Oberlichts und wieder in den Schatten, um ganz gemächlich zurückzuschwingen. Bahats Kopf steckte in einer Schlinge aus dickem Seil, die Augen waren weit aufgerissen, die Zunge hing ihm seitlich aus dem Mund. Jemand hatte ihm nicht den Gefallen getan, ihn durch schnellen Genickbruch zu erlösen – Bad musste elendig erstickt sein.

Das seltsame Geräusch, das wir am Eingang zur Boxhalle gehört hatten, stammte von Bads Gehilfen Fati. Das dürre Männlein kauerte in dem Boxring und jammerte wie ein Waschweib. »Ayayay …«. Über ihm schwang Bad vom Schatten ins Licht wie das Pendel einer riesigen Uhr. Allein sein Körpergewicht reichte aus, und er wäre noch stundenlang weitergeschwungen. Wer auch immer ihn dort hingehängt hatte, hatte dafür gesorgt, dass man ihn nicht so leicht herunterbekäme. Bahat hing unerreichbar hoch und der Hebel, mit dem man die Kette der Laufkatze hätte ablassen können, war verbogen.

»Merda«, wisperte Matt, »das is gar nicht gut.«

Ich konnte ihm nur zustimmen, fand aber jedes Wort überflüssig. Eine drängelnde Stimme riet mir, Matt am Schlafittchen zu packen und so schnell wie möglich das Weite zu suchen, doch es war bereits zu spät. Mit einem fiesen Schaben wurde das Rolltor am Eingang gewaltsam hochgedrückt. Stimmengewirr näherte sich. Wenige Atemzüge später blendete mich der Schein einer Taschenlampe.

»Anwalt?« Die Stimme kannte ich. Der Lichtstrahl senkte sich, und nachdem sich meine Augen wieder an die Dunkelheit gewöhnt hatten, erkannte ich Sharp. Hinter ihm tauchten fünf oder sechs weitere Silhouetten auf. Eine gehörte unverkennbar Sergej. Der Schein von Sharps Lampe wanderte zum menschlichen Pendel über dem Ring.

»Da war einer schneller, Sharp«, hörte ich Sergej sagen.

»Halts Maul.« Sharp trat einen Schritt nach vorne. »Warum riecht es hier so verdammt nach Ratte?« Sein einäugiger Blick durchbohrte mich.

Was sollte ich sagen, was nicht nach lahmer Ausrede klang? Obwohl ich mit der Sache nichts zu tun hatte, fühlte ich mich schuldig. Allmählich dämmerte mir, worauf dieser Abend hinauslief. Matt zupfte an meinem Ärmel. Er war nicht der Einzige, der den dringenden Wunsch verspürte, sich umgehend aus dem Staub zu machen, doch ich sah einfach keine Möglichkeit, wie wir aus dieser Nummer herauskämen.

Ich hatte keine Gelegenheit, länger darüber nachzudenken. Hinter Sharps Leuten tauchte eine weitere Gruppe auf. Ich erkannte den Türsteher von Bad, der mich beim ersten Besuch eingelassen hatte. In der hintersten Reihe folgte Gilbert. Jetzt war mir klar, was er vorhatte. Meine Vermutung bestätigte sich, als er brüllte: »Die haben Bad auf dem Gewissen!« Er hatte dieses Zusammentreffen wie ein Regisseur inszeniert und nichts, was von nun an geschähe, wäre purer Zufall.

Matteo flüsterte mir ins Ohr: »Wenn wir nich pronto verschwinden, die mache eine Sieb aus uns.«

Er hatte ja recht, aber wohin? Ich zerrte Matt unter den Treppenaufgang zu dem Boxring, über dem Bad hing. Der Unterbau des Rings bestand aus einer Konstruktion aus Aluminiumstangen, die an den Seiten mit schweren Stoffbahnen behängt war. Wir schlüpften gerade darunter, als die ersten Schüsse fielen. Bads Leute hatten das Feuer eröffnet, ohne zu zögern, Sharp und seine Männer verschanzten sich auf der anderen Seite des Rings. Matt und ich saßen mittendrin im Kugelhagel. Ich dachte an Gilberts Worte: »Wetten, dass am Ende des Tages ein weiteres Dreckschwein diese Erde verlassen hat?« Bads Leiche baumelte irgendwo über mir, und wenn mich nicht alles täuschte, würde er nicht das einzige Opfer bleiben. Gilbert hatte die Wette also schon gewonnen. Trotz Lärm und Gebrüll fiel mir sogar sein Einsatz ein. Was hatte er gesagt? Wenn er recht behielte, müsse ich ihn ziehen lassen und er würde meine Schulden bei Sharp begleichen? Nicht mit mir. Tief in mir drin meldete sich ein letzter Funken Ehre. Plötzlich war es still da draußen. Ich lugte durch die Stoffbahnen hindurch in die Halle.

Aus einer Ecke brüllte Sharp: »Ihr Idioten! Merkt ihr nicht, dass es jemand drauf anlegt, dass wir uns gegenseitig kaltmachen?«

Von der anderen Seite schrie jemand: »Du feige Ratte! Hast du die Hosen voll?« Es war Gilberts Stimme.

Sharp konnte nicht ahnen, wie richtig er mit seiner Vermutung lag. Gilbert würde nicht ruhen, bis die Situation vollends eskalierte. Obendrein wusste er um die kurze Lunte von Bads Jungs, erst recht im Angesicht ihres erhängten und wie eine Schweinehälfte zur Schau gestellten Bandenchefs.

»Los, die erledigen wir!«, brüllte einer. Erneut setzte ein Schusswechsel quer durch den Raum ein. Ich zog den Kopf ein und robbte dorthin, wo Matt zitternd kauerte.

»Verdammt, Meinardo. Wie komme wir bloß hier raus?«

»Ich habe keine Ahnung. Wenn wir lange genug warten, geht denen irgendwann die Munition aus.«

»So lang halt ich es nich aus.« Matt hatte die Pistole aus dem Hosenbund gezogen. »Ich versuche, mich zu die Hinterausgang durchzuschlage.«

»Sag mal, spinnst du? Das geht auf keinen Fall!«

»Ich will nich sterbe wie eine Karnickel in die Falle.«

»Wo ist denn der Ausgang?«

»Es gibt eine Fluchtweg durch Bads Buro.«

Mir fiel der Glaskasten ein, der einst als Vorarbeiterbude gedient hatte. Doch an eine Hintertür erinnerte ich mich nicht. »Bist du sicher? Wenn wir es bis dahin schaffen und es keinen Ausgang gibt, sitzen wir dort in der Falle.«

»Immer noch besser, als unter die Boxring zu hocke und auf die Tod zu warte, vertrau mir!« Matt sah mir tief in die Augen.

Obwohl mein Verstand mir riet, Matts Antwort noch einmal auf Logikfehler hin zu überdenken, nickte ich spontan. Das Gebrüll und die Schüsse legten jeden klaren Gedanken lahm, und tatsächlich blieb mir nichts anderes übrig, als Matt zu vertrauen.

Ich atmete dreimal durch und wiederholte gebetsmühlenartig den Satz: »Es sind nur Silvesterböller«, während ich Matt gebückt folgte. Das Mantra wirkte gerade mal so lange, bis wir die Deckung hinter uns gelassen hatten. Eine Kugel flog an meiner Schläfe vorbei. So dicht, dass ich ihren tödlich kalten Lufthauch auf der Haut spürte. Verpufft war jede Fassung. »RENN!«, brüllte ich aus Leibeskräften und bekam Matt am Ärmel zu fassen. Er stolperte, fiel, ich zerrte ihn weiter. Ich spürte, wie etwas mein Hosenbein durchstieß, und wartete auf den Schmerz, doch er blieb aus. Mit Matt im Schlepptau taumelte ich durch den Kugelhagel, bis wir den Glasverschlag erreichten. Mit letzter Kraft fiel ich in die geöffnete Tür. Matt landete halb auf mir, ich hörte ihn rasselnd atmen. Für eine Sekunde schloss ich die Augen und schickte wem auch immer ein Dankeschön Richtung Himmel. Matt blieb auf mir liegen, und ich kämpfte mich unter ihm heraus. Gott sei Dank, war er nur eine halbe Portion. Ich rollte ihn zur Seite.

Er blickte mich an, als sei er genauso überrascht wie ich, dass er noch am Leben war. Ich zerrte meinen Arm unter ihm hervor und hielt mir die Hände vor die Augen. Etwas Kaltes, Klebriges berührte meine Haut. Als ich die Hand herunternahm, sah ich Blut. Viel Blut. Panisch tastete ich meinen Körper ab, fand ein Loch in der Hose, jedoch keine Wunde. Von mir stammte das Blut nicht. Matts Atem rasselte nun deutlicher. Sein Gesichtsausdruck veränderte sich, als ob auch er erst jetzt wahrnahm, dass er klang, wie ein undichter Gartenschlauch. Er wollte etwas sagen, aber an seinem Mund bildete sich lediglich eine blutige Luftblase. Eine Scheibe zerbarst und ergoss sich in einem Scherbenhagel über uns. Ich fühlte ein Stechen wie von einer Wespe im Gesicht und warf mich schützend über Matt. Die Scherben prasselten auf meinen Rücken. Als ich mich wieder aufrichtete, wurde mir klar, dass Matt sich geirrt hatte. Von hier führte kein Weg nach draußen. Ohnehin hätte ich ihn keinen Meter mehr bewegen können. Matt verdrehte bereits die Augen. Ich wagte es, den Kopf zu heben und durch die unversehrte Scheibe zu spähen. Wir saßen in Bads Büro genauso fest wie vorher unter dem Boxring. Von rechts und links peitschten Kugeln durch die Halle und erzeugten ein unerträglich lautes Echo. Der massige Körper von Bad wurde im Sekundentakt getroffen und tanzte in der Luft wie ein Sandsack.

Ich versuchte zu peilen, wie viele Männer auf beiden Seiten die Stellung hielten. Dem Lärm nach zu schließen, konnte das noch eine Weile so weitergehen. Verzweifelt schaute ich auf Matt. Er hatte keine Zeit mehr zu verlieren. Also zerrte ich an seinem Hemd und fand den Ursprung der Blutlache, die sich unter ihm ausbreitete. Ich griff mir das Erstbeste, was ich zu fassen bekam – es war Bads Frotteebademantel – und drückte ihn mit Leibeskräften auf Matts Brust. Der stöhnte.

»Halt durch!«, beschwor ich ihn wie mich gleichermaßen. Zu gerne hätte ich den Zusatz »Ich bring uns beide lebend raus« hinterhergeschoben, aber dazu fehlte mir jeder Funke Zuversicht.

Für einen Atemzug lang verebbte das Geballer. Durch das Fiepen in meinen Ohren hindurch meinte ich, das Jaulen eines Martinshorns zu hören. Zum zweiten Mal innerhalb weniger Minuten sandte ich einen tief empfundenen Dank Richtung Himmel. Ich wagte es, erneut in die Halle zu spähen, um die Lage zu sondieren. Leider verhielten sich die Männer nicht so, wie ich es in ihrer Lage getan hätte: Keiner suchte schleunigst das Weite. Im Gegenteil, die Schießerei wurde fortgesetzt, als habe man den Ehrgeiz, die Sache zu erledigen, bevor die Polizei auftauchte.

Wie aus dem Nichts tauchte Gilbert plötzlich direkt vor der Scheibe auf. Im Reflex zog ich den Kopf ein, nur um einzusehen, wie albern das gewesen war. Uns trennten höchstens zwei Meter Distanz und eine wenige Millimeter dicke Glasscheibe. Mich zu ducken würde gar nichts bringen. Vorsichtig schaute ich nach oben. Er hatte sich nicht bewegt und sah mich weiter an, und tatsächlich schien ein Lächeln auf seinen Lippen zu liegen. Völlig ungerührt harrte er aus. In seinem Blick meinte ich, Zufriedenheit ausmachen zu können, als ob er nur auf das warten würde, was sich nun im Bruchteil einer Sekunde vollzog: Sein Körper wurde von einer Wucht herumgewirbelt, als vollführe er eine Art modernen Tanz. Er musste von mehreren Kugeln getroffen worden sein und verschwand nun plötzlich aus meinem Blickfeld. Ich starrte einen Moment auf die Stelle, an der er eben noch gestanden hatte, und überlegte, ob ich nachsehen sollte, wie schlimm es ihn erwischt hatte. Unter mir stöhnte Matt und ich gab das Vorhaben auf.

Ich kniete neben meinem Freund nieder und konnte nichts anderes tun, als den Bademantel auf seine Brust zu pressen, ihm die Hand zu halten und beruhigende Brummlaute von mir zu geben, die er durch all den Lärm von außerhalb der Glaskiste sowieso nicht hören würde.

Matt sah aus, als befände er sich bereits auf halbem Weg in eine andere Dimension. Sein Atem ging flach und Blut lief ihm aus den Nasenlöchern und dem Mundwinkel. Mit dem Ärmel des Bademantels wischte ich es ihm von der Wange. »Halt bloß durch, Mann, sonst bringt Rosetta mich eigenhändig um.« Ich strich ihm eine Strähne aus der Stirn, als das Schreien und Knallen einem Rauschen in meinen Ohren wich. Das Geräusch schwoll an, bis es meinen gesamten Kopf ausfüllte und mich meine Umgebung wie durch Watte wahrnehmen ließ. Der Raum, die Schüsse, Matt – mit einem Mal war alles weit weg und ich fand mich an einem anderen Ort zu einer ganz anderen Zeit wieder. Plötzlich befand ich mich in einem vollkommen lautlosen Kinderzimmer und die Stille jagte mir eine Heidenangst ein. Ich saß auf einem Kinderbett und hielt meinen Sohn im Arm. Sein winziger Körper glühte, und ich fürchtete, dass er ohnmächtig werden würde. Der Schweiß hatte ihm das dünne Haar auf die Stirn geklebt, und er schaute aus glasigen Augen ins Nichts. Niemals zuvor hatte ich mich derart hilflos gefühlt, dazu verdammt, diesen kleinen Menschen zu halten und zu warten, bis sich das Signal des Notarztwagens näherte, wie in Zeitlupe quälend langsam.

Sirenengeheul durchschnitt das Rauschen in meinen Ohren, bis ich verstand, dass dieses Geräusch jetzt und hier war. Es kam von außerhalb der Halle und versammelte sich vielstimmig im Innenhof davor. Ich richtete mich auf, um durch die Scheibe spähen zu können. Die, die noch laufen konnten, nahmen die Beine in die Hand und machten sich davon – vermutlich durch den echten Hinterausgang. Einige andere krochen auf dem Boden in schützende Ecken. Sie rechneten wohl damit, dass die Polizei nicht zimperlich bei der Erstürmung vorgehen würde, und sie behielten recht.

Eine Truppe Männer mit schusssicheren Westen und Sturmhauben fiel in das Gebäude ein und schwärmte aus. Die eine Hälfte begann, Meldungen brüllend die Halle zu sichern und die darin kauernden Verletzten in Schach zu halten, die anderen rannten den wenigen hinterher, die zu flüchten versuchten.

Mir fiel nicht Besseres ein, als lauthals »Ich brauche Hilfe!« zu brüllen.

Ein Maskierter lugte in den Glasverschlag, eine riesige Waffe im Anschlag.

Reflexartig hob er die Hände. »Bitte«, sagte ich zu ihm, »er braucht Hilfe, sonst verblutet er.«

Seine Augen suchten den Raum nach einer Gefahrenquelle ab, dann kniete er sich neben mich, zog einen Handschuh aus und fühlte Matts Puls am Hals. »Schwach«, sagte er.

Direkt danach stand er auf und verschwand in der Halle. Ich hatte keine Ahnung, ob er Hilfe holen würde oder ob er Matts Zustand für hoffnungslos erachtet hatte und uns hängen ließ. Mir blieb nichts anderes übrig, als Matt festzuhalten und ihm dabei zuzusehen, wie er starb. Unablässig drang von draußen Gebrüll zu uns, immer noch fielen Schüsse, und mir wurde klar, dass man keine Sanitäter zu den Verletzten schicken würde, solange die ihr Leben in Gefahr brachten. Bis die Lage übersichtlicher wäre, würde es noch eine Ewigkeit dauern.

Matt blieben nicht einmal mehr Minuten.

Ich ertappte mich dabei, dass ich ihm sinnloses Zeug ins Ohr flüsterte. Etwas von der Sonne in Sizilien und dass wir zwei doch einen Wein am Hafen von Palermo miteinander trinken wollten. In meiner Verzweiflung drohte ich ihm sogar damit, dass ihn der Teufel holen würde, wenn er Rosetta alleine ließe, und dass ich sie dann heiraten müsse und ihm das nie verzeihen könnte. Matt lag bleich am Boden, und sein Atem schwand mit jedem Blutstropfen, den sein Herz aus ihm rauspumpte. Längst hob und senkte sich sein Brustkorb nur noch sachte.

Ich legte meine Schläfe auf seine Brust, schloss die Augen – und betete. Das erste Mal, seit jenem Abend am Bett meines Sohnes, versprach ich jemandem, dass ich im Austausch für das Leben eines anderen überall hingehen würde, zur Not auch in die Hölle. Ich sagte es laut und es fühlte sich wahr an. »Mein Leben ist es nicht wert. Nimm stattdessen mich.« Ich lauschte in Matts Brust auf eine Antwort.

»Machen Sie Platz!«, brüllte ein Maskierter in den Raum. Der Mann von vorhin war mit drei anderen zurückgekommen. »Wir tragen ihn nach draußen, das ist seine einzige Chance.«

Mühsam stemmte ich mich in die Höhe. Meine Beine waren eingeschlafen. Ich taumelte und fand Halt an Bads Schreibtisch. Dort krallte ich mich hilfesuchend an die Tischplatte und sah zu, wie die Kerle Matt packten und seinen schlappen Körper vom Boden zerrten. Er wirkte klein wie ein Kind im Vergleich zu den schwarzen Männern. Je einer hatte ihn vorne und hinten gegriffen, der dritte sicherte ihren Abzug.

Ich wollte hinterher. Meine Knie knickten ein. Ich sank in die Hocke. Tränen schossen mir in die Augen und ich würgte, aber es kam nichts. Mit einem Mal versank alles um mich herum wieder in Stille, die Bewegungen der Männer in den Uniformen liefen ab wie in Zeitlupe. Das Rauschen kehrte zurück. Ich fühlte mich, wie unter einer Glocke gefangen, die Welt drum herum wie durch Milchglas und Schalldämpfer.

Mit letzter Kraft kämpfte ich mich hoch und verließ die Vorarbeiterbude.

In der Halle war nichts mehr wiederzuerkennen. Ich wandelte durch das Chaos als wäre ich ein Geist. So fühlte ich mich. Unsichtbar und durchlässig. Niemand sah mich an, alle waren mit sich selbst beschäftigt. Die Stelle, an der Gilbert vor der Glasscheibe zusammengesunken war, war leer. Ein riesiger Blutfleck hatte sich auf dem rauen Betonfußboden ausgebreitet. Hier und da klickten Handschellen, Männer stöhnten, ab und an brüllte ein Beamter etwas in den Raum. Ich hörte es, doch die Worte drangen nicht zu meinem Hirn vor. Zwei der Polizisten hatten versucht, die Laufkatze, an deren Haken Bad immer noch baumelte, abzulassen, aber der Mechanismus war verbogen und verklemmt. Sie stiegen in der Mitte des Boxrings auf einen Stuhl, doch er war zu niedrig, um Bad zu erreichen.

Ich trat an den Ring heran und stand Auge in Auge mit Fati, der verdreht auf dem Bauch lag, den Kopf zu mir hingedreht, den Rücken zerfetzt von etlichen Einschusslöchern. Sein Blick war starr und leer – und unglücklich.

Aus dem dumpfen Brummen auf meinen Ohren wurde ein Fiepen. Ein Ton in einer höchst unangenehmen Frequenz breitete sich in meinem Hirn aus. Ein Geruch erfüllte den Raum, der kaum auszuhalten war: Blut, verbranntes Pulver und Angstschweiß. Ich musste hier raus.

Orientierungslos suchte ich den Ausgang und fand ihn, indem ich mich mit dem Strom der Uniformierten treiben ließ. Ich schloss mich einer Gruppe an und wurde mit ihr in Richtung Ausgang gespült. Ein lauter Knall schreckte die Männer auf. Unwillkürlich hob ich die Hände über den Kopf. Es war den beiden Polizisten gelungen, Bad loszuschneiden. 120 Kilo totes Fleisch waren aus drei Metern Höhe auf den Ringboden geknallt. Die Männer schauten entschuldigend in die Runde.

Auf der Rampe vor dem Boxclub atmete ich das erste Mal tief durch. Im Innenhof hatten sich Sanitäter versammelt und beugten sich über Körper, die man nacheinander aus der Halle trug. Ein Tuch nach dem nächsten wurde darüber geworfen, die Mienen der Sanitäter wurden zunehmend trüber. Überall rannten Uniformierte durcheinander, ich schlich wie taub durch sie hindurch, an den abgedeckten Leichen vorbei bis zur Durchfahrt in den Hof.

Die Straße zur Einfahrt war abgesperrt, mehrere Wagen mit Blaulicht verstellten den Weg. Vor einem stand in der geöffneten Fahrzeugtür Richard Sachs. Er hielt ein Funkgerät in der Hand und starrte mich fassungslos an.

Da ich meine Gedanken nicht sortiert bekam, versuchte ich erst gar nicht, einen sinnvollen Satz zu bilden. Die Worte plumpsten förmlich aus mir raus. »Ich wurde mit meinem Freund Matteo Ferrugio in diese Falle gelockt. Der, der für das Gemetzel verantwortlich ist, heißt Gilbert Dietschmons. Sie müssen ihn unbedingt festnehmen, wenn er noch am Leben ist. Ich habe gesehen, wie er getroffen wurde, aber eben war er verschwunden.«

»Halten Sie mal kurz die Luft an«, unterbrach Sachs meinen Redeschwall. »Ihren Ausweis bitte.«

Zittrig fummelte ich mein Portemonnaie aus der Hosentasche und reichte es ihm. Er gab es einem Beamten, der in dem Fahrzeug saß. »Den Ausweis ziehen wir vorübergehend ein. Den kriegt er erst wieder, wenn die ganze Sache geklärt ist.« Dann wandte er sich mir zu. »Noch mal langsam. Haben Sie Gilbert Dietschmons gesagt? Sind Sie etwa der Verrückte, der vorhin in der Zentrale angerufen hat?«

Ich nickte.

»Sie wollen mir ernsthaft verkaufen, dass für das hier«, er ließ den Arm in weitem Bogen schweifen, »ein stadtbekannter Friseur verantwortlich ist?«

So formuliert klang es in der Tat ziemlich weit hergeholt. Mir blieb nichts anderes übrig, als erneut zu nicken.

»Seltsamerweise stehen Sie jetzt aber vor mir und nicht Herr Dietschmons. Und nicht er, sondern Sie sind gerade einer blutigen Schießerei entkommen. Finden Sie das nicht irgendwie komisch? Und warum haben Sie am Telefon nichts davon erwähnt, was er vorhat?« Er deutete auf den Eingang zum Hinterhof.

»Ich hatte keine Ahnung, was geschehen würde.«

»Aha. Also sind Sie zufällig in all das reingeraten? Ich kann Ihnen sagen …« Er atmete tief ein. »Ihre Rolle in dieser Geschichte werden wir klären, wenn wir hier aufgeräumt haben. Ich schwöre Ihnen: Falls Sie uns im Vorfeld Informationen vorenthalten haben, die über Ihr Mandat als Anwalt hinausgingen, können Sie sich warm anziehen.«

Mir war klar, dass ich für eine lange Weile Ferien haben würde, doch das war im Moment meine geringste Sorge.

»Sie müssen diesen Dietschmons finden. Er ist nicht nur für diese Schießerei verantwortlich, er ist, wie ich es gemeldet habe, der Ursprung der ungeklärten Suizide.«

Wieder beugte er sich zu dem Beamten im Fahrzeug. »Haben wir einen Gilbert Dietschmons unter den Opfern oder den Festgenommenen?«

Der Mann im Wagen nahm sich ein Klemmbrett vor, dann griff er zum Funkgerät. Sein Finger bewegte sich suchend über eine Liste. »Niemand mit diesem Namen.«

»Irgendjemand, der nicht identifiziert wurde?«

Der Mann schüttelte den Kopf. »Alle Opfer wurden eindeutig ihren Clans zugeordnet. Die Jungs sind ja wie Köter mit Tätowierungen markiert, das macht es leichter.«

Ich fand den Gleichmut der beiden unerträglich. »Sie müssen eine Fahndung einleiten. Der Mann ist gefährlich, verstehen Sie?«

»Ich lasse mir von Ihnen keine Befehle erteilen. Wenn Sie sich früher gemeldet hätten, säßen wir jetzt nicht in so einem Schlamassel.«

Er hatte recht. Mir blieb nichts anderes übrig, als vom Thema abzulenken. »Was ist mit Matt? Matteo Ferrugio?«

Sachs sah sich um und fand einen Mann, der an einen Notarztwagen lehnte. »Matteo Ferrugio? Ist der unter den Überlebenden?«

Der Mann trat einen Schritt näher. »Wir haben vier Schwerverletzte abtransportiert. Herr Ferrugio ist unterwegs in die Klinik.« Flüsternd fügte er an: »Schlechte Prognose.«

Hunderte Gedanken kamen mir auf einmal in den Sinn, keiner davon länger als den Bruchteil einer Sekunde greifbar. Bilder von einer Rosetta in Schwarz tauchten vor mir auf, von einem »Geschlossen wegen Geschäftsaufgabe«-Schild an der Tür des Vesuvio, von mir, wie ich ziellos durch die Straßen Kassels irrte – ich wäre verloren ohne Matt, das war das Einzige, was ich denken konnte, und der Gedanke fühlte sich an, als ob mir jemand ein Messer in den Bauch rammte. Noch war Matt am Leben, und das war den Männern zu verdanken, die ihn aus der Halle getragen hatten. »Wieso sind Sie eigentlich hier? Wer hat Sie denn verständigt?«, fragte ich Sachs.

Er zeigte auf eine Person auf der gegenüberliegenden Straßenseite, die dort schon die ganze Zeit regungslos gestanden haben musste.

Auf dem Bürgersteig wartete Riva. Sie zitterte, eine Einsatzkraft hatte ihr eine Decke umgelegt.

Mit schleppenden Schritten ging ich zu ihr rüber. Sie kam mir entgegen und wollte mich umarmen. Ich wich ihr aus.

»Ich hab die Polizei verständigt«, sagte sie. Es klang wie eine Entschuldigung, aber ich hatte keine Lust ihr dabei behilflich zu sein, sich aus der misslichen Lage zu winden, die sie von Anfang an hätte verhindern können.

»Matt ist schwer verletzt. Wenn er stirbt, kannst du dich dafür bei deinem Bruder bedanken.«

Tränen sammelten sich in ihren Augen. In mir war alles tot. Ich spürte weder Mitleid noch Wut. Ich wandte mich ab und ließ sie stehen. Als ich die Hälfte der Straße überquert hatte, drehte ich mich um und rief ihr zu: »Dein Bruder ist übrigens verschwunden. Ich würde dir raten, der Polizei alles zu erzählen, wenn du in Zukunft ruhig schlafen willst.« Danach setzte ich meinen Weg fort. Ich fühlte mich zum Kotzen. Ich hatte gerade meine eigene Armseligkeit bei ihr abgeladen.

Der Fahrer des Notarztwagens stupste mich an. »Ich muss zurück in die Klinik, den Notarzt aufgabeln. Wenn Sie mitfahren möchten?«

Ich warf Sachs einen fragenden Blick zu.

Der schien kurz nachzudenken und meinte dann überraschend milde: »Ich lasse Sie unter einer Bedingung laufen: Sie sitzen morgen früh bei mir im Vernehmungszimmer. Und jetzt sehen Sie zu, dass Sie in die Klinik kommen. Und lassen Sie das verarzten.« Er zeigte auf mein Gesicht.

Ich fasste reflexartig an die Stelle, auf die er gezeigt hatte, und zuckte zurück. Ein Glassplitter musste die rechte Wange aufgerissen haben. Ich hatte es noch gar nicht bemerkt.

Im Krankenhaus herrschte geordnetes Gewusel. Fasziniert beobachtete ich, wie die Schwestern und Ärzte im Laufschritt durch die Flure eilten und trotzdem voll konzentriert auf jeden Patienten beruhigend einwirkten. Der Fahrer des Notarztwagens hatte mich auf einen Stuhl im Wartebereich gesetzt und mir zugeraunt: »Warten Sie hier, ich hole jemanden, der sich um Sie kümmert. Kann allerdings ein Weilchen dauern. Alles Gute.« Er drückte zum Abschied meine Schulter und verschwand im Durcheinander.

Nachdem ich eine Weile das Treiben auf den Gängen verfolgt hatte, trat ein Arzt neben mich. Er kniff die Augen zusammen. »Alles in Ordnung bei Ihnen?«

»Wenn Sie wissen wollen, ob es mir gutgeht, dann: ja. Aber in Ordnung? Nein. In Ordnung ist überhaupt nichts mehr.«

7

Wie jeden Morgen seit den grausamen Ereignissen wachte ich auch an diesem schweißgebadet auf. Zu meinen gewohnten Alpträumen hatte sich eine seltsame Art von Halluzination gesellt. Im Schlaf flüsterte eine Stimme unverständliche Worte in mein Ohr, als würde jemand versuchen, mich zu wecken. Wenn ich aufschreckte, war natürlich niemand da, aber die Stimme hatte derart real geklungen, als ob eine Person direkt neben mir gestanden hätte. Als ich sie das erste Mal hörte, war mir sofort klar, dass ich Hilfe brauchte. Der Arzt, der mir in der Notaufnahme die Wunde im Gesicht genäht hatte, hatte mir die Karte einer Kollegin und den Rat gegeben, unbedingt mit ihr zu sprechen. Nachdem ich in der darauf folgenden Nacht an die zehn Mal hochgeschreckt war, rief ich sie am nächsten Morgen an.

Erda Loth betreute stationäre Patienten in der Klinik, hatte aber auch eine Praxis in der Nähe vom Rathaus, nicht allzu weit entfernt von meiner Kanzlei. Ich dachte, sie würde mir etwas für die Nerven verschreiben und damit wäre der Fall erledigt. Doch sie weigerte sich, mir ein Rezept auszustellen, und empfahl mir stattdessen, mindestens einmal wöchentlich bei ihr aufzutauchen. Ich tat das als übertrieben ab.

Innerhalb weniger Tage gesellten sich zu den Schlafstörungen Panikattacken. In Menschenmengen überfielen mich lähmende Übelkeit und unkontrollierbares Zittern. Einmal musste ich einen Einkaufswagen stehen lassen und aus dem Laden rennen. Draußen bollerte mein Herz wie ein Vorschlaghammer und ich sah Sterne. Erda Loth schob mich dankenswerterweise sofort zwischen ihre Termine und bat mich, bald wiederzukommen. Normalerweise hätte ich von regelmäßigen Besuchen bei einem Seelenklempner großen Abstand genommen, aber diese überaus attraktive Ärztin hatte einen Nerv in mir getroffen, und ich vereinbarte einen neuen Termin.

Sie hatte mir prophezeit, dass es mir noch eine Weile so gehen würde. Posttraumatisches Stresssyndrom nannte sie es. Und auch für die halluzinierte Stimme im Schlaf hatte sie eine Erklärung: eine seltene Vermischung von Wach- und Dämmerzustand. Sie versprach mir, dass das Flüstern seinen Schrecken verlieren und verschwinden würde, wenn die Worte erst mal in mein Bewusstsein drangen. Wahrscheinlich würde ich im Schlaf sprechen und von meiner eigenen Stimme geweckt. Die Ereignisse waren noch nicht lange her, und ich sollte mir etwas Zeit geben, um das Erlebte zu verarbeiten. Während sie geredet hatte, hatte ich auf ihr rotes Haar gestarrt und mich gefragt, ob die Farbe natürlich war.

Nachdem ich mich an diesem Morgen wieder einigermaßen gefangen hatte, verließ ich die Wohnung, ohne zu frühstücken, und fuhr zu Rosetta. Ich hatte ihr versprochen, bei den Einkäufen im Großmarkt zu helfen und ihr später in der Küche zur Hand zu gehen. Sie wollte partout das Vesuvio geöffnet lassen, obwohl das ohne Matt kaum machbar war. Ich tat, was ich konnte, um ihr beizustehen, aber ich war eben kein würdiger Ersatz für Matt. Allzu oft sah ich sie seufzend an einen Schrank gelehnt, während Tränen ihre Wangen hinabkullerten. Die unerschütterliche Rosetta war an ihre Grenzen gelangt.

Als ich das Vesuvio betrat, stand ein dampfender Espresso auf dem Tresen bereit.

»Bin gleich da!«, rief Rosetta aus der Küche.

Der Raum stank nach kaltem Zigarettenrauch, Bratenfett und Knoblauch. Ich hielt meine Nase über den Espresso und sog den schwarzen Geruch tief in mich ein.

Rosetta trat zu mir. Sie sah müde aus. »Lass uns erst in die Krankenhaus fahre. Matteo geht's heut nich gut.«

Das sagte sie jeden Morgen, dabei war Matt seit Kurzem aus dem Gröbsten raus. »Matteo vermisst dich und seinen alten Herrn, das ist alles. Der ist doch schon wieder fast auf dem Damm.«

Rosetta machte ein gurrendes Geräusch. »Du kenns doch der sizilianische Kerle. Weich wie Mozzarella.« Sie zwinkerte mir zu.

»Na los, wir haben viel vor.« Ich kippte den Espresso runter und spürte ihn warm meine Speiseröhre hinabfließen.

Wir trugen den Geruch des Vesuvio in unserer Kleidung mit nach draußen, wo er sich mit morgendlichem Großstadtmief vermischte. Ich verfrachtete Rosetta auf den Beifahrersitz, und wir fuhren Richtung Klinik.

Matt sah tatsächlich schon wieder einigermaßen fit aus. Er saß aufrecht im Bett und schäkerte mit einer übergewichtigen Krankenschwester, die ihm den Blutdruck gemessen hatte. Als ihm klar wurde, dass Rosetta den Flirt mitbekommen hatte, guckte er schuldbewusst und mimte dann den Schmerzgeplagten.

»Das nimmt dir keiner mehr ab, du Weichei.« Bemüht versuchte ich, meine Beklemmung zu überspielen. Matt und ich hatten eine Art schweigender Übereinkunft darüber getroffen, dass Rosetta niemals erfahren würde, was sich an jenem Abend in Bads Boxclub abgespielt hatte. In unserer Version der Ereignisse waren Matt und ich rein zufällig zwischen die Fronten eines Bandenkrieges geraten.

Matt spielte mit. »Ich vermisse ebe meine Rosa Cara.«
Rosetta schnappte sich Matts Kopf und sein Gesicht verschwand wie immer zwischen ihren Brüsten. Der Mann konnte einem wirklich leidtun, denn er hatte keine Chance, sich aus ihrer Umarmung zu befreien. Hochrot und nach Luft japsend tauchte er schließlich wieder auf. Er wirkte glücklich. Möglicherweise tat ich mir selbst leid und Matt war in Wahrheit zu beneiden.

Sie hob einen Korb auf das Bett und begann, die mitgebrachten Leckereien auszupacken.

»Matt muss noch Schonkost essen«, versuchte ich einzuwenden, dabei war mir bewusst, wie sinnlos das war. Rosetta kannte den Begriff »Schonkost« nur im Zusammenhang mit italienischem Zuckerkram. Außerdem ging es ihm erstaunlich gut, wenn man bedachte, dass eine Kugel seine Lunge durchlöchert hatte. Wenn die Retter sich auch nur eine Sekunde länger Zeit gelassen hätten, wäre er erstickt. Immer wenn ich daran dachte, sah ich ihn vor mir liegen und hörte mich flüstern: »Mein Leben ist es nicht wert. Nimm stattdessen mich.« Entweder hatten meine Worte den Adressaten nicht erreicht, oder er hatte entschieden, dass wir beide überleben sollten. In der Rückschau grenzte es jedenfalls an ein Wunder, dass wir aus dieser Nummer heil herausgekommen waren.

Von den 15 Beteiligten waren zehn tot. Sharp hatte es ebenfalls böse erwischt, aber der zähe Knabe befand sich auf dem Wege der Besserung. Ich fragte mich, ob es für ihn nicht besser gewesen wäre, als Legende in der Schießerei unterzugehen. Das Machtvakuum, das durch Bads Ableben und die Verletzung von Sharp entstanden war, war keine 24 Stunden später bereits gefüllt gewesen. Die Russenmafia hatte nur auf eine solche Gelegenheit gewartet.

Gilbert hatte in der Tat eine Revolution im Kiez angezettelt und einen Zustand hergestellt, der so nie zuvor dagewesen war. Ich hatte sogar von Prostituierten gehört, die sich zu freien Verbänden zusammenschließen wollten, doch diese Versuche erstickten die Russen im Keim. Es wurde mit allen Mitteln klargemacht, wer nun die Chefs auf dem Kiez waren. Sharp würde gut daran tun, sich zu überlegen, ob er es in seinem Zustand mit ihnen aufnehmen konnte. Er würde die Konstitution eines Bären benötigen, um sich erneut in die erste Reihe zu schieben und seinen Platz dort zu verteidigen. Und die Gegner, die ihn dort erwarteten, hatten von Ganovenehre noch nie etwas gehört.

Gilbert hatte fürwahr eine neue Zeitrechnung eingeläutet. Seit jenem Mittwoch war sein Laden geschlossen und die Schaufenster mit Papier verhängt. Ich hatte versucht, seinen Nagelpolierer Jörg ausfindig zu machen, aber der war verschwunden – genau wie Gilbert. Der war seit der Schießerei nicht wieder aufgetaucht und der Polizei fehlte jede Spur. Ich traute ihm sogar zu, dass der Treffer, den ich zu sehen geglaubt hatte, inszeniert gewesen war. Das Blut auf der Stelle, an der er gestanden hatte, war jedenfalls nicht seins gewesen. Letztlich zählte für mich nur eins: Ich erhielt keine Nachrichten mehr von ihm.

Rosetta hatte mir erzählt, dass Riva einige Male im Krankenhaus gewesen war. Sie versuchte alles, um ihr schlechtes Gewissen zu beruhigen. Einmal waren wir uns beinahe im Krankenhausflur begegnet. Ich hatte sie gerade weggehen sehen und überlegt, ob ich ihr folgen sollte, ließ es aber bleiben. Ich hätte sie gefragt, ob sie wüsste wo ihr Bruder sich aufhielt und sie hätte verneint. Und ich hätte mich gefragt, ob sie es wirklich nicht wusste oder ob sie mich anlog. Diese Unterhaltung konnten wir uns beide ersparen.

Ihre Aussage bei der Polizei war umfangreich gewesen, trotzdem würde sie sich wegen Vereitelung der Strafverfolgung vor Gericht verantworten müssen. Im Übrigen genauso wie ich. Deshalb hatte ich nun einige Wochen Zeit, Matteo einigermaßen im Vesuvio zu vertreten, denn meine Kanzlei war geschlossen. Die Anwaltskammer hatte mir die Zulassung noch nicht entzogen, doch das Verfahren lief und arbeiten durfte ich unterdessen nicht.

Beinahe gefiel mir mein neues Leben ganz gut. Morgens fuhr ich mit Rosetta einkaufen, und den Rest des Tages ließ ich mich von ihr herumkommandieren. Was hatte ich Matt in jenem schwachen Moment ins Ohr geflüstert? Wenn ihm etwas geschähe, würde ich Rosetta heiraten? Jetzt wusste ich, was für ein leichtsinniges Versprechen das gewesen war.

Matt sah in dem weißen Klinikbett noch kleiner aus als sonst. Seine Augen klebten glücklich an Rosetta, die ihn mit Panettone vollstopfte und ihm die Locken kraulte, während sie ein italienisches Kinderlied summte. Alles war richtig so, wie es war, und es war gut ausgegangen, nur das zählte.

Ich ließ die beiden Turteltäubchen allein und ging durch das Treppenhaus zwei Stockwerke höher. Dort befand sich das Zimmer, das ich suchte. Der Platz für die Polizeibeamten vor dem Eingang war leer.

Sharp lag flach im Bett. Eine Binde war um seinen Kopf gewickelt. Ein Splitter hatte das gesunde Auge verletzt, es war fraglich, ob er je wieder würde sehen können.

Ich bemerkte, dass sich sein Körper verkrampfte, als er meine Schritte hörte. Er musste damit rechnen, dass man sich die einmalige Gelegenheit nicht entgehen ließ, den wehrlosen Kiezkönig endgültig loszuwerden.

»Ich bin's, Petri.«

Sharp entspannte sich sichtlich.

»Wieso hat man Sie reingelassen«, fragte er trocken.

»Es war niemand da, der mich aufgehalten hätte.«

»Das nennt sich also Polizeischutz. Lächerlich. Ich wollte meine eigenen Leute vor der Tür haben, aber das hat man nicht erlaubt. Jetzt hab ich eine Bewachung, die entweder mit den Schwestern balzt oder sich in der Cafeteria rumdrückt. Die Typen sitzen ja nur da, damit ich nicht weglaufe. Aber wie soll ich in diesem Zustand abhauen? Ich will Sergej.« Er klang wie ein trotziges Kind.

»Wie geht es ihm?«

»Gut. Hat nur einen Streifschuss abbekommen, sonst nichts.«

Unwillkürlich musste ich grinsen und war froh, dass Sharp es nicht sah. Sharp und Sergej waren genauso untrennbar miteinander verbunden wie Matt und ich. Auch deren gemeinsame Geschichte würde weitergehen, irgendwie tat es das ja immer weiter.

Es klopfte an der Tür und Erda Loth trat ein. Sie nickte mir zur Begrüßung zu, als sie mich erkannte. Mit weißem Kittel machte sie einen ganz anderen Eindruck, als die Frau, die mir während unserer Gespräche in Privatkleidung gegenübersaß. In dieser Klinikuniform passte ihr altmodischer Name noch weniger zu ihr. Ich schätzte sie auf Mitte 30. Neben dem auffällig roten Haar fielen an ihr außerdem die blauen Augen auf und ein Körper, der dem strengen Kittel geradezu ungehörige Formen verlieh.

Sharp schnupperte und schnell entspannten sich seine Gesichtszüge. »Frau Doktor Loth. Wie schön, dass Sie mich besuchen.«

Sie lächelte auf diese Art, bei der ich in den Sitzungen jedes Mal vergaß, was ich ihr erzählen wollte, und trat neben das Bett. »Wie geht es Ihnen heute, Herr Scharpinsky?«

»Ach bitte, nennen Sie mich doch Sharp. Alle meine Freunde nennen mich Sharp.«

»Vielleicht irgendwann mal, Herr Scharpinsky. Aber nicht so lange ich Sie betreue.«

»Das müssten Sie gar nicht, wenn die Polizei ihre Arbeit machen und besser aufpassen würde. Glauben Sie mir, dann wäre ich erheblich entspannter.«

»Ich werde veranlassen, dass die ihre Sache ernster nehmen. Soll ich gehen?«, fragte sie und sah mich dabei an.

»Nein, nein, ich muss eh runter. Frau Ferrugio wartet bei Ihrem Mann auf mich«, warf ich ein.

»Grüßen Sie den Verräter von mir«, knirschte Sharp. »Wenn wir zwei hier jemals rauskommen, werde ich ihm einen Besuch abstatten.« Ein schräges Lächeln huschte unter dem Gesichtsverband durch. »Und dann muss er mich zur Entschädigung auf eine Pizza einladen.«

Er nahm seine bescheidene Situation mit Humor, und ich ahnte, dass ein Kerl wie Sharp irgendwie wieder Oberwasser gewinnen würde.

»Ich richte es ihm aus«, antwortete ich und ging zur Tür.

Erda Loth rief mir hinterher: »Bis die Tage.«

Ich hätte gerne »Ich freue mich« geantwortet, aber das erschien mir unpassend.

8

Völlig fertig kam ich um halb eins in der Nacht nach Hause. Nach dem Besuch im Krankenhaus war die Zeit knapp geworden, und Rosetta hatte mich wie Vieh herumgescheucht, damit das Vesuvio rechtzeitig öffnen konnte. Ich hatte die Einkäufe verstaut, Knoblauch geschält, Pizzen belegt und mir zum tausendsten Mal an dem vermaledeiten Ofen die Finger verbrannt. Ich sah aus wie Michael Jackson mit Pflastern an jeder Fingerkuppe.

Auf diese Weise gehandicapt fummelte ich den Haustürschlüssel aus der Tasche und stand schon auf der ersten Treppenstufe, als mich ein Impuls zum Briefkasten zurückkehren ließ. Während ich die Klappe öffnete, fiel mir ein Brief entgegen. Es war, als ob mir eine Stimme leise, aber eindringlich ins Ohr wisperte. Es war das Flüstern, das mich nachts aus dem Schlaf schrecken ließ. Diesmal hörte ich es ganz deutlich, und ich wiederholte die Worte laut: »Das Spiel ist erst beendet, wenn nichts mehr geht. Rien ne va plus.« Das waren Azraels Worte gewesen.

Auf der Vorderseite des Briefs klebte eine exotische Briefmarke, fast zwei Wochen zuvor abgestempelt, darunter leserlich meine Adresse. Ich riss das Kuvert auf. Als Erstes hielt ich einen Scheck über 40.000 Mark in der Hand. Dann zog ich eine Postkarte mit einer malerischen Strandansicht und dem Schriftzug »I love Maldives« aus dem Umschlag.

Es ist wunderschön hier, Anwalt. Sie sollten sich das mal ansehen kommen. Sonnenschein, Meer und interessante Menschen. Habe einen netten deutschen Richter kennengelernt. Wir sind für morgen zu einem Ausflug auf seinem Segelboot verabredet.
Ich denke, wir sind quitt.
Grüße, Azrael.

DANK

Ich werde bei Lesungen oft gefragt, wie ich meine Romanfiguren erfinde. Dann erzähle ich, dass ich versuche sie kennenzulernen, bis sie mir so präsent sind, dass es sich anfühlt, als würden sie für die Dauer des Schreibens bei meinem Mann und mir einziehen. Als Petri, Matt, Rosetta und Sharp bei uns auftauchten, war es, als seien alte Freunde zurückgekehrt, die ich lange nicht gesehen habe. Sie versetzten mich sofort in die Zeit, als die Kasseler Nordstadt auch meine Heimat war.

Ich danke meinem Mann Horst sehr, dass er bereitwillig alle meine Romanfiguren unter unserem Dach duldet und mich stets unterstützt und ermutigt und sogar Scharpinsky seinen Vornamen geliehen hat.

Katja Ernst möchte ich für das großartige Lektorat danken. Ihre Sorgfalt und ihr Feingefühl haben den Text verfeinert, ohne dessen Charakter zu verändern. Im Gegenteil: Ohne ihre scharfen Augen wäre ich in so manche selbstausgelegte Falle getappt.

Außerdem danke ich dem Gmeiner-Verlag für das Vertrauen und dem gesamten Team für seine Unterstützung.

Landarzt Edgar Brix ermittelt:

1. Fall: Heimläuten
ISBN 978-3-8392-1860-0

2. Fall: Elsternblau
ISBN 978-3-8392-2023-8

3. Fall: Elendsknochen
ISBN 978-3-8392-2308-6

4. Fall: Osterlämmer
ISBN 978-3-8392-2367-3

WWW.GMEINER-VERLAG.DE
Wir machen's spannend

DIE NEUEN Lieblingsplätze

ISBN 978-3-8392-2730-5 — Augsburg und Bayerisch-Schwaben

ISBN 978-3-8392-2929-3 — mit Hund Bayerischer Wald

ISBN 978-3-8392-2614-8 — Chiemgau

ISBN 978-3-8392-2930-9 — Entlang der Sieg

ISBN 978-3-8392-2927-9 — Erzgebirge

ISBN 978-3-8392-0043-8 — Fehmarn

ISBN 978-3-8392-2926-2 — Garmisch-Partenkirchen

ISBN 978-3-8392-2925-5 — Mainfranken

ISBN 978-3-8392-0044-5 — Markgräflerland

ISBN 978-3-8392-2932-3 — Nordschwarzwald

ISBN 978-3-8392-2924-8 — Rhön

ISBN 978-3-8392-2624-7 — Rund um Dresden

ISBN 978-3-8392-2628-5 — Schwarzwald

ISBN 978-3-8392-2931-6 — Wallis

ISBN 978-3-8392-2634-6 — Wesermarsch

ISBN 978-3-8392-2928-6 — Wien nachhaltig

GMEINER KULTUR

WWW.GMEINER-VERLAG.DE
Mensch, Kultur, Region